ERICH WEIDINGER

Seelensturm

STÜRMISCHES PARADIES Landpolizist Werner Adler kommt ohne Lebensgefährtin, dafür aber mit deren Sohn aus dem Urlaub in Griechenland zurück. Nicht nur, dass er die Verantwortung für den Jungen trägt, zusätzlich kommt auch noch der Nachbarshund dazu. Ein gemeinsamer Ausflug mit seiner Tante Vera in die Kaiserstadt Bad Ischl endet mit einer dramatischen Rettungsaktion, Leichenfund – Werners größer Albtraum – inklusive. Und auch am nächsten Tag, als er auf dem Polizeiboot seinen Dienst bei der alljährlichen Atterseeüberquerung versieht, kommt er nicht zur Ruhe. Einer der 400 Schwimmer überlebt den Wettkampf nicht und wird von Werner geborgen. Zu allem Übel veranstaltet seine Tante am gleichen Tag eine Demonstration direkt am See. Und das in der Hochsaison im August. Aber damit nicht genug, verknüpfen sich Geschehnisse und Verbrechen, die eigentlich niemand miteinander in Verbindung gebracht hätte, wäre da nicht der Zufall, der ständig Werners Begleiter ist. Und das alles an nur zwei Tagen …

Erich Weidinger wuchs am Attersee im oberösterreichischen Salzkammergut auf – dem Lieblingsrefugium vieler Künstler. Nach einer Friseurlehre und einer pädagogischen Ausbildung arbeitete er mehrere Jahre mit benachteiligten Kindern. Wegen der Liebe zur Literatur wechselte er in den Buchhandel und begann selber zu schreiben. Die Leseförderung ist ihm sehr wichtig, deshalb hat er mehrere Anthologien für Kinder und Erwachsene herausgebracht.
»Seelensturm« ist nach »Seelenfriede« und »Seelenblick« sein dritter Kriminalroman aus dem Salzkammergut.

ERICH WEIDINGER

Seelensturm

KRIMI AUS DEM SALZKAMMERGUT

Immer informiert

Spannung pur – mit unserem Newsletter informieren wir Sie regelmäßig über Wissenswertes aus unserer Bücherwelt.

Gefällt mir!

Facebook: @Gmeiner.Verlag
Instagram: @gmeinerverlag
Twitter: @GmeinerVerlag

MIX
Papier | Fördert gute Waldnutzung
FSC® C014496

Besuchen Sie uns im Internet:
www.gmeiner-verlag.de

Im Ehnried 5, 88605 Meßkirch
Telefon 07575/2095-0
info@gmeiner-verlag.de

1. Auflage 2023

Lektorat: Susanne Tachlinski
Herstellung: Mirjam Hecht
Umschlaggestaltung: U.O.R.G. Lutz Eberle, Stuttgart
unter Verwendung eines Fotos von: © Erich Weidinger
Druck: GGP Media GmbH, Pößneck
Printed in Germany
ISBN 978-3-8392-0508-2

Personen und Handlung sind frei erfunden.
Ähnlichkeiten mit lebenden oder toten Personen
sind rein zufällig und nicht beabsichtigt.

1.

Anfang August - Samstag, früher Vormittag

Oberhehenfeld, Schörfling am Attersee

Der weiße Peugeot Partner hatte die Einfahrt verlassen und war in die Straße nach Schörfling eingefahren. Laute Musik aus dem Autoradio war zu hören. Ein Oldie, »Mister Postman«. Die geschlossenen Seitenwände des Lieferwagens wiesen keinerlei Beschriftung auf. In die andere Richtung wäre das Fahrzeug nicht weit gekommen, da es auf einem Forstweg holprig und bergwärts weiterging, wo die Marktwaldstraße in Geinberg mündete. Das wusste Rudi bereits von vorherigen Auskundschaftungen. Die Luft war rein. Von seinem Versteck aus hatte er ausmachen können, dass der Fahrer jener Gesuchte war, wegen dem er auf den weitverzweigten Straßennetzen von Sicking unterwegs war. Er hatte ihn gefunden, den Verdächtigen, den Bewohner eines veraltet wirkenden Hauses hier am Rande des Waldes. Der hagere Mann trug an diesem Morgen eine grüne Schildkappe mit einem Werbeschriftzug, den Rudolf auf die Schnelle nicht hatte ablesen können, als das Fahrzeug an ihm vorbeigefahren war. Die hellbraune Ballonmütze, die er vor zwei Tagen auf dem Kopf des Fremden wiedererkannt hatte, befand sich wahrscheinlich im Haus.

Rudi schob sein erst kürzlich neu erstandenes und kostspieliges Mountainbike aus dem Schatten der Bäume und Sträucher. Die Nachbarhäuser waren weit genug entfernt, um sich dem Gebäude nähern zu können, ohne aufzufallen oder verdächtig zu wirken. Ein kleiner Teil des Grundstücks war von der schmalen Straße aus einsichtig. Von Gras durchwachsener Schotter führte zu einer seitlich angebauten Garage. Es kam dem jungen Mann nicht in den Sinn, dass dies der zweite Einbruch in seinem bald 21-jährigen Leben werden sollte. Der erste vor einem Jahr hatte unauslöschliche Folgen hinterlassen. Zum Glück war er mit einer Verwarnung der hiesigen Polizei davongekommen. Heute wollte er einem verdächtigen Dieb auf die Schliche kommen, weshalb ihm nicht bewusst war, dass sein Vorhaben trotzdem illegal und kriminell sein könnte.

Hier hinten, kurz vor dem Ende der asphaltierten Straße, sagten sich Fuchs und Hase gute Nacht. Von den Einheimischen am Attersee wurde diese weitläufige Ansammlung von Häusern umgangssprachlich Sicking genannt, statt des auf jeder Landkarte eingetragenen Dorfnamens Oberhehenfeld. Selbst die Bewohner erhielten als Beweis einer lebendigen und sesshaften Verortung die Bezeichnung »die Sickinger«.

Seit einigen Jahren entstanden hier viele neue Wohnhäuser durch Neu- und Umbauten sowie einige Betriebsansiedlungen. Für die Zugezogenen war der Terminus »Sickinger« nicht mehr zutreffend, da die wahren, alten, teils verstorbenen Bewohner dieses Landstreifens seit Jahrzehnten von vielen Seebewohnern des nördlichen Attersees als komisch, seltsam und verschroben bezeichnet wurden. Zumindest behauptete das zeitlebens sein Großvater, der vor unvorstellbar langer Zeit als Zugezogener eine

Sickingerin geheiratet hatte und stets über den durch die Umfahrungsstraße abgenabelten Ortsteil von Schörfling spottete, obwohl er dort viele Jahre gewohnt hatte.

Doch das war Rudi egal, er kannte in Sicking lediglich ein paar lebende Verwandte, die genauso waren wie die Schörflinger, Seewalchner oder Auracher. Jede Region hatte ihre Eigenheiten und ein Dorf schimpfte auf das andere. So hatten sich in alten Zeiten die Spitznamen der Ortschaften gebildet. Rudi hatte davon in einem Buch gelesen und fand es witzig, dass zum Beispiel die Schörflinger »Rindsüppler« genannt wurden, da sie auf Reisen immer eine Suppe mitnahmen, um nicht unterwegs Geld für Essen ausgeben zu müssen. Die Nußdorfer waren die »Pudelkreuziger«, die Steinbacher die »Schimmelhänger« und die Weyregger die »Schlägflicker«. Für Rudi galten die über 30-Jährigen als alt, angepasst und langweilig – und nicht irgendwelche Ortsansässigen.

Er vergewisserte sich, dass die Straße frei war, und fuhr mit dem Rad rasch in die Einfahrt, die links und rechts von hohen verwilderten Sträuchern gesäumt war. Sein Gefährt versteckte er hinter zwei violett und weiß blühenden Hibiskusstauden; eine der wenigen Gewächse, die er benennen konnte, da seine Mutter vor einigen Jahren in ihrem Garten solche hatte pflanzen lassen, was sein Interesse an der Botanik aber auch nicht hatte wecken können. Sehr zu ihrem Leidwesen, da sie ihren Sohn in Zukunft gerne als Gärtner oder promovierten Botaniker gesehen hätte.

Vorsichtig, als wären auf dem Boden Fallen versteckt, bewegte er sich mit dem dunkelgrauen Rucksack am Rücken auf das Haus zu und versuchte herauszufinden, wie er am besten in das Gebäude von Leopold Riegelhofer eindringen konnte. In das alte Anwesen des Postlers. Des Mannes, der im Besitz einer Kopfbedeckung war, die Rudi als sein Eigentum betrachtete. Die er bestellt und mit seinem hart erarbeiteten Lohn bezahlt hatte und die er sich nach Kammerl ins Elternhaus hatte senden lassen, wo sie nie angekommen war.

Rudolf Alexander Lehner, wie er laut Geburtsurkunde und Taufschein hieß, hatte im Dezember des Vorjahres als ausgelernter Tischler einen Job in einem bekannten Möbelhaus in Vöcklabruck angenommen. Die geregelten Arbeitszeiten bescherten ihm mehr Freizeit als vorher in der Tischlerei, wo er die Lehre abgeschlossen und bis zu dem Jobwechsel gearbeitet hatte.

Mit seiner ersten Freundin, Natascha, hatte er im Vorjahr Furchtbares erlebt und war für eine neue Liebschaft deswegen noch nicht bereit. Die Angst eines erneuten Versagens saß tief in seinem Inneren. Um die jugendliche Energie und Kraft sinnvoll zu bündeln, hatte er das Mountainbikefahren für sich entdeckt. Durch die neu erweckte sportliche Begeisterung und tägliche Ausübung konnte er überflüssige Kilos abspecken und seine Kondition sowie körperliche Verfassung enorm steigern.

Vor zwei Tagen war Rudi an einem freien Nachmittag mit dem neuen Bike nach Dienstschluss losgefahren. Zu den nahe gelegenen Flüssen Vöckla und Ager, die sich unweit seiner Arbeitsstelle in malerischer, naturbelassener Kulisse vereinigten. Angelegte Rad- und Wanderwege führten zum kilometerweit entfernten Lambach. Beide Gewässer waren an manchen Stellen beliebte Gebiete für Fliegenfischer. Oftmals sah Rudolf bei seinen Ausfahrten Hobbyfischer jedes Alters. Mehrmals auch eine stets fröhlich wirkende Fliegenfischerin, mit der er hin und wieder ein paar Worte wechselte. Er meinte, sie als Kundin des Möbelhauses wiederzuerkennen.

An besagtem Nachmittag entdeckte er einen dürren, großgewachsenen Kerl, der mit Angelgerät bewaffnet des Weges kam. Ungewöhnlich war die Kopfbedeckung, die er trug: eine hellbraune Ballonmütze mit den eingestickten Initialen RAL. Genau so eine, wie Rudi sie bei einem Onlineshop bestellt und nie erhalten hatte. Er lag seither mit der Firma im Clinch. Es hieß seit drei Wochen, dass die Sendung zugestellt worden sei – eine Trackingnummer zur Nachverfolgung hatte das kleine Päckchen allerdings nicht gehabt. Und plötzlich entdeckte er das begehrte Stück auf dem Haupt eines Hobbyfischers. Dem es überhaupt nicht stand, im Gegenteil, er sah damit dämlich aus. Der Mann kam ihm bekannt vor. Unauffällig war er ihm gefolgt, um mit dem Smartphone Fotos zu schießen.

Kaum zurück auf dem Radweg, begegnete ihm die Fischerin. Er zeigte ihr das Bild, mit dem Hinweis, dass er gerne fotografiere und zufällig einen Angler auf einem Foto entdeckt habe, der ihm bekannt vorkäme. Nichts ahnend gab sie ihm Auskunft, da sich die meisten Fischer hier gegenseitig kannten. Der abgelichtete Angler sei Briefträger am Attersee. Sie fügte hinzu, dass er immerzu freundlich, doch trotzdem etwas komisch sei und dass er in Seewalchen oder in Schörfling wohne. Zumindest meinte sie sich zu erinnern, dass er dies einmal erwähnt habe.

Viele männliche Briefträger, die im Norden des Sees wohnten, gab es sicherlich nicht mehr. Er sah vermehrt Frauen mit den gelb-grünen Elektroautos fahren. So hatte Rudi mithilfe einiger Bekannten rasch herausgefunden, wo er seinen Verdächtigen finden konnte und dass dieser in einem alten Haus in Sicking wohnte.

»Ein komischer Typ, der lebt dahinten ganz allein … Nicht einmal eine Frau hat er … Na ja, vielleicht mag er keine …«

So gaben seine Verwandten in Oberhehenfeld Auskunft über ihn. Höchstwahrscheinlich fanden die Sickinger ihn komisch, da er keiner von ihnen war.

Wenn Rudolf Alexander Lehner die gestickten Buchstaben RAL auf der Mütze tauschte und sich das A wegdachte, ergaben sie die Initialen des Namens Leopold Riegelhofer. Das vorhandene A in der Mitte hatte ihn verraten. Selbst wenn Riegelhofer einen zweiten Vornamen besaß, wäre die Bestellung der gleich ausgearbeiteten Mütze absolut unwahrscheinlich. Das konnte kein Zufall sein.

Es gab sicherlich verschiedenste Möglichkeiten, wie der Kerl zu der Kopfbedeckung gekommen sein konnte. Der verdächtige Briefträger war, soviel Rudi wusste, nicht für den Ortsteil Kammerl zuständig, wo er mit seinen Eltern wohnte. Ihre Zustellerin war eine lustige und nette Frau, die ihm jünger vorkam, als sie tatsächlich war. Sein Vater lobte sie in den höchsten Tönen, bezeichnete sie als »unsere Postperle« und meinte, sie verschwende bei der Post ihr Talent. Jeder Arbeitnehmer würde sich ihrer glücklich schätzen.

Auf das fehlende Packstück angesprochen, gab sie an, dass sie in der betreffenden Woche Urlaub gehabt habe und verschiedene Springer für ihr Gebiet eingeteilt gewesen seien. Dass nicht getrackte Sendungen verloren gingen, geschehe leider immer wieder.

Rudi versuchte erst gar nicht, den Haupteingang zu nehmen, da jeder normale Mensch beim Verlassen des Hauses die Tür verschloss. Hintereingänge und Fensterflügel boten anderweitige Gelegenheiten zum Eindringen.

Er trat hinter das Gebäude, wo er die vermutete Hintertür entdeckte. Leider nicht aus Holz, sondern aus Metall. Sein geschultes Tischlerauge sah sofort, dass dieser Eingang nur mit roher Gewalt zu knacken wäre. Eine erhoffte alte Tür hätte er auszuhebeln verstanden.

Auf der anderen Längsseite des Gebäudes, wo die Zufahrt bei der Garage endete, bemerkte er an der Mauer einen schrägen Holzverbau mit zwei verwitterten Flügeltüren, die durch ein angerostetes Vorhängeschloss zusammengehalten wurden. Sich nähernd, entdeckte er, dass das Schloss nicht eingerastet war. Nochmals vergewisserte er sich, dass sich niemand in Sichtweite befand, der ihn hätte beobachten können. Er zog den Bügel des Schlosses aus den Ösen und öffnete einen Flügel der Tür. Ein Schacht, eine Art Betonrutsche, führte dahinter nach unten zu einem Fenster. Durch zeitgeschichtliche Filme sowie die Ausführung von Tischlerarbeiten in und an vielen Privathäusern wusste er, dass diese Rutsche früher zum Befüllen des Kohlenkellers genutzt wurde. An alten Bauwerken waren manchmal solche Kohlenrutschen zu sehen. Meist aber zugemauert, mit einem Fenster oder Verschlag im Keller abgedichtet, so wie hier.

Behutsam stieg er in den Schacht und ließ sich langsam abwärtsgleiten, was mühelos gelang. Das gerippte Profil seiner roten Bikerschuhe verhinderte ein ungewolltes Abrutschen. Da er den Verschlag über sich wieder geschlossen hatte, fiel kaum Licht in die Kohlenrutsche. Hinter dem verschmutzten Fensterglas war es stockfinster. Er zog in unbequemer Stellung den Rucksack von seinem Rücken, um sein Smartphone daraus hervorzuholen. Die aktivierte Taschenlampen-App gestattete ihm, sich zu orientieren. Neben seinen an der Mauer verkanteten Füßen entdeckte er zwei Versandkartons, die vermutlich ein Paketbote hier eingeworfen hatte. Eine sinnvolle und sichere Ablagestelle. So eine sollte er zu Hause ebenfalls installieren. Seine Eltern ärgerten sich oftmals, wenn sie erwartete Briefe und vor allem Pakete nicht erhielten, obwohl sie laut Angaben der Post angeblich zugestellt oder an der Tür abgelegt worden sein sollten. Jetzt war das Gleiche ihm passiert – mit dem Unterschied, dass er eine Vermutung für den Grund der Nichtzustellung seines Paketes hatte.

Das Licht des Smartphones war zu schwach, um die Schmutzschicht des Glases zu durchdringen. Er machte sich daran, die Scheibe einzuschlagen, war versucht, seinen Ellbogen einzusetzen, wovon er jedoch abließ, da er ein Kurzarm-Shirt trug. Um sich nicht zu verletzen, wollte er das Glas stattdessen mit einem der beiden Päckchen zum Zersplittern bringen. Er streckte den Oberkörper über seine Knie, um einen der Kartons zu ergreifen, und übte dabei mit der Schulter ungewollt Druck auf den Fensterrahmen aus, der unvermutet nachgab. Der gesamte Flügel schwang lautlos nach innen und gewährte dadurch allem von außen Kommendem Einlass.

Ein Päckchen sowie das Telefon flogen voraus. Das Gerät beleuchtete mehr die Decke als den Boden des ehemaligen Kohlenkellers, der tiefer lag, als Rudolf vermutet hatte. Des Gleichgewichts beraubt, folgte er halb springend, halb fallend seinem Smartphone, das mit einem scheppernden Hall und mit flackerndem Licht auf dem harten Boden unter ihm aufknallte. Sein Aufschrei bei der unkontrollierten Landung war lauter als alle dadurch entstandenen Geräusche. Ein höllischer Schmerz durchfuhr ihn und ließ kurz seine Sinne schwinden.

2.

Samstag, früher Vormittag

Oberhehenfeld – im Keller

Um nicht voller Wucht mit dem Kopf aufzuschlagen, ging seine rechte Hand reflexartig Richtung Boden und konnte zumindest das Schlimmste verhindern. Durch die Fallgeschwindigkeit, das dadurch verstärkte Eigengewicht und das unkontrollierte Aufstützen wurde extremer Druck auf das Handgelenk ausgeübt, was zu einer überschießenden Dorsalextension führte. Diese Überdehnung des Gelenks, weit über die normal auszuführenden 70 Grad hinaus, rief unvermittelt starkes Schmerzempfinden hervor. Dem nicht genug, hielt das Ende der Speiche der Belastung nicht mehr stand. Kurz oberhalb des Handgelenks brach der distale Radius.

Dieser Bruch mit all seinen Folgen sollte nicht die einzige Verletzung des Fallenden bleiben. Denn im Augenblick der Extensionsfraktur schlug die Hüfte, ohne sich abrollen zu können, auf dem harten Untergrund auf. Den Namen »großer Rollhügel« des zuerst aufprallenden Stücks des Hüftknochens hätte Rudi sich als Kind spielerisch zu eigen gemacht und wäre mit seinem 30 Zentimeter hohen Plastikpferd durch das Wohnzimmer geritten, ausrufend: »Ich bin Häuptling großer Rollhügel!«.

Der Trochanter Major, eine laterale Knochenstruktur am Oberschenkelknochen – also kein Indianerhäuptling –, dient als Ansatzpunkt des Gesäßmuskels, des Musculus gluteus medius, ohne den keine Abduktion möglich ist. Und ohne den der junge Mann sein sportliches Hobby nicht ausführen hätte können. Dieser Knochen, überzogen vom Periost, dem mit Nerven durchsetzten Gewebe, wurde samt Muskel und umliegenden Weichteilen durch den Sturz traumatisiert.

Die Kombination von allem und die Wucht des Aufpralls bescherten dem Eindringling zusätzlich eine Rissquetschwunde an der Stirn und eine kurzzeitige geistige Abwesenheit.

3.

Samstagfrüh

Kaiserstadt Bad Ischl

Den vielen Sommersonnentagen im Juli zum Trotz fing dieser Augusttag mit reichlicher Bewölkung an. Der Jahreszeit entsprechend warm, würde der Himmel in den nächsten Stunden Abkühlung und Nässe bringen. Die Natur dürstete seit Wochen danach. Der Polizist Werner Adler hätte die für heute angesagte Schlechtwetterfront allerdings gerne um zwei bis drei Tage verschoben. Der ungeplante Bad-Ischl-Ausflug drohte regelrecht ins Wasser zu fallen, und am nächsten Tag, an dem schöneres Wetter vorausgesagt wurde, stand Dienst mit dem Polizeiboot am Attersee auf dem Programm. Noble Bräune, dem Urlaub in Griechenland geschuldet, eine Leinenhose, ebenso von dort, ein gelbes Hemd und extra für seine Füße angefertigte hellenistische Ledersandalen verliehen Werner ein südländisches Aussehen.

Er öffnete die Heckklappe des Wagens und ließ den Golden Retriever herausspringen, nicht ohne vorher Alexandros, dem Sohn seiner Lebensgefährtin, die Leine in die Hand gedrückt zu haben. Ungeduldig herumschnüffelnd eilte der Rüde mit dem femininen Namen Gerda zu einem der wenigen Bäume am Parkplatz der Kaiservilla, um ein Hinterbein zu heben. Werner beobachtete ihn und überlegte, ob Hunde beim Pinkeln immer denselben Fuß hoben. Im

Grunde genommen war ihm das egal, da er sich selbst nie ein Haustier zulegen würde. Der zehnjährige Sohn Helenas wartete, bis der Hund und die weiblichen Erwachsenen bereit waren, um über eine kurze Wegstrecke zum ältesten Kaffeehaus der Stadt zu gelangen. Seine Mutter war leider noch in Griechenland bei ihren Verwandten, und deshalb musste er den Tag mit Werner, dessen Tante Vera und ihrer um viele Jahre jüngeren Freundin Natascha verbringen.

Den beiden Männern – jung und alt – stand die Müdigkeit ins Gesicht geschrieben. Erst seit dem Vortag wieder in Österreich, ohne Helena, hatten sie die halbe Nacht in ihrer Wohnung vor dem Fernseher verbracht. Der geplante gemeinsame Rückflug vom Donnerstag war gecancelt worden, für eine Maschine am Freitag hatte es lediglich zwei Plätze gegeben und der dritte Passagier war auf Sonntag gebucht worden. Da Werner an diesem Tag wieder Dienst hatte, war er mit Alexandros vorausgeflogen.

Er hatte von Griechenland aus bei seiner Tante Vera angerufen und sie gebeten, den Jungen samt Hund von Samstagnachmittag bis Sonntagabend zu sich nach Palmsdorf zu nehmen. Alexandros war nicht begeistert von der Aussicht, bei einer alten Dame einzuziehen – wenn auch nur für eine Nacht. Vera hatte unter der Bedingung zugesagt, dass ihr Neffe am Vormittag den Chauffeur spielen und sie bei ihrem Ausflug in die Kaiserstadt begleiten solle. Sie hatte ihrer Freundin Natascha zum 21. Geburtstag – der erst im September sein würde – ein Frühstück in Ischl und den Besuch einer Ausstellung im Marmorschlössl im Kaiserpark versprochen. Nach dem Ausflug könne Werner sie alle zu ihrem Haus zurückfahren. Sie bot ebenso an, Helena am Sonntagabend vom Flughafen in Salzburg abzuholen.

Werner blieb nichts anderes übrig, als zuzustimmen. Erschwerend war hinzugekommen, dass Helena, die weiterhin von ihrer griechischen Familie bekocht und umsorgt wurde, ihrer alten Nachbarin versprochen hatte, sich um den Hund Gerda zu kümmern. Denn am Samstagfrüh musste die nette Dame ins Krankenhaus nach Wels zu einer Operation »einrücken«, wie es Werner im Militärjargon auszudrücken pflegte. Er wusste, dass seine Tante, so wie er, keine Hunde mochte. Deshalb hatte sich Natascha entschieden, die Nacht in Palmsdorf zu verbringen und die Obsorge des Tieres zu übernehmen. Allein die Ausgangslage für dieses Wochenende bedeutete für den 37-jährigen Polizisten eine komplexe Verquickung von fremdbestimmten Ereignissen. Er hasste solche Situationen in seinem Privatleben, denen er jedoch im Beruflichen Tag für Tag ausgesetzt war.

Aufgedreht von der Reise, dem Wegbleiben der Mutter beziehungsweise der Liebhaberin, der Frau also, die sich um alles sorgte, und dem plötzlichen tierischen Zuwachs, hatten die drei bis nach Mitternacht die Zeit vor dem TV-Gerät verbracht. Als jahrzehntelanger Star-Wars-Fan war Werner den neuen Serien auf einem Streaming-Kanal verfallen. In den wenigen Monaten der Partnerschaft mit der 33-jährigen Griechin, welche deutschen Migrationshintergrund besaß, hatte er ihren Sohn ebenso mit dem Star-Wars-Virus infiziert. Ein Virus, dessen Langzeitfolgen sich lediglich in erklärbarer Müdigkeit bemerkbar machten und in Fanfare-Handyklingeltönen und Tragen von mit Star-Wars-Motiven bedruckten Boxershorts gipfelten. Werner hatte einige davon. Abgesehen von einer umfangreichen Comicsammlung und verschiedenen Merchandises dieser Kultserie, die in den 70er-Jahren des vorigen Jahrhunderts ihren Welterfolg als Film in den Kinos gestartet hatte.

Mann, Kind und Hund waren während der fünften Folge der ersten Staffel nach Mitternacht auf der Couch beziehungsweise auf dem Boden liegend eingeschlafen. Die Spuren davon konnten die beiden Frauen am Morgen in ihren Gesichtern ablesen. Bei Gerda war das nicht möglich, er schlief immer und überall. Die Weltraumhelden und Bösewichte waren ihm egal, Hauptsache, er erhielt Futter, Auslauf und Streicheleinheiten.

Natascha freute sich seit Langem auf diesen Vormittag. Vor allem auf den Besuch des Marmorschlössls, einem im Kaiserpark befindlichen Pavillon, der 1860 auf einer Anhöhe zu Ehren Kaiserin Elisabeths errichtet und ursprünglich als Frühstückssalon sowie später als privater Rückzugsort der Monarchin genutzt wurde. Während der Fahrt vom Attersee durch das Weißenbachtal hatte sie über den historischen Hintergrund des Gebäudes ausführlich referiert. Ehrfürchtig war sie auf die ausgestellten Flaggen gespannt, welche 1854 extra für den Aufenthalt der kaiserlichen Braut in Linz angefertigt worden waren und die sie angeblich sogar berührt haben sollte. Die 17-jährige Elisabeth hatte eine Nacht in den Repräsentationsräumen des Linzer Landhauses verbracht, bevor sie und ihre zahlreiche Gefolgschaft die Reise mit dem Schiff weiter nach Wien zu ihrer Hochzeit antraten.

Natascha ereiferte sich: »Ich sage euch, alleine die Zeitungsberichte aus dieser Zeit … Ich könnte stundenlang daraus vorlesen … Solche Berichte sind wahre Schätze. Die Tagespost von damals beschreibt rückblickend die Reise der jungen Braut als einen weiblichen Siegeszug durch das habsburgische Land. Die Szenen aus dem Sisi-Film mit Romy Schneider kamen sicherlich an Kitsch und Pomp in keiner Weise der Realität nahe.«

So schwärmte sie allen minutenlang vor und ergänzte voll wissenschaftlichen Ernstes und historischen Wissens ihren Vortrag mit weniger bekannten Details, als wäre sie damals persönlich dabei gewesen. Auf ihrem Smartphone ließ sie ein klassisches Musikstück abspielen, das angeblich bei der Hochzeitsfeier gespielt worden war, ein »Melodisches Scherzo«. Beim Erreichen der Traun hatten die Mitfahrenden im weißen Ford Fiesta das Gefühl, dass sie an diesem Tage alle vor den Fahnen – den kaiserlichen Berührungsreliquien – ehrfürchtig niederknien müssten. Sogar Alexandros meinte, heute Bedeutendes zu sehen oder zu erleben. Und er sollte recht behalten.

Auf dem Fußweg zum Kaffeehaus passierten sie ein Haus, an dessen Vorderfront zwei verwitterte, schräg gestellte Holzverschalungen angebracht waren. Gerda schnüffelte daran herum und wollte auch hier seine Markierung anbringen, was der Junge mit einem heftigen Zug an der Leine verhinderte.

»Was ist da dahinter?«, fragte er, und Vera erklärte ihm im Weitergehen Begriff und Sinn eines Kohlenschachtes. Einige Hausfassaden weiter überquerten sie die Straße und standen vor einem gelben Gebäude mit einem von vier Säulen eingerahmten Eingang.

»Lehar Filmtheater«, las Alexandros die Schrift über dem Portal ab. »Ist das eine Mini-Akropolis oder wirklich ein Kino?« Er blickte fragend zu Werners Tante.

Diese winkte mit einer verächtlichen Geste ab. »Das war ein altes Theater und zugleich ein Kino, ist aber seit einiger Zeit anscheinend wegen statischer Probleme geschlossen. Franz Lehár, nach dem das Haus benannt wurde, war ein berühmter Komponist, der sich im Zweiten Weltkrieg nicht rühmlich benommen hatte. Das ist der Grund, warum ich keine Operette von Lehár besuche. Ich hoffe, die Besitzer renovieren das Haus und benennen es um, vielleicht in ›kaiserliches Hoftheater‹, so wie es früher geheißen hat.«

Natascha fügte hinzu: »Ja, das wäre schön, da ja selbst der Vater vom Kaiser Franz Josef –«

»Hört auf«, unterbrach Werner die beiden. »Der Junge wollte nur wissen, was das für ein Gebäude ist. Die geschichtliche Abhandlung könnt ihr euch sparen. Wer sich dafür interessiert, sollte einen Führer über Bad Ischl lesen. Ich bin sicher, mein Vater hat einen, den er euch gerne leiht. Und ich möchte jetzt ins Kaffeehaus, da es bereits nieselt.«

Die drei Erwachsenen blickten auf den Minderjährigen, als würden sie von ihm eine Stellungnahme erwarten, was ihm sichtlich unangenehm war. Er drehte sich zu Gerda um, und es entfuhr ihm ein: »Metaxy ton theon!«

Werner wusste, dass dies ins Deutsche übersetzt »bei den Göttern« bedeutete. Und er konnte sofort den überraschten Aufschrei des Jungen deuten.

Der Golden Retriever hatte sich während des Gesprächs, nicht nur schnüffelnd, der vor dem Theater angebrachten Büste des Bad-Ischl-Sohnes und Schauspielers Helmut Berger angenommen.

»Hat jemand von euch ein Hundesäckchen dabei?«

Alle blickten sich schulterzuckend an, Vera spannte den Minischirm auf, Natascha legte einen Arm um den erschrockenen Knaben und bewegte ihn samt Hund von der weißen Skulptur weg.

»Dreh dich nicht um, es hat uns keiner gesehen. Zum Glück ist der Sockel schwarz. Es wird bald regnen und die Spuren verwischen. So sagt man doch als Detektiv, oder nicht?«

Mit verschmitztem Lächeln und gespielter Verschwörung verschwanden die vier in der Kaiser-Franz-Josef-Straße.

Vera hakte sich bei ihrem Neffen ein, der seinen Hals verrenkte, um zumindest den Kopf unter dem Schirm zu halten. »Verfolgen Sie mit mir unauffällig die beiden jungen Verdächtigen da vorne. Sie haben mit ihrem Hund sicher etwas Schlimmes im Sinne.«

Alexandros, der das hörte, drehte sich kurz zu Vera um. Er schien vergnügt zu sein und zog die Hundeleine straffer an.

Sie spielten die unauffällige Flucht vom Ort des Verbrechens bis zum Kaffeehaus, das in dieser Straße einen unscheinbaren Eingang aufwies und mit angebrachten Schrifttafeln versehen war. Ein junges Paar erhob sich von einem an der Fassade aufgestellten Tischchen und entfloh mit dem Kaffeegeschirr dem Nieselregen ins Innere des Hauses.

Das »Café Ramsauer«, bereits zur Hälfte gefüllt, empfing sie mit einem im Raum vorherrschenden dunkelroten Grundton. Stühle, Bänke, Teppiche und sogar die Samtvorhänge, die aussahen, als hingen sie seit dem Gründungsjahr 1826 hier, verliehen dem Lokal den Charme eines Alt-Wiener Kaffeehauses. An den Wänden zeugten viele Bilder und Fotos von den historisch bedeutenden Gästen, die im Laufe von über einem Jahrhundert hier Platz gefunden hatten.

Vera übernahm sofort das Regiment. Sie bugsierte ihre Schar gleich neben der Mehlspeisenvitrine zu einem runden Tisch mit ebenso geschwungener Sitzbank, deren

Reservierung sie am Vortag telefonisch vorgenommen hatte.

»Das ist mein Stammplatz, wenn ich in Ischl bin. Alexandros, du sitzt hier am Rande, damit du Gerda im Auge behalten kannst.«

Die beiden Frauen nahmen den Rest der Bank in Beschlag, Werner ließ sich auf dem gepolsterten Fauteuil gegenüber nieder. Gerda war mit der Platzsuche überfordert. Er schnüffelte herum, versuchte, unter dem Sitzmöbel zu verschwinden, was seiner Größe wegen nicht möglich war. Nach mehrmaliger Aufforderung durch Alexandros nahm er schließlich auf dem Parkettboden neben ihm Platz. Der Hund schien sich an sein neues Herrchen zu gewöhnen.

»Guten Morgen, die Damen. Meine Herren. Darf's ein Frühstück sein?«

Der weißbehemdete Kellner trug eine kleine schwarze Fliege und legte mehrere Klarsichtmappen ab, in denen auf bedrucktem Kopierpapier die Getränke und Speisen abzulesen waren. Während die vier sich gegenseitig austauschten, für welches Frühstück sie sich entscheiden sollten, wurde Gerda ohne Aufforderung mit einem Wassernapf bedient.

Alexandros meinte fröhlich: »Gerda bekommt vor allen anderen sein Frühstück!«, und sah zu dem Kellner auf, der sich soeben wieder aufrichtete.

»Haben Sie sich für etwas entschieden?«

Werner und Natascha wählten das Salzbaron-, Vera das Wiener Frühstück – ohne Schinken, da sie kein Fleisch aß. Der Junge bestellte den »Strammen Max«, da ihm der Name der Schinkensemmel mit Spiegelei gefiel, und dazu eine Tasse heiße Milch.

Nach der Bestellung ergriff die Älteste am Tisch das Wort.

»Wenn ich schon dem jungen Herrn hier«, sie stieß ihn dabei sanft mit der Schulter an, »samt Hund in meinem Haus Zuflucht gewähre, möchte ich wissen, warum Gerda Gerda heißt, obwohl sie oder er ein Männchen ist.«

Alexandros grinste und blickte zu Werner, der ihn mit einem Kopfnicken aufforderte, das Geheimnis zu lüften.

»Die alte Betti – das ist die Nachbarin von uns –, die hat keine Kinder ... nein, Blödsinn, die wollte Töchter haben ... und da hat sie den Hund bekommen.«

Lautes Lachen seiner Tischgesellschaft unterbrach die stockende Erzählung des Jungen und machte ihn auf die falsche Formulierung aufmerksam, die allgemeine Heiterkeit auslöste. Beinahe alle anwesenden Gäste im Lokal sahen zu ihnen hin, manche mit einem Lächeln auf den Lippen, andere wiederum grimmig, da sie sich bei der Lektüre der Tageszeitung gestört fühlten.

Alexandros senkte beschämt den Kopf, da er nicht beabsichtigt hatte, die Aufmerksamkeit der anderen Gäste im Lokal auf ihren Tisch zu ziehen.

Werner ergriff das Wort: »Ungefähr stimmt es ja. Es war so, dass die Nachbarin drei Söhne in die Welt setzte und sich immer ein Mädchen gewünscht hatte. Sollte jedoch nicht sein. Irgendwann wurde ihr ein Welpe, ein Golden Retriever, angeboten, in den sie sich sofort verliebt und ihn aufgenommen hatte. Und um sich in irgendeiner Form ihren Wunsch zu erfüllen, nannte sie ihn Gerda. Hab ich es so richtig erzählt, Alexandros?«

Der Junge nickte und nahm die Milch entgegen, die ihm eine hübsche Kellnerin brachte. Aus der Hosentasche nestelte er ein kleines Päckchen mit Kakaopulver, welches er sogleich mit dem Inhalt der Tasse verrührte.

»Ich mag nur diesen Kakao. Darum nehme ich ihn immer selber mit«, kam er der Frage der zwei Frauen zuvor, die in ihren Gesichtern zu lesen war.

Auf drei metallenen Tabletts wurde der Häferlkaffee gereicht, passend zum Interieur mit den gerippten hohen Meinl-Tassen, die Werner noch von der Großmutter im Mühlviertel kannte. Zwei solcher Häferl standen nun in seiner Küche, die er sich in einem Männerhaushalt in Weyregg mit dem Vater teilte.

Obwohl die Bediensteten in dem altehrwürdigen Kaffeehaus viel zu tun hatten, hielt Natascha den Kellner mit einer Frage auf. »Entschuldigen Sie, war der Kaiser oder die Kaiserin damals auch zu Gast hier in diesem Haus?« Sie war sich bewusst, dass er das sicher schon tausendmal gefragt worden war.

Nicht ohne Humor in der Stimme antwortete er: »Nein, mein junges Fräulein. Der Kaiser hat nie unser Haus betreten. Seine Freundin, die Schratt, war Stammgast und ist immer draußen im Gastgarten gesessen. Der Franz-Josef ist oft vorbeigegangen und hat sie wie eine Bekannte von Weitem begrüßt, obwohl ganz Ischl wusste, dass da mehr war zwischen den beiden. Die Kaiserin Elisabeth war sicherlich nie hier. Hätte sich nicht geziemt in ihrer Position. Sie können an den Wänden hier entdecken, welch prominente Gäste uns sonst besuchten. Wie zum Beispiel Robert Stolz, Franz Lehár und der Walzerkönig Johann Strauß. Um nur einige zu nennen. Entschuldigen Sie, wir sollten Ihnen noch das Frühstück kredenzen.«

Er kehrte sogleich mit der Kollegin zurück, um das Bestellte, teilweise aufwendig vorbereitet, zu servieren.

Alexandros und Natascha waren überrascht ob des ungewöhnlichen Services. Drei Teller in einem Metallgestänge übereinander, Etage genannt, auf dem untersten Marmelade mit Butter, in der Mitte Schinken mit Tomatenscheiben und oben Schnittkäse mit Basilikum-Blättern.

Der »Stramme Max« machte dem Jungen offensichtlich Vergnügen, da das angestochene Spiegelei sich über dem Belag der Semmel und den Teller ausbreitete. »Eine schöne Sauerei, würde Mamá dazu sagen.« Belustigt werkte er unbeholfen mit Messer und Gabel herum.

Werners Abneigung gegen diesen Ausflug war einer Zufriedenheit gewichen. Er sah den Sohn seiner Lebensgefährtin selten so fröhlich.

Tante Vera wies mit dem Buttermesser auf die zwei alten Fotos an der Wand hinter ihnen. Zu ihrem Neffen gewandt sagte sie: »Wie ich dich kenne, hast du keine Ahnung, wen der Kellner mit Schratt gemeint hat. Hier, auf dem linken Foto, kannst du sie sehen. Katharina Schratt war Schauspielerin am Hoftheater in Wien und lange Zeit die Freundin von unserem Kaiser. Übrigens, hier rechts siehst du die Maria Jeritza, eine weltberühmte Opernsängerin, die in Unterach eine Villa besaß.«

Mit vollem Munde nickte Werner und erklärte etwas unverständlich, dass er die Jeritza-Villa durch die Fahrten mit dem Polizeiboot kenne. Alexandros beobachtete Verhaltensweisen, die seinen beigebrachten Tischmanieren nicht entsprachen.

Natascha beteiligte sich mit weiteren historischen Details an Veras Ausführungen und wies darauf hin, dass Kaiserin Elisabeth noch zu ihren Lebzeiten über die Verbindung ihres Ehemannes zur Schratt Bescheid gewusst und ihr nichts entgegengehalten habe. Ja, sie sogar anscheinend unterstützt hatte.

Die beiden Männer sahen sich gegenseitig an. Augen rollend verständigten sie sich, dass ihnen die Schratt, die Jeritza, die Elisabeth, und wie sie noch alle hießen, schnurzegal waren. Alexandros prustete los, verstreute Semmelbrösel über seinen Teller und hustete.

Vera klopfte ihm auf den Rücken: »Langsam essen, mein Kleiner.«

Sie wies mit dem Kopf auf den gegenüberliegenden Tisch, über dem ebenso Fotos an der Wand hingen. »Dorthin setz ich mich nicht. Unter Bildern von Franz Lehár nehme ich nicht Platz.«

»Tante Vera, lass das bitte! Du musst uns nicht jede deiner Eigenheiten und Spleens ausführlich erörtern.« Das war typisch für sie: Alles, was sie ablehnte oder befürwortete, verfolgte sie mit einer Kompromisslosigkeit, die Werner immer wieder aufs Neue nervte.

Niemand hatte indessen bemerkt, dass Gerda den Tisch gewechselt und seine Schnauze in eine am Boden offen stehende Einkaufstasche versenkt hatte. Erst ein Knurren des Tieres, aus Ärger, dass das verführerisch Riechende in dieser Tasche in Papier verpackt war, zog das Augenmerk aller nicht animalischen Wesen auf sich.

Die Besitzerin des begehrten Päckchens, eine greise Dame, die sich mit einem noch älteren Herrn unterhielt, schrie flüsternd »Hilfe« und hielt unbeholfen die Hände in die Höhe. Als hätte sie Angst, der Hund würde sie beißen, sobald sie versuchte, ihm die Tasche zu entziehen.

Werner und Alexandros sprangen gleichzeitig auf, wodurch eine Etage umkippte und der restliche Käse sowie der Schinken auf dem Teppich landeten. Beide riefen im

Befehlston: »Gerda!« Der Junge ergriff die am Boden liegende Leine und zog den Golden Retriever mit einem heftigen Ruck von der Tasche weg, bevor ihn Werner wegheben konnte – er griff dadurch ins Leere. Neben ihm lag ein mit erkennbarem Metzgerpapier eingewickeltes Päckchen, deutlich von Löchern der Fangzähne des Hundes versehen. Über den Inhalt musste niemand rätseln. An einer offenen Stelle war das enthaltene rötliche Fleisch zu erkennen. Gerda bellte kurz auf, stemmte sich gegen die Leine und entdeckte den Käse und Schinken unter dem eigenen Tisch, über die er sofort herfiel und zufrieden dabei knurrte.

»Verzeihen Sie, Gerda ist ein ungezogener Hund. Er gehört der Nachbarin ... Die musste ins Krankenhaus ... Moment.« Werner bückte sich, schlug, so gut wie machbar, das Papier über die rötliche Masse zusammen und stand unschlüssig, was er damit anfangen sollte, vor den alten Leuten.

»Würden Sie so nett sein und uns das Fleisch gleich hier in der Küche abbraten?«, fragte da der greise Herr.

»Wie bitte?«

Mit versteinerter Miene starrte der Mann Werner an, dann wandte er sich an die Tischgenossin.

Werner kam sich vor, als wäre er in die Vergangenheit zurückversetzt, in der er nach einem kindlichen Vergehen seiner Bestrafung harren musste. Erst ein kurzes, schelmisches Aufblitzen in den Augen des Alten versicherte ihm, dass es sich um einen Witz gehandelt hatte.

»Ich ersetze Ihnen selbstverständlich den Schaden. Soll ich das Fleisch entsorgen? Oder ...«

Mit sanftmütigem Lächeln und zarter Stimme, so leise, dass Werner sich runterbeugen musste, um sie zu verstehen, antwortete ihm die alte Frau: »Kein Problem, junger Mann. Das Fleisch ist für Fürst Metternich. Dem ist es egal, dass jemand daran geschnüffelt hat. Noch dazu eine Hundedame. Gerda, hab ich das richtig verstanden? Metternich mag Hunde. Wenn Sie nett sind, schlagen Sie eine Serviette darüber, damit es nicht aufgeht, und stecken es in meine Einkaufstasche zurück.«

Dabei tätschelte sie ihm die freie Hand, als wäre er doch das kleine Kind, dem sie statt einer Strafe einen verantwortungsvollen Auftrag erteilte.

Verwirrt sah Werner zu dem Begleiter der Dame, der ebenfalls milde lächelte und erklärte, dass Fürst Metternich ein alter blinder Kater sei, der das Haus nicht mehr verlassen dürfe. Er wisse nur nicht, ob die Dame hier oder das Tier älter sei.

Nachdem Adler das Gewünschte ausgeführt hatte, berührte ihn die Seniorin nochmals am Arm, drehte sich zu Vera, die mit den anderen amüsiert zugesehen hatte, und fragte: »Darf ich mir Ihren freundlichen Sohn noch ein paar Minuten ausborgen?« Ohne eine Antwort abzuwarten, zog sie ihn zu sich.

Da ihm nichts anderes übrig blieb, setzte Werner sich neben sie. Frau Schertenleib, wie sie sich vorstellte, berichtete ihm von all ihren berühmten Persönlichkeiten, die sie in ihrem Leben umsorgt hatte. Dem Dackel Kaiser Maximilian, dem schwarzen Kater ohne Schwanz namens Luther-King, ihrer Hamsterdame Marie-Antoinette und vielen anderen. Ihre verstorbenen Ehemänner erwähnte sie in einem beinahe abschätzigen Ton, als wären sie lediglich Komparsen ihres ewigen Daseins gewesen.

Vera bat den Kellner, ihrem Neffen, der sich in Sekundenschnelle zu ihrem Sohn verwandelt hatte, das Kaffeehäferl zum anderen Tisch zu bringen. Anschließend nickte sie Natascha zu, die sich mit verschwörerischer Miene an Alexandros wandte, der krampfhaft die Hundeleine in den Händen hielt, um ein weiteres Ausbüchsen zu verhindern. »Kannst du ein Geheimnis bei dir behalten?«

Er glotzte sie mit aufgerissenen Augen überrascht an.

Sie war sich nicht sicher, ob das gespielt war, gleichwohl fuhr sie fort: »Wir haben morgen zu Mittag eine unheimlich wichtige Sache vor und könnten deine Hilfe gebrauchen. Aber nur, wenn du willst.«

Alexandros nickte gespannt und aufgeregt. »Nai, fysiká. Wird es auch gefährlich?«

Vera antwortete flüsternd: »Nein, eher abenteuerlich und spannend als gefährlich. Doch du darfst wirklich niemandem vorher davon erzählen. Vor allem nicht meinem Neffen, der dort drüben sitzt.«

Natascha ergänzte: »Deine Mama wäre sicher stolz auf dich, wenn du mitmachst. Wir hätten sie gerne dabeigehabt. Aber sie kommt ja erst morgen Abend. Bis dahin ist alles vorbei.«

Die Augen des Jungen leuchteten, als ob er das größte Abenteuer seines bisherigen Lebens vor sich sähe.

»Wie gesagt, kein Wort, solange Werner in der Nähe ist. Zu Hause weihen wir dich in unseren Plan ein. Und deiner Mama erzählen wir später davon, wenn wir sie am Flughafen abholen. Vorausgesetzt, du möchtest mitfahren nach Salzburg.«

Alexandros nickte begeistert, nahm die halbe Marmeladesemmel entgegen, die Vera nicht mehr essen konnte, und biss herzhaft hinein.

4.

Samstag, früher Vormittag

Oberhehenfeld, Schörfling am Attersee

Rudi hob verwirrt den Kopf. Er blickte nach oben, von wo er einen zarten Lichtstreifen ausmachen konnte, der nicht bis zu ihm auf den kühlen Kellerboden reichte. Sein nicht mehr leuchtendes Smartphone war, wie er, in der Dunkelheit des ehemaligen Kohlenkellers versunken.

Ein Pochen im Kopf, dumpfer Druck an der Seite und vor allem heftiger Schmerz im rechten Handgelenk drängten sich mehr und mehr in sein Bewusstsein. Auf den Knien versuchte er, nach dem Telefon zu suchen.

»Au! Scheiße, warum tut das so weh?«

Er ließ sich auf die linke Seite nieder, legte die lädierte Hand auf seinem Oberschenkel ab, um mit der Unverletzten weiter herumzutasten.

Der Drang nach räumlicher Orientierung war für ihn im Moment beinahe lebensnotwendig. Er wollte sehen und erfassen, ob er hier, in absoluter Finsternis gefangen, durch den abrupten Knock-out seiner Sinne aus dem Konzept gebracht worden war und welche Verletzungen er sich zugezogen hatte.

Er probierte den Vierfüßlerstand, der in einen zittrigen und schiefen Dreifüßlerstand ausartete. Vor sich hin stöhnend fand er schließlich das Smartphone. Der Fingerdruck auf das Display ließ es sofort wieder aufleuchten, und er aktivierte mühsam erneut die Taschenlampen-App. Mit Bedauern stellte er fest, dass der Aufprall seinem Gerät gröbere Sprünge beschert hatte. Er krabbelte zur linken Wand, wo er sich mit ihrer Hilfe aufrappeln wollte. Erneut durchfuhr ihn gleichzeitig ein explodierender Schmerz in der rechten Hüfte sowie in der Hand, und er sank wieder zu Boden.

Tränen quollen aus seinen Augenwinkeln. Er wischte sie weg und bemerkte, dass Blut an seinen Fingern klebte. Er dürfte sich zusätzlich am Kopf verletzt haben. Auf dem Untergrund niedergelassen, einem nackten Estrich, beide Beine ausgestreckt, den rechten Arm wie ein unnützer Körperteil am Oberschenkel abgelegt, schoss er ein Foto von sich selbst. Um festzustellen, wo und wie tief die Wunde am Kopf war. Der Blitz blendete ihn, und er starrte Sekunden später auf einen im Gesicht blutverschmierten Kerl mit geschlossen Augen, offenem Mund und einer Platzwunde an der linken Stirnseite. Wenn er es nicht besser wüsste, er hätte sich auf dem Bild nicht erkannt.

Sitzend und mithilfe des Handys betrachtete er die unbrauchbar gewordene Hand. Die Stellen rund um das Handgelenk wiesen starke Schwellungen auf. Die Finger konnte er zwar bewegen, doch jeder Versuch einer Anhebung, Absenkung sowie Drehung durch das Gelenk war schier unmöglich. Selbst die Hose ein Stück herunterzuziehen und die schmerzende Gegend der Hüfte abzusuchen, war aussichtslos.

Stattdessen versuchte er nun, den Keller zu erkunden. Er befand sich in einem länglichen Raum, den seine Lichtquelle nicht genug ausleuchtete. Unmittelbar neben ihm stand ein runder Tisch mit mindestens zwei Stühlen. In der Verlängerung der ausgestreckten Füße sah er einen offenen Durchgang, der in weitere Dunkelheit führte. Von seinem Sitzpunkt aus erblickte er seitlich der Öffnung an der unverputzten Mauer einen Lichtschalter. Mühsam, als wäre er altersgebrechlich, richtete er sich auf, stützte sich am Tisch sowie an einem Stuhl ab und humpelte mit Schmerzenslauten zu dem Schalter, um ihn zu betätigen. Ein Surren, ein Flackern, und plötzlich war er derart geblendet, dass er kurz die Hände zum Schutz vor sein Gesicht hielt, was ihm unzureichend gelang. Langsam gewöhnten sich seine Augen an die für einen einfachen Keller viel zu grellen Lichtbalken. An die anhaltenden Schmerzen konnte er sich nicht gewöhnen. Im Moment war ihm das Erlangen der Gewissheit, von hier flüchten zu können, wichtiger als sein ursprüngliches Vorhaben. Langsam schob er sich in den Durchgang, um auf der anderen Seite des Mauerwerks einen weiteren Lichtschalter für den im Dunkeln liegenden Raum zu suchen. Er war tatsächlich vorhanden. Ein ebenso helles Licht aus zwei Leuchtstoffröhren wurde durch das Summen der elektrischen Starter angekündigt.

Ein kleinerer Raum eröffnete sich ihm, mit einer Metalltür an der rechten Seite. Schmerzschonend tänzelte er zum erhofften Ausgang. Anstelle eines Türdrückers war ein weißer Drehknopf aus Porzellan angebracht. Wie befürchtet, konnte er ihn nicht drehen. Die Tür war von außen versperrt. Rütteln half nichts, größere Kraftanstrengungen ließen seine Verletzungen nicht zu und waren vermutlich nicht zielführend.

Schwer atmend mit dem Rücken gegen das Metall gelehnt, betrachtete er, was an der gegenüberliegenden Wand zu sehen war. Er lachte amüsiert auf, ob dieser kuriosen Entdeckung. Er blickte auf Sommer, Sommer und Sommer. Mit vielerlei Requisiten war hier eine Szene wie in einem billigen Filmstudio aufgebaut. Eine aufgeblasene Schwimminsel, eine Liegematte aus Stroh, Flipflops und andere Gummisandalen, Badeanzüge und Hosen, die, mit bunten Klammern befestigt, auf einer Leine baumelten. Ein winziger Picknickkorb für Kinder, eine Frauenzeitschrift, ein Taschenbuch und weitere Dinge, die er auf die Schnelle nicht erfassen konnte. Außer einer abgenutzten Strandliege wirkte alles neuwertig.

Verwundert schleppte er sich zum Tisch zurück und nahm auf einem grau lackierten Stuhl Platz, bei dem an einigen Bruchstellen an den Kanten das Holz sichtbar war. Rudi betastete den tobenden Arm, versuchte behutsam, das Gelenk zu bewegen, was er sofort wieder sein ließ. Zur stärker gewordenen Schwellung war so etwas wie eine winzige erkennbare Stufe hinzugekommen. Selbst den Arm ruhig hängen lassend, war der Schmerz unerträglich. Einzig, wenn er die Hand vor der Brust auf die untere legte, minderte das die Pein. Sollte er mit seinem T-Shirt eine Schlaufe zum Umhängen binden? Nur der Ansatz eines Versuches, das Shirt auszuziehen, ließ ihn schreiend daran scheitern.

»Scheiße! Scheiße, was bin ich für ein Trottel. Alleine komme ich hier nicht mehr weg.«

Er betätigte abermals die Tastatur des Smartphones, das er vor sich auf den Tisch gelegt hatte. Er wollte seinen Vater anrufen. Das Ausbleiben jedweden Wähltones sowie die Displayanzeige vermittelten ihm die Gewissheit, dass er in dem fremden Keller keinen Empfang hatte.

Ob der Notruf trotz Funkloch funktionierte? Diese Frage hatte er sich bisher nie gestellt. Ohne Netzempfang konnte das, seinem Verständnis nach, nicht klappen.

Wenn doch, dann wäre er als Einbrecher »auf frischer Tat« ertappt. Den Job und vieles mehr würde er sofort verlieren. Somit blieb ihm nichts anderes übrig, als sich trotz körperlicher Beeinträchtigung selbst aus der Misere zu befreien. Er griff sich behutsam an die Schläfe, wo er kein frisches Blut mehr fühlte. Die Stelle pochte zwar weiterhin, doch war die Verletzung am Kopf nicht so stark, wie ihn die anfängliche Blutung befürchten ließ.

Jetzt erst war er imstande, den restlichen Kohlenkeller genauer in Augenschein zu nehmen. Er drehte sich auf dem Stuhl sitzend um, sah auf Metallregale, die denen einer Eisenwarenhandlung glichen und bis zur Decke mit verschiedensten Dingen gefüllt waren.

Neugierig geworden, erhob er sich ächzend. Anstatt das rechte Bein zu heben, schob er es am Boden nach vorne. Die einzige Möglichkeit, sein Hüftgelenk zu schonen, obwohl auch das gewissen Schmerz verursachte.

Schweißgebadet bei den Regalen angelangt, staunte er nicht schlecht ob der Vielfalt der Objekte, die hier angesammelt waren. Durch seine Berufspraxis geläufig, erkannte er die offenen Kunststoffboxen als Sichtlagerkästen, derer sich eine Menge auf den Fachbodenregalen befanden. In Blau und Rot abwechselnd aufgestellt, wiesen manche beim Zugriff vorne händische Beschriftungen auf, doch nicht alle.

Rudi lehnte sich an eine Metallstrebe, um den Inhalt einiger Boxen zu inspizieren. In einer lagen Stifte, Kugelschreiber sowie andere Schreibwaren, beinahe alle mit Fadenetiketten versehen, auf denen eine Nummer zu erkennen war. Kurz war er versucht, sie als Preisschilder abzutun, doch gleichzeitig wurde ihm bewusst, dass die teilweise sehr hohen Zahlen keine Einkaufs- oder Verkaufspreise sein konnten.

Aus der nächsten Box holte er einen Keramik-Engel mit einem abgebrochenen Flügel, einen Stein mit der Aufschrift »Danke« und andere für ihn unbrauchbare Gegenstände hervor. Interessanter wurde es ein Regalbrett tiefer. Ein blauer Kasten war mit »Für ihn« beschriftet, der rote daneben mit »Für Sie«. Rudi war bisher in keinem Erotikshop gewesen, wusste dennoch, dass Sämtliches aus diesen Behältnissen Artikel waren, die es dort zu kaufen gab. Dildos, Penisringe und Analstöpsel kannte er aus einschlägigen Internetseiten, bei anderen Produkten konnte er nur mit Fantasie die Funktionalität erahnen. Alles war wieder mittels Klebeetiketten mit Zahlen versehen. Auf den Inhalt der roten Box konzentriert, drehte er unbewusst sein Hüftgelenk.

»Ahhh, Mist! Aua!«

Sofort knickte er ein, versuchte, sich im Fallen festzuhalten, was ihm nur mit einer Hand gelang und wobei er den Sichtlagerkasten »Für Sie« mit sich zu Boden riss. Sich wieder auf dem nackten Estrich befindend, von überraschend zum Leben erweckten Vibrationsgeräten umgeben, schrie er den Schmerz und die Verzweiflung gegen die Kellerwände, die sein Rufen unerbittlich verschluckten. Selbst der blaue, gerillte Dildo, den er seiner Stimme nachwarf und der an dem Mauerwerk wie ein Gummiball abprallte und weiterhin summend und zitternd herunterfiel, brachte ihm keine Linderung. Abermals auf dem Boden liegend, versuchte er, einhändig die Box einzuräumen. Was ihm nach wenigen Sekunden widersinnig vorkam. Beim Aufrichten rollte er auf eine Gleitgeltube, die durch den Druck des Gewichtes aufplatzte und seinen unteren Rücken mit klebriger Substanz beschmierte, was er kaum wahrnahm.

Wo war er hier reingeraten? Welch kuriose und unglaubliche Sammlung! Unter normalen Umständen hätte er sich wahrscheinlich einiger der Erotikprodukte bedient, doch danach stand ihm momentan nicht der Sinn.

Im Regal gegenüber befanden sich diverse Textilien wie Unterwäsche, Socken und ... und ... die Mütze. *Seine* Mütze. Die mit den bestickten Buchstaben RAL. Er nahm sie mit langsamen, schmerzschonenden Bewegungen herunter und entdeckte auf der Innenseite die Zahl 351. Sicherlich mit einem Textilstift geschrieben. Er setzte sie siegessicher auf und löste dadurch abermals ein vergessenes Schmerzempfinden aus, da das Mützenband auf seine Kopfwunde drückte. Langsam ahnte er, auf was er hier gestoßen war. Sein Blick streifte CDs, ein paar Handys und andere kleinere elektrische Geräte, Bücher, Zeitschriften, Winterbekleidung wie Handschuhe und Strickmützen, des Weiteren Toilettenartikel, Tierfutterdosen und vieles mehr. Er wollte sich bereits abwenden, da fiel sein Blick auf das Wort »Uhren«. Er griff mit der funktionstüchtigen Hand in die Box und hob etliche Zeitmesser wie einen Schatz in die Höhe. Eine Uhr kam ihm bekannt vor. Es war dieselbe Uhr, die Natascha, seine erste Freundin, letztes Jahr verloren hatte. Eine Sisi-Uhr mit dem Konterfei der österreichischen Kaiserin. Er hatte sie nach einem Kriminalfall im vergangenen Herbst von der Polizei zurückbekommen und sie Natascha per Post zugesandt, da sie ihn nicht mehr sehen wollte. Nun war es für ihn Gewissheit, in welchem Warenlager er hier war. Lediglich das Geheimnis der Zahlen blieb ihm verborgen. Er steckte die Sisi-Uhr in seinen Rucksack, den er zuvor hierhergeworfen hatte. Beim vorsichtigen Aufrichten vernahm er hinter sich ein Geräusch, drehte den Kopf, und bevor er weiter der neuen Irritation Beachtung schenken konnte, verspürte er am Hinterkopf einen harten Schlag, infolge dessen er bewusstlos zusammensackte.

Wenige Sekunden später kehrte die Ballonmütze wieder auf ihren Platz im Regal zurück. Mit frischen Blutspuren versehen. Die Box mit den Mobiltelefonen bekam neuen Zuwachs, und in der untersten Ablage fand ein gebrauchter grauer Rucksack zur späteren Durchsuchung, Katalogisierung und Verwahrung seine einstweilige Unterbringung.

5.

Samstagvormittag

Bad Ischl, Kaiserpark

»Mein Zaubertal hab ich's genannt. –
Doch, als die Mitternacht geschlagen,
Hab' ich die Schwingen ausgespannt
Und ließ mich durch die Lüfte tragen.«

Mit diesem Zitat aus einem Gedicht der Kaiserin Elisabeth breitete Natascha die Arme aus, drehte sich ein paarmal um die eigene Achse und blickte verträumt auf die meterhoch angebrachten Möwendarstellungen. Ihr schulterlanges blondes Haar umwehte dabei ihr Gesicht. Gerda hob den Kopf, bellte und sah ebenfalls zu den Vögeln, die über zwei künstlich angelegte Teiche zu fliegen schienen. Eine Garteninstallation, den Gedichten und den Reisen der Kaiserin gewidmet, lud am Beginn des kurzen Anstieges zum Marmorschlössl hinauf zum Träumen und Verweilen ein.

Während der Golden Retriever das abgestandene Wasser aus einem der Becken schlabberte, erklärte sie, dass mit dem Zaubertal in den Gedichten der Monarchin die Gegend um Bad Ischl gemeint sei. Und der Zauberberg sei der Jainzen, der über dem Kaiserpark thronte und auf den Sisi oftmals gestiegen war.

Alexandros fragte erstaunt, ob denn die Kaiserin wirklich wandern gegangen sei. »Ich möchte da nicht raufgehen. Das ist ziemlich weit und ist sicher sehr anstrengend.«

Alle blickten auf den Hausberg der Kaiserin. Dies nützte Gerda sofort aus, riss sich los und machte sich auf die Jagd nach Goldfischen, von denen eine Menge in dem seichten Wasser schwamm. Die Fische waren für ihn viel zu schnell, und so sprang er ziellos in dem nur wenige Zentimeter tiefen Becken herum.

Und wieder riefen die Menschen mehrmals entsetzt auf: »Gerda! Komm sofort da raus!«

»Lass das, Gerda!«

Bevor von den Erwachsenen jemand reagieren konnte, stieg Alexandros samt den Schuhen in den Teich, ergriff die nasse Leine und zog den Hund heraus. »Entschuldigung.« Er blickte schuldbewusst zu Werner auf.

»Ist schon okay, Alexandros. Du kannst ja nichts dafür, dass der Hund dermaßen schlecht erzogen ist.«

In diesem Augenblick schüttelte sich Gerda zwischen den beiden und verteilte eine beträchtliche Menge an Wassertropfen auf ihrer Kleidung.

Vera konnte sich das Lachen nicht verkneifen und drehte sich weg, da sie niemanden damit beleidigen wollte. Bevor es zu Tierquälerei im Effekt kam, nahm Natascha den Hund und ging mit ihm den Weg zum Museum voraus.

Werner, der sich rasch wieder gefasst hatte, sagte zu dem Jungen: »Zum Glück trägst du so wie ich keine Socken. Lass die Schuhe an, bis wir oben sind, du kannst ja barfuß durch das Schlössl gehen. Hat sicher niemand was dagegen.«

Die Trekking-Sandalen musste Alexandros nicht extra ausleeren, lediglich das Fußbett blieb feucht. Oben angekommen, wurde Gerda bei einer blau gestrichenen Gartenbank angebunden.

»Was ist ein ›B'scheisserl‹?«, fragte der Junge, sich der Schuhe entledigend. Er nickte mit dem Kopf zu der Schrift, die auf der hölzernen Lehne der Bank zu lesen war.

Werner sah entgeistert auf den Schriftzug: »Muss man denn auf öffentlichen Plätzen solche Wörter anbringen? Hat doch nichts mit der Sache hier zu tun. Alexandros, ich weiß es nicht, und ich finde es nicht in Ordnung. Vergiss es einfach. Gib mir die Schuhe, ich stelle sie dort ab, damit sie trocknen können.«

Er betrat über die Stiege an der Vorderseite des Gebäudes die Veranda, welche das Marmorschlössl fast zur Gänze umgab. Dort platzierte er die Sandalen im Licht zwischen herunterhängenden Pflanzen. »Ich passe mit Gerda auf deine Schuhe auf, während ihr euch die Ausstellung anseht.«

Er lehnte mit beiden Armen auf dem eisernen, verschnörkelten Zaun und sah Alexandros zu, wie er sich von Gerda verabschiedete und leichtfüßig über den Schotterplatz auf das Mamorschlössl zuging. Die drei verschwanden durch die hohe Eingangstür.

Aufgeregte Stimmen hinter ihm ließen ihn herumfahren. Zwei Touristinnen, nicht viel älter als 25, waren von der Seite über die Veranda gekommen. Sie sprachen in verschiedenen Dialekten, eine im Sächsischen und eine im Kärntner Deutsch. Sie quietschten vor Begeisterung, betatschten eine Büste, die nach Werners Dafürhalten nur die Kaiserin Sisi darstellen konnte. Sie schossen unzählige Selfies und baten ihn schließlich, Fotos von ihnen mit ihren Handys zu machen. Freundlich, wie er war, führte er natürlich das Erwünschte aus und erfuhr, dass die Skulptur ursprünglich als Teil eines Grabmales der ermordeten Kaiserin vorgesehen war. Er nickte den jungen Frauen zum Abschluss zu, bevor sie ebenfalls das Gebäude betraten. Er würde den Rummel und den Hype nie verstehen, den die tote Monarchin immer noch auslöste.

Seine geliebte Helena hatte ihm bereits angedeutet, dass er sich demnächst mit ihr ebenfalls diesem Phänomen aussetzen musste. Sie hatte in ihrer Wohnung nur einen Streaming-Kanal, und die neue Sisi-Serie lief auf einem Pay-TV-Sender, den Werner abonniert hatte. Statt »Star Wars« standen ihm mehrere Folgen einer historischen Filmschnulze bevor. Er überlegte, wie er aus dieser Nummer unbeschadet wieder herauskommen konnte.

»Jetzt habe ich doch irrtümlich auch für dich eine Eintrittskarte gekauft. Schau, Gerda liegt brav unter der Bank, also kannst du getrost mit reinkommen.« Seine Tante wedelte ihm mit einem überdimensional großen Ticket zu.

Er gab sich geschlagen und folgte ihr in das geschichtlich bedeutende Sisi-Cottage.

Die kurze Wartezeit hatte Alexandros genutzt, um die Dame an der Kasse zu befragen, was denn ein »B'scheisserl« sei. Da sich der Junge der deutschen Schriftsprache bediente – der österreichische Dialekt hatte sich erst mit wenigen Worten in seinem aktiven Sprachgebrauch verankert –, setzte er das B ganz deutlich vor den Rest des Wortes.

Damit brachte er die Kassiererin zum Lächeln. »Ich verrate dir ein Geheimnis. Die Lösung kannst du auf der Rückseite der Sitzbank ablesen. Willst du von mir die Antwort oder möchtest du sie selber finden?«

Alexandros bezauberte sie mit einem Augenaufschlag, den er mit seinen langen dunklen Wimpern bewusst einzusetzen gelernt hatte. Sie konnte gar nicht umhin, ihm zu erklären, dass mit B'scheisserl die kurze Trachtenbluse gemeint sei, die oberhalb des Bauchnabels wie abgeschnitten ende. Unter dem Dirndlkleid getragen, sei sie nicht sichtbar, und somit täusche diese halbe Bluse eine ganze vor. Was für Unwissende ein Beschiss sei.

Vera und Werner waren rechtzeitig eingetreten, um ebenfalls die tatsächliche Bedeutung des zweideutigen Begriffes zu hören.

»Verzeihen Sie die Wortwahl, aber die Mundart hat sich nie darum gekümmert, ob etwas vulgär klingt oder nicht«, fügte die Kassiererin daher erklärend an. »Sie werden verschiedene solcher Blusen in der Ausstellung sehen.«

6.

Samstagvormittag

Oberhebenfeld, Schörfling am Attersee

Er hatte ihm die Metallschaufel wohl zu fest auf den Hinterkopf geschlagen. Hatte in diesem Moment nicht einen Gedanken daran verloren, dass er den Einbrecher töten könnte. Er war zornig, dass der Fremde unbefugt in das Haus eingedrungen war. In sein geheimes Reich. Ein Ort, den niemand außer ihm betreten durfte, seit er vor acht Jahren hier eingezogen war. Eine von ihm nach eigenen Regeln erschaffene Welt, über die er alleine herrschte. Deren Existenz nur ihm bekannt war. Bis heute.

Verblüfft starrte er dem reglos am Boden liegenden Eindringling ins Gesicht. Frisches Blut sammelte sich in einer Lache unter seinem Kopf.

»Verdammt! Du bist doch viel zu jung, um erschlagen zu werden! Dummer Bub! Was mache ich jetzt mit dir?«

Er zog sich für einen Moment die alte Schildkappe mit dem »Lagerhaus«-Werbeaufdruck von der Stirn, um sich mit dem Handrücken den Schweiß abzuwischen.

Er sah sich nach etwas Brauchbarem um, entdeckte jedoch nichts, was ihm für diese Situation hilfreich erschien. Deshalb holte er aus einem weiteren Kellerraum, zu dem Rudi nicht vorgedrungen war, ein eingerolltes Stück eines gebrauchten Teppichbodens, der früher im oberen Stock das Schlafzimmer ausgekleidet hatte. Er wollte den Leichnam damit wegschaffen.

Er zog sich medizinische Gummihandschuhe über, die sich in größerer Menge in einer Kartonschachtel auf einem der Regale befanden, und sprach dabei mit dem vor ihm liegenden Opfer. Wie in einem schlechten Horrorfilm zog er die gummierten Fingerspitzen der Handschuhe nach oben und ließ sie zurückschnalzen.

»Glaub mir, auch wenn du jung bist, wirst du bald alt aussehen und zu stinken beginnen. Du musst woanders verrotten. Hier habe ich keinen Platz für dich!«

Leopold Riegelhofer lebte zwar mit seinen 59 Jahren ohne Mitbewohner in Oberhehenfeld, trotzdem redete er hier ständig mit anderen imaginären Besuchern und mit sich selbst. Er hatte das alte Haus zu einem extrem günstigen Preis von einer entfernten Verwandten gekauft und war vom nördlichen Niederösterreich ins Salzkammergut gezogen. Bis 2007 als Zöllner an der österreichischen Grenze zu Tschechien beschäftigt, wurde sein Job durch die Zugehörigkeit zum Schengenraum nichtig, da es kaum mehr etwas zu bewachen und zu kontrollieren gab. Er hatte damals zur Post gewechselt. Wurde Postbote, wie er sich selbst titulierte, denn das übliche Wort »Briefträger« entsprach für ihn nicht seinem tatsächlichen Berufsbild.

Er entrollte das herbeigeholte Material, um den Erschlagenen damit einzuwickeln. Verärgert sah er auf die größer gewordene Blutlache. »Kannst du nicht aufhören zu bluten? Versaust mir den ganzen Boden. Hätte dich später im Freien totschlagen sollen. Idiot! Wieso bist du überhaupt hier eingedrungen?«

Das Sammelsurium im Keller war sein Lebenswerk. Er hatte damit bereits in Niederösterreich, in Haugsdorf, nach der Scheidung einer Ehe, die nur zwei Jahre gehalten hatte, begonnen. Noch nicht lange Postbeamter, machte ihm ein Kunde eine Riesenszene, da er ein Paket so abgelegt hatte, dass es vom Regen durchgeweicht war. Er wurde gezwungen, den Schaden aus seiner Tasche zu bezahlen, ohne dafür das beschädigte Produkt zu erhalten. Ab diesem Zeitpunkt ließ er sich als Springer einsetzen, was bedeutete, dass er keinen eigenen Rayon hatte, wie er es gerne altösterreichisch ausdrückte. Der Erste, den er um eine Sendung betrog, war selbstverständlich jener, der sich seinetwegen beschwert hatte. Er hatte unvergleichbares Vergnügen daran gehabt, das Päckchen zu öffnen. Aufgrund der neutralen Verpackung, ohne Firmenaufdruck, nur mit einem Computeretikett versehen, hatte er bereits vermutet, dass sich Erotikartikel darin befinden würden. Und dem war auch so gewesen.

Er begann damit, hin und wieder ein Päckchen für sich einzubehalten. Er fühlte sich jedes Mal wie ein kleines Kind, das vor einem Überraschungsgeschenk saß und darauf wartete, es auspacken zu dürfen. Dieses Gefühl wurde zu einem Verlangen und schließlich sogar zu einer Art Sucht. Nach dem Umzug an den Attersee hatte er sich Sichtlagerboxen in Blau und Rot besorgt, denn seine Sammlung wuchs und wuchs. Voluminösere Dinge bewahrte er in großen durchsichtigen Plastikbehältern auf, die er in einem Möbelhaus in Vöcklabruck gekauft hatte.

Das Möbelhaus!

»Wusste ich doch, dass mir dein Gesicht bekannt vorkommt. Ich habe bei dir erst vorige Woche ein paar Plastikkisten gekauft. Du hättest mir auch einen Kübel verkaufen sollen, damit ich deine Sauerei hier aufwischen kann. Trottel!« Mit den vor Kurzem eigens erworbenen Wildlederschuhen trug Riegelhofer ebenso dazu bei, dass sich die zähe rote Flüssigkeit auf dem Estrich verteilte.

»Arschloch. Für dich hätte ich den Boden mit Fliesen auslegen lassen sollen. War mir sicher, dass hier alles schön sauber bleibt. Und nun hast du mir sogar die teuren Schuhe versaut. Die sind gekauft! Von meinem hart verdienten Geld!«

Während dieses einseitig geführten Gesprächs rollte er den identifizierten Verkäufer auf den Teppich, versuchte, das Blut an seinem Schuhwerk am Rücken und am Gesäß des Eindringlings abzuwischen. Er fand eine gewisse Freude und Genugtuung daran, sich mit den Füßen an dem Leblosen abzureagieren. Die nun zu Tritten gewordenen Reinigungsversuche verursachten, dass der Körper hin und her wippte. Mit einem hämischen Grinsen betastete er die eng anliegende Sporthose, suchte nach einem Ausweis oder einer Geldbörse. Aber außer einem Fahrradschlüssel, den er an sich nahm, war nichts zu finden. Schließlich ging er in die Hocke und rollte den jungen Mann vollständig in den Teppich ein.

»Mist, jetzt bist du ganz schön dick geworden. Ich hoffe, dass ich es schaffe, dich in einem Stück nach oben zu bringen. Kannst ja da drinnen ausbluten. Sollte ich dich vielleicht hinterm Haus aufhängen? So wie eine geschlachtete Sau? Dann geht das Ganze sicher schneller und mein Auto bleibt sauberer. Aber einen Sautrog habe ich nicht. Wäre ja noch schöner.«

Riegelhofer ergriff mit beiden Händen das Ende des Menschenballens und zog ihn mit aller Kraft zur Metalltür und in den dahinterliegenden Gang. An seiner Rechten platzte durch den Druck der Gummihandschuh auf. Um zu verschnaufen, setzte er sich auf sein ungewöhnliches Bündel. Durch die offen stehende Tür blickte er auf die Sommerszene, die er mit viel Fantasie und Mühe geschaffen hatte.

Alle Monate dekorierte er den Vorraum mit den unzähligen angesammelten Gegenständen um. Immer dem Jahreslauf und den Jahreszeiten angepasst. Jetzt, im August, waren es natürlich sommerliche Artikel. Den größten Spaß hatte er vor Weihnachten, denn da gab es wieder viele neue Sachen zum Einordnen, Katalogisieren und Dekorieren. Ja, er tippte jedes Produkt mit der dazugehörigen Adresse in eine Datenbank auf seinem Laptop. Bevor er ein nach Hause gebrachtes, nicht ihm zugehöriges Päckchen öffnete, überprüfte er, ob der jeweilige Adressat bereits abgespeichert war. Er war bedacht darauf, jedem Bestohlenen nur einmal zu schaden. Es war für ihn ein Leichtes, die Sendungen einfach einen oder zwei Tage später zuzustellen, wenn sich herausstellte, dass er von dem Empfänger bereits etwas einbehalten hatte. Etwas anders verhielt es sich mit abgelegten Päckchen von Paketdiensten, die nicht zur österreichischen Post gehörten. Diese konnte er unbemerkt in seinen Wagen laden und mitnehmen. Die neue Bestimmung, beim Zustellen eines Paketes nicht mehr klingeln zu müssen, wenn eine Abstellgenehmigung vorlag, kam ihm sehr entgegen.

Um nicht mit fremden Paketstücken entdeckt zu werden, warf er sie zwischendurch zu Hause in den Kohlenschacht, wenn er sich gerade in der Nähe befand, und holte sie am Abend oder am nächsten Tag vom angrenzenden Kellerraum aus heraus.

Sich als Springer einsetzen zu lassen, gab ihm die Chance, überall hinzukommen, ohne gleich verdächtig zu wirken. Gerne sprang er in anderen Bezirken ein, wenn jemand vonnöten war. Er habe keine Kinder, sei Frühaufsteher und könne darum ebenso gut weiter weg eingesetzt werden, hatte er argumentiert. Er galt als hilfsbereiter Kollege und war somit nicht sofort verdächtig bei Nachforschungen bezüglich verloren gegangener Sendungen.

Doch er war sich darüber im Klaren, dass er dies nicht mehr lange weitermachen durfte. Auch deshalb hatte er ein Ansuchen um Frühpensionierung eingereicht. Offiziell wegen seiner Rückenprobleme, die nicht so heftig waren, wir er angegeben hatte. Die zwei absolvierten Kuraufenthalte in den letzten Jahren hatten wenig Linderung gebracht. Er wartete seit Wochen auf eine Antwort oder Verständigung. Aber warum sollten schriftliche Anfragen bei den Versicherungen rascher erledigt werden als bei der Post? Irgendwann würde bei der Pensionsversicherung ein dafür zuständiger Beamter sein Schreiben wie ein Los aus dem zu bearbeitenden Stapel ziehen und es sich zur Klärung vornehmen. Was bei seinem Arbeitgeber nur unzureichend der Fall war. Im Falle von Reklamationen jeglicher Art hatte er den Kunden zu empfehlen, die Beschwerde über das Kontaktformular auf der Webseite der Post einzureichen. Mit dem Ergebnis, dass – wenn überhaupt – erst Wochen bis Monate später eine Pro-forma-Antwort kam. Die meisten Betroffenen hatten den Fall bis dahin vergessen, oder es war ihnen zu mühsam, das Ganze weiterzuverfolgen. Ansuchen und Beschwerden wurden durch endlose und unpersönliche Formulare und komplizierte Anmeldungen auf Internetseiten mit System bewusst erschwert und teilweise unmöglich gemacht. Die Beamten der österreichischen Regierung hatten dies in den letzten Jahren perfektioniert. Man benötigte inzwischen für beinahe alle Ansuchen und Förderungseinreichungen ausgebildete Fachleute, wie zum Beispiel Steuerberater, die das unverständliche Beamtendeutsch besser verstanden. Einer seiner Bekannten war ein solcher und versorgte ihn oftmals mit Anekdoten und Schauergeschichten der Schreibtischhengste.

Riegelhofer erhob sich, zog den Schlüssel von der Metalltür ab und stieg drei Stufen hoch, um die Hintertür ins Freie aufzuschließen. Er war froh, dass er damals diesen Ausgang hatte errichten lassen. Er war ihm in vielen Dingen hilfreich. So wie heute. Auf diese Weise musste er den Erschlagenen nicht durchs Wohnhaus schleppen. Bevor er gründlich sauber machen würde, wollte er erst den Toten loswerden. Und er wusste bereits wie.

7.

Samstag, später Vormittag

Bad Ischl, Marmorschlössl

Die vielen Frauenkleider in den verschiedensten Farben und Ausführungen waren eine Augenweide. Stimmig fand Werner die Ausstellung, doch das Interesse konnte sie in ihm nicht wirklich wecken, was sich bei seinen Begleiterinnen anders verhielt. Vera entpuppte sich als heimliche Kulturvermittlerin, die diese Schau sicherlich nicht zum ersten Mal besucht hatte. Natascha ergänzte ihre Erörterungen um historische Details, die das Leben der Familie Habsburger hier in Ischl betraf.

Der barfüßige Halbgrieche und der desinteressierte Polizist amüsierten sich über die weibliche Begeisterung. Beim Hochsteigen in den ersten Stock hielt Werner kurz inne, hob den Zeigefinger und erklärte ehrfürchtig mit übertriebener Gestik und Mimik: »Meine sehr geehrten Damen, mein junger Herr Galanis! Wir erreichen in Kürze die heiligen beziehungsweise die kaiserlichen Hallen. Bedenken Sie, dass Sie als Untertänige die Ehre haben werden, zwei Flaggen zu sehen, die Ihre Kaiserliche Hoheit, Elisabeth von Österreich, in Linz empfangen haben. Ich hoffe, Sie erweisen diesen Fahnen mit einem Kniefall oder Knicks die Ehre, da …«

Vera schüttelte gespielt vorwurfsvoll den Kopf, schob sich an ihrem Neffen vorbei, was in dem schmalen Stiegenaufgang nicht ohne Ankörpern möglich war. »Lass den Blödsinn, Werner. Ich bin wohl die Einzige, die weiß, was uns da oben erwartet. Und das ist mehr als nur die zwei Fahnen.«

Sie erreichten einen Gang, der, wie alles im ersten Stock, ziemlich eng war und mit der Sicht auf ein weiteres Dirndlkleid einen Raum freigab. Bevor sie diesen betraten, vernahmen sie ein Kichern und Stimmen in zwei unterschiedlichen Dialekten, die Werner bekannt vorkamen.

Ein Blick um die Ecke ergab ein kurioses Bild. Auf einem niedrigen Podest stand ein vergoldeter prunkvoller Stuhl, darauf saß eine der Touristinnen, eingewickelt in eine riesige Stoffbahn. An der Wand dahinter prangte eine befestigte Flagge, die zwei Löwen mit einer Krone auf dem Kopf und einem vermutlich bayerischen Königswappen zeigte. Die Freundin der Eingewickelten schoss ein paar Fotos und sprach, ohne die neu Hinzugekommenen anzusehen, mit sächsischem Zungenschlag: »Warten Sie, wir sind gleich fertig. Bitte nicht verraten. Dafür dürfen Sie sich ebenfalls auf das Fauteuille setzen, auf dem sicher die Sisi bereits Platz genommen hatte.« Und an ihre Freundin gerichtet: »Dreh dich ein wenig. Mehr ins Profil.«

Vera und Natascha starrten, entsetzt ob der Verletzung der kaiserlichen Würde, auf diese groteske Szene. Von dem Verbot, museale Gegenstände zu berühren oder zu bewegen, ganz abgesehen. Werner versuchte, die beiden auf ihr ungebührliches Treiben aufmerksam zu machen, und ging auf sie zu. Die Sitzende rückte sich mit ihrem voluminösen Gesäß in Pose und versetzte dem Möbel dadurch ebenfalls einen Ruck. Dabei knickte einer der hinteren Stuhlfüße ein und brachte alles zum Kippen. Die Kärntnerin schrie auf, fiel samt dem Sessel zur Seite, da sie ihn nicht loslassen konnte. Durch den Zug auf den Stoff riss die Verankerung der provisorischen Fahnenstange und begrub die Besucherin mit dem restlichen Wappen des österreichischen Kaisertums unter sich. Lediglich die Flügelspitzen des aufgemalten Adlers und strampelnde Frauenfüße darunter waren zu erkennen.

Die Freundin hatte mit ihrer Handykamera alles aufgezeichnet, schlug sich mit der Hand vor den Mund und meinte lakonisch: »Scheiße.«

Werner half der Eingerollten, sich zu entrollen, und rief Natascha zu: »Lauf runter zur Kasse, melde das Geschehen hier und bitte um Hilfe.«

Kaum entpackt, entdeckte er, dass sich die Kärntnerin am Kopf verletzt und die historische Flagge mit einer weiteren rötlichen Farbe verziert hatte. Eine Nuance dunkler als das Rot in der kaiserlichen Krone.

»Seid ihr wahnsinnig? So etwas dürft ihr nicht machen! Das ist auf jeden Fall Sachbeschädigung!«

Die beiden jüngeren Frauen kauerten am Boden und kicherten dümmlich, als wäre ihnen ein unbedeutender Fauxpas passiert.

Alexandros – der Einzige, der sich durch das Geschehen nicht aus der Ruhe bringen ließ – inspizierte die Fahne, nahm sein Handy aus der Hosentasche und knipste, ungeachtet der Erwachsenen, ein paar Bilder. Er betrachtete fachmännisch den Stuhl und schüttelte den Kopf, als Zeichen, dass hier ein Totalschaden vorlag. Vera, die ihn beobachtet hatte, war kurz davor aufzulachen.

Nach Natascha tauchte die Kassiererin, mit einem Smartphone bewaffnet, im Türrahmen auf und erfasste sofort die Lage. Sie dürfte bereits des Öfteren seltsame Vorfälle erlebt haben, denn sie schien nicht wirklich erschüttert zu sein. Sie tippte auf ihr Display und bat in weiterer Folge ihren Gesprächspartner, hierherzukommen und die Polizei zu verständigen.

Werner gab sich nicht als Polizist zu erkennen, nahm Alexandros an den Schultern, drehte ihn zur Tür und meinte: »Kommt, wir gehen, ich denke, wir haben mehr gesehen, als wir wollten.«

Die Angestellte des Museums bat ihn jedoch, auf das Eintreffen der Polizei zu warten, da er und seine Begleiterinnen die einzigen Zeugen der Tat waren.

Er versicherte ihr, draußen vor dem Gebäude zur Verfügung zu stehen.

Vera behandelte indes die Kopfwunde der Verletzten mit einem Tuch, das sie aus der unendlichen Tiefe ihrer Handtasche gezaubert hatte, und rief den Männern zu: »Ich komme gleich nach!« Zu der Kärntnerin sagte sie: »Es blutet nicht mehr, ist zum Glück nur ein kleiner Kratzer.«

Die Kassiererin betrachtete den Stuhl und versuchte, ihn wieder aufzustellen, was sie aber sein ließ, als sie den abgebrochenen Holzteil am Boden liegen sah.

»Haben Sie tatsächlich die Polizei gerufen?«, fragte die Deutsche und blickte hilfesuchend zu ihrer Freundin.

»Ja, meine Damen, das war zwar keine kriminelle Handlung, jedoch haben Sie etwas sehr Symbolträchtiges und wahrscheinlich ebenso Wertvolles zerstört oder zumindest beschädigt. Das gilt nicht mehr als Kavaliersdelikt und gehört somit angezeigt.« Ihre Stimme strahlte eine gewisse Autorität aus, die die beiden Touristinnen verstummen ließ.

Vera, im Beobachten geübt, verglich im Geiste die zwei Täterinnen mit reuigen Sünderinnen aus dem Mittelalter, die zur Sühne auf die grausame Vollstreckung warteten. Sie drehte sich zu Natascha: »Ich wollte dich damit überraschen, dass dieser goldene Stuhl einer von zweien war, die bei einem Besuch des Kaiserpaares in Linz aufgestellt wurden. Und das Dirndlkleid da drüben ist jenes, das Romy Schneider bei einigen Szenen im Film trug. Aber das ist jetzt leider unwichtig geworden. Komm, folgen wir unseren Jungs.«

Währenddessen ergriff Alexandros im Freien seine Schuhe und setzte sich auf die Stufen, um sie anzuziehen. Einem in Tracht gekleideten Paar, das dem Eingang zustrebte, sagte er: »Ich würde hier nicht reingehen. Da oben ist etwas passiert. Die Polizei ist im Anrollen!«

Unschlüssig, ob der Junge sie veräppelte, verharrten die beiden auf der Steintreppe. Ihre Augen verrieten, dass sie eine Klärung von Erwachsenen erwarteten, die jedoch im Moment nicht in Sicht war.

Werner hatte sich der Bank mit Gerda genähert. Ein älterer weißhaariger Mann in einer grünen Strickweste saß dort, streichelte das Tier und flüsterte ihm zu.

»Ist das Ihr Hund?«, fragte er Werner, als er sich neben ihm hinsetzte.

»Nein, zum Glück nicht. Wir passen für ein paar Tage auf ihn auf. Aber vielleicht wäre es besser, wenn *er* auf *uns* aufpassen würde.«

Der müde wirkende Mann erhob sich. »Ich denke, das macht er ohnehin. Kann nur sein, dass Sie es nicht merken. Es wird gleich regnen. Habe die Ehre.« Mit wackeligen Schritten, die seinem hohen Alter geschuldet waren, entfernte er sich.

Indes waren Natascha und Vera auf der Treppe erschienen und klärten die auf Einlass wartenden Besucher, deren es inzwischen mehr geworden waren, über den Sachverhalt des Geschehens im Inneren des Marmorschlössls auf.

Natascha löste sich als Erste von der Menschenansammlung, nahm Alexandros an der Hand und führte ihn zur blauen Sitzbank. Er trat sofort dahinter, um sich zu vergewissern, dass die Antwort der Frage nach dem »B'scheisserl« hier zu lesen war, und nickte zur Bestätigung.

»Werner, sag bloß, du kennst ihn. Ist ja Wahnsinn!« Natascha nickte in Richtung des davonhumpelnden Mannes und wirkte dabei erstaunt und erfreut gleichzeitig.

»Wen soll ich kennen?« Sein Gesichtsausdruck vermittelte ihr, dass er nicht wusste, wovon sie sprach.

»Ich glaube, das war der alte Habsburger. Dem das Ganze hier gehört.« Mit ausladender Geste, die die Umgebung des Schlössls mit einbezog, versuchte sie, ihre Worte zu bekräftigen.

Werner hob unwissend und erstaunt die Schultern.

»Spricht mit Seiner Eminenz, einem Urenkel des Kaiserpaares, als wäre er ein netter Nachbar, und hat keine Ahnung, wer er wirklich ist. Ich versteh die Welt nicht mehr. Vielleicht hätte er uns ins Schloss eingeladen, in die Privatgemächer, oder …«

Werner winkte ab. »Ist ja auch nur ein Mensch. Ein alter noch dazu. Ich würde nicht mit ihm tauschen wollen. Möchtest du in diesem Schloss hier wohnen und für die Erhaltung aufkommen?«

Seine Tante stand wie eine Predigerin auf der obersten Ebene der Steinstufen, sprach auf die Menschenansammlung herunter und versperrte gleichzeitig den Zugang zur Eingangstür. Es machte ihr offensichtlich Spaß, die Eingeweihte und Wissende zu mimen.

Alexandros, von allem unbeeindruckt, löste den fachmännischen Bootsknoten, den Werner, der beruflich auch Führer eines Polizeibootes war, in die Hundeleine geknotet hatte. Der Junge kniete sich vor Gerda nieder, tätschelte ihm aufmunternd den Kopf und ließ sich von ihm daraufhin die Nase abschlecken. Dann richtete er sich wieder auf, wischte sich mit einem eingesteckten Taschentuch das Gesicht ab und spazierte mit dem Hund den Weg hinunter, viele Schritte hinter dem alten Herrn. In diesem Moment war es ihm egal, ob ihm die Erwachsenen folgten oder nicht. Er suchte Ruhe und hatte vor, unten vor dem Kaiserschloss auf einer der Sitzbänke zu warten und Gerda von den Erlebnissen im Museum zu erzählen. Seiner Mutter würde er erst am Abend telefonisch davon berichten können.

Über eine nicht einzusehende Zufahrtsstraße hinter dem Marmorschlössl kam ein Einsatzwagen ohne Blaulicht angerollt. Zwei Polizistinnen entstiegen diesem und kamen gemächlich auf Werner zu.

»Servus, Sabine. Ich bin hier nicht im Einsatz, aber leider Zeuge einer kuriosen Sachbeschädigung geworden.«

Sie begrüßten sich mit Handschlag – die zweite Einsatzbeamtin, die sich als Stefanie vorstellte, kannte Werner nicht. Er erzählte den Kolleginnen in wenigen Worten das Vorgefallene und bat, sich samt seiner Begleitung entfernen zu dürfen. Er müsse noch ein Kind mit Hund einholen und zwei Frauen an den Attersee kutschieren. Bei Fragen könnten sie ihn jederzeit anrufen, außerdem sei er am Sonntag sowieso im Dienst.

Vera war vergnügt. »Wäre schön, wenn du uns wirklich kutschieren würdest. Womöglich in einer kaiserlich goldenen Kutsche mit weißen Vierspännern. Frag doch den Kaiserurenkel, ob er so eine in seinen Stallungen bereithält.« Sie wandte sich an die Polizistinnen: »Wenn Sie möchten, kann ich Ihnen meine Beobachtungen sogleich mitteilen!«

Keine Antwort abwartend, begann sie mit ihren Ausführungen: »Also, wir wollten heute nur einen kleinen Ausflug nach Ischl machen und …«

8.

Samstag, kurz vor Mittag

Von Steinbach ins Weißenbachtal

Auf der geschlossenen Ladefläche des Lieferwagens hatte er den Körper mitsamt dem Teppichboden derart eingekeilt und platziert, dass dieser selbst bei kurvenreicher Strecke nicht verrutschen oder sich entrollen konnte. Und im Weißenbachtal, wo er vorhatte, sich von der Last zu befreien, gab es viele Kurven. Das Mountainbike, hinter den Stauden im Garten entdeckt und mit dem abgenommenen Schlüssel entsperrt, lag ebenso im Wagen auf dem Menschenballen. Vorher hatte Riegelhofer es am Vorderrad mit Absicht stark beschädigt. Beide, Rad und Teppichboden, waren nicht mehr brauchbar und würden so bei einer Kontrolle als fingierter Entsorgungsmüll keine besondere Aufmerksamkeit auf sich ziehen. Ein paar zusätzliche leere Kartons sollten diesen Eindruck noch bekräftigen.

Wenige Hundert Meter nach der Abzweigung zur Großalmstraße in Steinbach fing es an zu nieseln. Von Unterach kommend, schoben sich dunkle Wolken über den See, was bedeutete, dass bald ein heftiger Regenguss niedergehen würde. Womöglich sogar ein Sturm. Das war ihm mehr als recht, denn dadurch würde es unauffälliger möglich sein, den Ballast loszuwerden.

Sein Wagen, älteren Baujahrs, war noch mit einem CD-Player ausgestattet, aus dem meist volkstümliche Musik ertönte. Im Augenblick die Nummer »Wenn der Wind kimmt« von den Zillertaler Haderlumpen. Seine Lieblings-CD war ihm nämlich am Vortag von der Mittelkonsole unter den Fahrersitz gerutscht. Um sie hervorzuholen, müsste er den Sitz nach vorne schieben, um von hinten tastend das Gesuchte zu finden. Er tat dies äußerst selten, da es körperliche Verrenkungen erforderte und meist mit verschmutzten Fingern endete. Alles Mögliche kam unter dem Sitz zum Vorschein, wenn er sich mal die Mühe machte. Doch die Scheibe der Schürzenjäger war es wert, ehemöglichst geborgen zu werden, bevor sie zu stark verdreckte.

Im Juli 2007 war er im Zillertal beim Live-Abschiedskonzert seiner Lieblingsband gewesen. Er allein in Finkenberg mitten unter 50.000 Menschen. Auch da hatte er Gelegenheit gehabt, sich ein paar Fanartikel einzuverleiben, ohne zu bezahlen. Sein Lieblingslied »Manches geht niemals vorüber« rührte ihn jedes Mal zu Tränen. Vor allem das Musikvideo auf Youtube, in dem Peter das Lied, das er seiner verstorbenen Frau widmete, mit den beiden Töchtern sang. Bei diesem Event 2003 war er leider nicht live dabei gewesen. Sonst verbrachte er fast jeden Sommer mindestens eine Woche im Zillertal, meist um die berühmten Konzerte der Tiroler Kultband mitzuerleben. Jedes Mal, wenn er den geliebten Song hörte, stieg in ihm Wehmut auf. Unerfüllte Sehnsucht nach Liebe und Familie, zu der er auf Dauer nie fähig sein würde. Das war ihm bewusst. Er neigte zu Wutausbrüchen und Gewalt, was damals das Ende seiner Ehe ausgelöst hatte. Seither lebte er als Single. Der Versuch, in einem Bordell Befriedigung zu finden, war kläglich gescheitert und er beschämt abgezogen. Beschämt über sich selbst und sein soziales Unvermögen.

Letztendlich fand er sich damit ab, für eine Partnerschaft ungeeignet zu sein.

Dann war das Unglaubliche mit Gerlinde geschehen. Eine Wienerin, die von Pfingsten bis Anfang Oktober mit ihrem Mann eine Villa zwischen Steinbach und Weißenbach bewohnte, hatte es ihm angetan und ihn verzaubert.

Es war im vergangenen Sommer gewesen, Riegelhofer betreute, wie auch die Jahre zuvor, die Südostseite des Attersees als Urlaubsvertretung der sonst zuständigen Postbotin. Ein handliches Paket von einer Firma mit Künstlerbedarf hatte hier seine Empfängerin gesucht. Er interessierte sich immer auch für die Absender. Es machte ihm Spaß, aus dem Wissen über sie darauf zu schließen, was sich wohl in dem jeweiligen Päckchen befand. Von dieser Adressatin hatte er bereits im Vorjahr etwas einbehalten – was es gewesen war, wusste er nicht mehr, es war aber in der Datenbank und in den Ordnern nachzuschlagen.

Die schwere Holztür war angelehnt gewesen, niemand hatte auf das Klopfen reagiert. Er war eingetreten und hatte in einem Salon mit herrlichem Ausblick auf den See eine nackte Frau entdeckt, die mit einem Pinsel die Leinwand vor ihr beschmierte. Er lehnte einige Minuten am Türrahmen und beobachtete sie. War gebannt ob der sinnlichen Eindrücke und der weltvergessenen Entrücktheit der Künstlerin. Die Farbkleckse auf ihrer Hüfte, ihre für ihr augenscheinliches Alter sehr straffen Brüste sowie ihre natürlichen, fast schamlos wirkenden Bewegungen erregten ihn.

Gleichzeitig verwirrt und unschlüssig, ob und wie er sich bemerkbar machen sollte, fiel ihm das Päckchen aus der Hand.

Später, nachdem sie ein neues fantasievolles Kunstwerk

auf seinem entblößten Körper fertiggestellt und die Spuren der leiblichen Lust auf dem glänzenden Parkettboden mit einem Tuch weggewischt hatte, erfuhr er, dass sie ihn bereits im Spiegelbild des Fensterglases bemerkt hatte. Er bat sie, seine zur Gänze bemalte Vorderseite mit seinem Smartphone zu fotografieren. Sein bestes Stück, auferstanden und belebt, hatte sich in eine bunte Regenbogenschlange verwandelt. Die Versuche seinerseits, ihre Brust farbig zu gestalten, hatten in schrecklichem Geschmiere geendet. Sie ließ sich jedoch nicht fotografieren. Lediglich von hinten gelang ihm ein unbemerkter Schnappschuss. Die gemeinsame Waschung in einem riesigen, luxuriös ausgestatteten Bad bescherte ihm an diesem Vormittag erneut eine erotische und sexuelle Erfahrung, die seinesgleichen bisher suchen musste.

Für Gerlinde war es ein willkommener One-Last-Morning-Stand gewesen, wie sie es fröhlich und offen benannte. Wenn auch nicht mehr so sinnlich und bewegend, hatte es sich dem ungeachtet noch ein paarmal im letzten Sommer ergeben. Dann war die Saison vorüber gewesen und infolgedessen ebenso die Liaison.

Das restliche Jahr und das darauffolgende Frühjahr hatte Gerlinde die meiste Zeit in Wien verbracht, und erst vor ein paar Tagen war ihm beim Vorbeifahren ihre Anwesenheit aufgefallen. Am Seegrundstück, der Villa zugehörig und durch die Straße abgetrennt, wie es bei fast allen Häusern auf dieser Seeseite der Fall war. Sie hatte einfach dagestanden und zufällig zu ihm auf die Fahrbahn geblickt. Bekleidet. Er hatte gehupt und gestikuliert, den Wagen an den Straßenrand gelenkt, doch sie hatte auf ihren Mann gezeigt, der gerade zum Baden in den See stieg, und ihn weitergewunken.

Er hatte ihr daraufhin trotz Verbots eine SMS geschrieben. Dass er in zehn Tagen ihren Rayon wieder vorübergehend übernehmen werde und sich unermesslich darauf freue. Für ihn war klar, dass das Sommerverhältnis seine Fortsetzung und Wiederbelebung finden würde.

Damit, dass ihr Ehemann heuer ebenfalls am Attersee bleiben würde, hatte er nicht gerechnet. Voriges Jahr war er auf einer Jagdreise gewesen, irgendwo im Norden Europas. Dr. Erblehner Christian. Ein Studierter, ein Doktor und echter Hofrat. Das wusste er von den Sendungen, die er hier zustellte, und durch die Visitenkarte, die er von einem Stapel auf dem Tisch in der Vorhalle der Villa weggenommen hatte. Heimliche Recherchen eröffneten ihm, dass Erblehner vor seiner Frühpensionierung ein hoher Beamter der österreichischen, damals noch teilverstaatlichten Post gewesen war. Diese Erkenntnis bescherte ihm zusätzlich eine persönliche Genugtuung, da er alle Vorgesetzten in nutzlose, machtbesessene Subjekte einordnete, die allesamt nicht gerechtfertigte hohe Löhne erhielten. Und so einen Machthaber und Wichtigtuer hatte dessen Frau mit ihm betrogen. Sein Plan, den lästigen Ehemann fernzuhalten und eventuell loszuwerden, war bereits im Entstehen. Den ersten Schritt hatte er für den morgigen Sonntag festgesetzt, an dem die alljährliche schwimmende Überquerung des Attersees stattfinden würde.

Beim Einbiegen hinter dem Hotel Post, einem Gebäude, das bei der Betrachtung den Eindruck einer Zeitreise in die 70er-Jahre auslöste, öffnete der Himmel seine Pforten. Am Attersee näherten sich im Sommer die Stürme oftmals derart schnell, dass viele Badegäste oder Terrassenschläfer davon überrascht wurden. Der Regen prasselte dermaßen auf das Blech des Lieferwagens, dass Riegelhofer die Musik nicht mehr hören konnte. Und auch nicht das Stöhnen des in den Teppichboden Eingerollten im Laderaum.

Die Scheibenwischer kamen kaum nach, das viele Wasser zu bewältigen. Normalerweise würde er bei so einem heftigen Regenguss den Wagen seitlich an der Straße abstellen und das Ärgste abwarten. Doch er kannte die Strecke und wollte unbedingt während des Unwetters den Toten in den Weißenbach werfen.

Begleitet von Blitzen und ohrenbetäubendem Donnern erreichte er nach mehreren Straßenwindungen die gesuchte Stelle, an der er seitlich des Baches anhalten konnte. Zu seinem Glück war der Parkplatz zur Gänze frei. Normalerweise verging um diese Jahreszeit kaum eine Nacht, in der nicht Reisende und Camper hier in ihren Wohnmobilen schliefen. Er stellte den Wagen direkt an der Leitplanke ab. Mit der Schnauze nach vorne, damit niemand sehen konnte, wie er sich hinten zu schaffen machte. Er entledigte sich seines Kurzarmhemdes, des gerippten Unterhemdes, das er immer trug, sowie der Schuhe und Socken. Halb nackt stieg er aus. Wind und Regen peitschten gegen seinen Körper. Er benötigte ein paar Atemzüge, um sich an die stürmischen Umwelteinflüsse zu gewöhnen. Die Fußsohlen waren durch den Garten in Sicking, den er meist barfuß betrat, gehärtet. Somit machten ihm der raue Asphalt und die feinen Schottersteinchen wenig aus. Er öffnete zuerst die Beifahrertür und anschließend die beiden Hintertüren. Nahm das Bike heraus und warf es sofort in den Weißenbach, der ein paar Meter unter ihm in einem felsigen Bachbett dahinfloss. Er zog den Teppich halb ins Freie. Wollte ihn nicht auf dem Asphalt auslegen, da er sonst Gefahr lief, von Vorbeifahrenden gesehen zu werden. Umständlich entrollte er den Eingepackten, wobei er wieder mit ihm sprach.

»Mein Gott, bist du schwer zum Auspacken. Zum Glück schüttet es … dann kann ich nachher gleich dein restliches Blut rauswaschen. Es soll aussehen, als würde ich den Regen zum Autoreinigen nützen. Den Rest muss ich später entsorgen … Wegen dir habe ich überall eine Sauerei. Wenn ich wenigstens was davon hätte! Aber du Depp hast ja nicht mal Geld eingesteckt. Halt, ich darf nicht unfair sein. In deinen Rucksack … äh, ich will sagen, in *meinen* neuen Rucksack habe ich aus Zeitgründen nicht mehr hineingesehen. Bin ja den ganzen Vormittag mit dir beschäftigt gewesen.«

Riegelhofer wischte sich das Regenwasser von den Augen, um sich zu vergewissern, dass aus beiden Fahrtrichtungen keine Fahrzeuge des Weges kamen. Er nahm den schlaffen Körper unter den Achseln und beförderte ihn auf den nassen Asphalt. Der Teppichboden fungierte dabei als eine Art Rutsche.

Darauf bedacht, dass der Wagen und die offen stehende Beifahrertür als Sichtschutz dienten, packte er die Füße des Regungslosen und drehte sie zur Leitplanke. Stieg über die zum Teil verrostete Metallschiene, immer mit Blick zur Straße, wischte sich erneut das Wasser vom Gesicht und erfasste die Beine des zu Entsorgenden. Er hatte vor, ihn unter der Planke durchzuziehen. Zwei Fußlängen hinter ihm ging es über eine mit hohem Gras bewachsene Böschung in das Bachbett hinunter. Um nicht auszurutschen, musste er den Körper stückchenweise durchziehen. Mit dem ersten kräftigen Zug hatte er plötzlich einen Schuh in der Hand und drohte das Gleichgewicht zu verlieren. Zum Glück war die Metallschiene in Griffweite.

Er warf den Sneaker ins Wasser, wo dieser sofort mit der Strömung davonschwamm. Breitbeinig stand Riegelhofer über dem bis zu den Knien durchgeschobenen Körper. Ein paar heftige Züge und der Weißenbach würde die weitere Entsorgung des Toten übernehmen.

Er packte den Liegenden in Hüfthöhe an der dünnen Sporthose, die für sein Vorhaben zu elastisch war. Statt des Körpers rutschte die Hose unter der Planke durch und blieb an den Knien hängen.

»Scheiße. Hast nicht mal eine Unterhose darunter an. Du Schwein! Gibt Schöneres anzublicken. Jetzt reicht's mir langsam!«

Dieses Mal packte er ihn unter den nackten Oberschenkeln und zog ihn so weit zu sich durch, dass er ihm die Hose stückchenweise hinaufruckeln konnte. Dabei berührte er mehr, als er wollte, was ihn noch zorniger werden ließ. Doch der Fahrradunfall, den er hier vorzutäuschen versuchte, wäre unglaubwürdig, wenn der verunglückte Radfahrer so gut wie nackt war. Dass sich winzige Steinchen in die Hose geschummelt hatten, war ihm entgangen. Ärgerlich griff er nach den Beckenknochen und vollführte einen zu heftigen Ruck. Dabei sah er, wie die Nase von Rudi kurz an der Leitplanke hängen blieb und aufriss.

»Ahhhh …«

Der Aufschrei war von dem Toten gekommen und nicht wie vermutet von einem vorbeikommenden Passanten. Im selben Augenblick kam Bewegung in den reglosen Körper, die Hände schnellten nach oben, die Füße zitterten, ein Bein fuhr zur Seite und Leopold Riegelhofer verlor das Gleichgewicht. Kippte rückwärts, ohne Chance, sich an der Planke festzuhalten. Verspürte nur dumpf den Aufprall seines Hinterkopfes an der felsigen Begrenzung des Baches. Sogar die Empfindung des kalten Wassers, das ihn sogleich umspülte, blieb ihm erspart.

Bevor ihn die Dunkelheit zur Gänze umhüllte, versank er in den Armen der geliebten Gerlinde.

Der Bach nahm seinen Körper einige Meter mit, um ihn auf einer der nächsten Höhenstufen am Rand abzulegen. Dort, wo an seiner Stelle eigentlich jemand anderer hätte liegen sollen – der von den Ereignissen jedoch nichts mehr mitbekommen hatte, da er von der erneut eingetretenen Bewusstlosigkeit in Schutzhaft genommen worden war.

9.

Samstag, um Mittag

Von Bad Ischl ins Weißenbachtal

»Ich glaube es nicht. Er ist reingegangen, hat zwei Eislutscher herausgeholt und dir einen gegeben? Einfach so?«

Natascha meinte, sie habe alle Möglichkeiten verpasst, die man an einem Tag nur verpassen könne. Vom Mamorschlössl über die Anhöhe heruntergekommen, hatten sie nach Alexandros und Gerda Ausschau gehalten und die beiden vor dem Kaiserschloss entdeckt. Sie saßen dort mit dem alten Herrn, in dem die junge Habsburg-Expertin den Urenkel des österreichischen Monarchen Franz-Josef zu erkennen geglaubt hatte. In einer Gartenmöbelgruppe sitzend, die eher einen privaten als öffentlichen Gebrauch vermittelte, plauderten sie miteinander, als wären sie Großvater und Enkel. Gerda schlabberte Wasser aus einem bereitgestellten Napf und die beiden Menschen schleckten genüsslich ein Eis am Stiel.

Als sie ihnen nahe kamen, verabschiedete sich der Besitzer der Kaiservilla von dem Jungen mit einem vertraulichen Schulterklopfen. Es folgte ein kurzer Blick zum Himmel. An die herbeigetretenen Erwachsenen gewandt sagte er: »Sie sollten sich beeilen. In einigen Minuten geht ein Unwetter nieder. Das dürfen Sie mir glauben, denn ich lebe schon lange genug hier. Hat mich sehr gefreut, den griechischen jungen Herrn hier kennenzulernen. Und selbstverständlich Gerda. Habe die Ehre. Meine Damen!«

Nach einer kurzen angedeuteten Verbeugung hatte er ihnen den Rücken zugekehrt und war über einen Seiteneingang im Schloss verschwunden.

Beim Einsteigen in den Wagen am Parkplatz der Kaiservilla begann es tatsächlich zu regnen. Zur Ankündigung fielen vorerst einzelne Tropfen, und schließlich, nach einigen Sekunden, prasselten Wassermassen auf die Windschutzscheibe, wie es im Salzkammergut keine Seltenheit war.

»Das war knapp. Stellt euch vor, wir wären bei diesem Sturm noch im Park gewesen«, schnaufte Werner.

Vera nickte ihrem Neffen zu und klappte die Sonnenblende herunter, um sich im Spiegel zu betrachten und ihre grauen Haare in die gewünschte Form zu bringen.

Natascha war das Wetter egal, sie musste Alexandros während der Fahrt der Traun entlang über die prominente Begegnung ausquetschen. »Was hat Seine Kaiserliche Hoheit zu dir gesagt? Wie hat er dich …«

»Natascha, es gibt keinen Kaiser mehr«, unterbrach Vera ihre Freundin. »Und auch keine Kaiserliche Hoheit, Eminenz oder welche altösterreichischen Ehrbezeugungen dir noch einfallen. Der Mann ist Besitzer einer geschichtsträchtigen Villa und Nachkomme von abgesetzten Monarchen. Mehr nicht. Verwirre den Jungen nicht mit solchen Aussagen.«

Alexandros verstand die Worte nicht wirklich, ihre Bedeutung konnte er jedoch erahnen. Er beugte sich zu Natascha hinüber und flüsterte ihr zu: »Er hat mir erzählt … die Kaiserin, die Elisabeth … hat Griechisch gelernt … weil ihr der Kaiser ein Haus gebaut hat … auf Korfu. Nächstes Jahr im Sommer muss Mamá mir das zeigen. Willst du auch mitkommen? Wir sind nicht weit weg davon.«

Plötzlich kippte er um und landete in Nataschas Schoß. Werner war zu schnell von der Bundesstraße zwischen Ischl und Ebensee ins Weißenbachtal abgebogen.

»Mist, wegen der Regenfälle hätte ich bald die Abzweigung übersehen. Alles in Ordnung bei euch hinten?« Er fuhr den Wagen auf den dort vorhandenen Umkehrplatz und hielt an.

»Ja, natürlich«, antwortete Natascha und half dem Jungen, sich anzuschnallen, da beim Einsteigen in Ischl niemand darauf geachtet hatte.

»Hey – Alexandros, wie geht's unserem Köter?«

»Er ist kein Köter! Ich mag dieses Wort nicht.« Er setzte sich zurecht und blickte nach hinten in den offenen Kofferraum zu Gerda, die mit einem kaum wahrnehmbaren Knurren ihre Lage verändert hatte. Der Hund fuhr gerne mit dem Auto, und deshalb war ihm das Schaukeln egal.

»Ich möchte euch etwas mitteilen«, kündigte Alexandros mit ernstem Tonfall an, den man einem Zehnjährigen nicht zugetraut hätte. »Nennt mich bitte ab jetzt Alex. In Deutschland … äh … in Österreich möchte ich Alex heißen … in Griechenland Alexandros. Aber verratet es nicht meiner Mamá, die will das nicht.«

Werner stimmte dem verständnisvoll zu: »Finde ich großartig. Wie nennen wir dich, wenn deine Mutter dabei ist?«

»Auch Alex. Behauptet, euch gefällt Alex für Österreich besser … Ihr, ihr könnt mich dann fragen, ob mich das stört … und … und ich werde antworten, dass mir das nichts ausmacht, da mich in der Schule auch alle so nennen, was ja stimmt. Vielleicht kapiert sie es dann.«

Vera lachte auf und drehte sich zu den zwei jungen Menschen auf der Rückbank um: »Du bist ein schlauer Mann! Genauso machen wir es. Und wenn sich deine Mutter querstellt, halten wir zu dir. Abgemacht?« Sie streckte ihm die flache Hand zum Abschlagen hin.

Mit einem erleichterten Lächeln schlug er ein. Die beiden anderen wiederholten das Prozedere.

Werner verstand Probleme, die durch den eigenen Namen verursacht wurden, nur zu gut. Zeitlebens hatte er den Familiennamen Zufall getragen, was ständig zu Scherzen und Sticheleien geführt hatte. Endlich hatte er heuer den Mut gefunden, eine Namensänderung zu beantragen, die sofort gewährt worden war. Er hatte sich für Adler entschieden, den Namen einer Linie seiner Ahnen aus dem Mühlviertel.

»So, der Regen hat etwas nachgelassen, jetzt können wir mit besserer Sicht weiterfahren.«

Er legte den Gang ein, blinkte und fuhr die kurze Straßensteigung hoch, die ins Weißenbachtal führte.

Das Gespräch auf der Rückbank fand seine Fortsetzung. Alex war sichtlich angetan und stolz, einen so bedeutenden Mann gesprochen und kennengelernt zu haben. Ohne Nataschas Zutun und ohne es zu wollen, war er ebenfalls mit dem Habsburg-Virus infiziert.

»Er hat mich eingeladen … der Herr im Park … hat gemeint, im Herbst, wenn nicht mehr so viele Touristen da sind, darf ich mit meiner Familie zu einer Gratis-Führung kommen … Ich solle nur an der Kasse ausrichten lassen, dass der junge Grieche da sei. Cool, nicht wahr? Willst du auch mitkommen? Ich kann sagen, dass du meine Cousine bist. Denn außer Mamá habe ich hier keine Familie.«

Natascha drückte ihn an sich, so gut es die Sicherheitsgurte zuließen: »Hey Alex, das ist wirklich cool. Ab sofort bin ich deine große Cousine, die auf dich aufpasst und von der bisher niemand etwas wusste. Wäre nicht das erste Mal. Ich zum Beispiel hatte einen Vater, von dem ich auch nichts wusste.«

Trocken antwortete Alex: »Dann sind wir schon zwei. Ich weiß von meinem Vater nur den Namen und dass er in Deutschland lebt. Hast du ihn kennengeler... Aah!«

Abermals riss Werner das Auto herum, wobei die Insassen herumgeworfen wurden, ohne sich festhalten zu können. Selbst Gerda fing dieses Mal zu bellen an.

»Werner, bist du verrückt? Gerade du als Polizist solltest –« Weiter kam Vera nicht.

»Tantchen, da vorne liegt jemand. Da ist etwas passiert.«

Er fuhr nun langsamer auf einem Parkplatz die Richtung zurück, aus der sie gekommen waren. Auf einen weißen Lieferwagen zu. An der Bordwand war keine Beschriftung zu erkennen. Die Scheibenwischer arbeiteten im Dauereinsatz, um für die nötige Sicht beim Ausrollen des Wagens zu sorgen.

Werner parkte einige Meter hinter dem Fahrzeug, bei einem der Felsblöcke, die zur Abgrenzung zum Grünstreifen beziehungsweise als Dekoration hier neben dem Asphalt abgelegt worden waren. Erst jetzt konnten sie entdecken, dass die Hecktür des Fahrzeuges vor ihnen offen stand. Eine Plane oder etwas Ähnliches ragte daraus hervor. Seitlich davon, so schien es, lag ein menschlicher Körper.

»Vera, du kommst bitte mit. Mit dem Regenschirm. Ihr beide bleibt hier im Auto. Und vor allem du.« Er zeigte auf Gerda, der versuchte, vom Kofferraum auf die Rückbank zu klettern, obwohl nicht genug Platz für drei war.

»Wir sehen uns das vorerst an. Natascha, schau, ob du mit deinem Handy ein Netz findest. Hier im Weißenbachtal gibt es kilometerweit keinen Empfang. Wenn es dir gelingt, wähl die 133.«

Natascha setzte zu der Frage an, was sie denn sagen solle, doch wie auf Kommando öffneten sich gleichzeitig die Autotüren und sie saß mit Alexandros und Gerda allein im Wagen.

Werner packte Vera am Arm und lief mit ihr im wieder heftiger gewordenen Sturm auf den am Boden Liegenden zu. Mehrere Blitze erhellten den Parkplatz und ein gewaltiger Donner malträtierte ihr Trommelfell. Kaum den Körper erreicht, schrie Adler seiner Tante zu, sie solle den Schirm über das Gesicht des Mannes halten. Der Wind zerrte an den Kleidern, das Wasser prasselte vom Himmel, als hätte Noah die Arche hier gebaut und wartete auf die große Flut, die sie durch den Weißenbach an die Traun und schließlich über die Donau zu den großen Meeren führen würde.

Für den Bruchteil einer Sekunde kam Werner der Gedanke, dass der Mann, der vor ihnen lag, womöglich durch den andauernden Regenguss ertrunken war. Denn ein Bewusstloser würde auch Wasser einatmen, wenn es nicht zu verhindern war.

»Hallo, können Sie mich hören? Ich bin Polizist und möchte helfen.«

Keine Reaktion.

Vera ging in die Knie, um nicht in voller Größe mit

dem Schirm dem Unwetter ausgesetzt zu sein. Sie beobachtete fasziniert ihren Neffen, der mit großer Behutsamkeit vorging.

»Ich werde Sie jetzt berühren. Sie brauchen keine Angst mehr zu haben. Hilfskräfte sind unterwegs.« Mit einer Hand tastete Werner nach dem Puls des Mannes und stellte erleichtert fest, dass er es nicht mit einem Toten zu tun hatte. Der Teppich, oder was immer es war, ragte nicht weit genug aus der Ladefläche heraus, um den Bewusstlosen darauf zu betten.

Nun zog er sein nasses Hemd aus, knüllte es zusammen und legte es behutsam unter den Kopf des immer noch Reglosen. Noch bevor er das Blut auf seinen Händen sah, hatte er es bereits gefühlt. Er hielt sie zum Reinigen in den Regen. Versuchte auch, das beinahe unkenntliche Gesicht des Verletzten von Blut und Schmutz zu befreien.

So viel Empathie hatte Vera ihrem Neffen nicht zugetraut. Bei ihr wirkte er meist genervt und ungeduldig.

»Sollten wir ihn zum Schutz gegen den Regen in den Laderaum legen?«

»Nein, Vera. Da wir nicht wissen, welche Verletzungen er hat, ist es besser, du beschützt ihn weiterhin mit deinem Regenschirm. Ich werde ihn vorsichtig unter der Leitplanke hervorziehen. Weiß nicht, warum er so weit darunterliegt. Wir benötigen auf schnellstem Wege einen Notarztwagen.« Er richtete sich auf, stellte sich über den Verletzten und zog ihn langsam in den Schutz, den die offene Wagentür bot. Dabei entdeckten sie, dass dem Schwerverletzten ein Schuh fehlte.

Es blitzte erneut, und der nur kurz darauf folgende ohrenbetäubende Donner ließ vermuten, dass es in der näheren Umgebung eingeschlagen hatte.

Natascha hatte trotz des Sturms den Wagen verlassen und war auf sie zugetreten. Sie hielt ihr Smartphone in der Hand und schrie ihnen entgegen, dass sie keinen Empfang finden könne. Dann blickte sie auf den Verletzten zu ihren Füßen. »Aber … das ist … Das ist ja der Rudi … Was … was ist mit ihm passiert?«

10.

Samstag, um Mittag

Am Südostufer des Attersees

Dr. Christian Erblehner hasste die Villa, die seine Frau vor Jahren geerbt hatte, für deren Erhalt allerdings er aufkommen musste. Alle Sommermonate wollte Gerlinde hier verbringen. Wenn es nach ihr gegangen wäre, würde sie von Pfingsten weg bis Oktober am Attersee wohnen, womit er nicht einverstanden war. Zwei bis drei Wochen waren kein Problem, doch dann nutzte er alle Gelegenheiten, dem modrigen Haus zu entfliehen. Im Keller war es feucht, und jedes Jahr kostete es eine Menge Geld, den Übergriff der Feuchtigkeit und des Schimmels auf die oberen Stockwerke zu verhindern. Neben dem Gebäude befand sich ein Garten mit ein paar alten Apfelbäumen, die nur vereinzelt Früchte trugen. Saure Mostäpfel, die er nicht erntete und am Ast beziehungsweise auf dem Boden verfaulen ließ. Er wartete darauf, dass der nächste Sturm einen der Bäume entwurzeln oder zumindest abknicken würde. Seine Angetraute hatte ihm das Fällen der unnützen Gewächse verboten. Sie war der Meinung, die Obstbäume inspirierten sie in ihrer Kunst und gehörten zum Haus wie der schmale Uferstreifen auf der gegenüberliegenden Straßenseite am See. Der einzige Platz, den er hier wirklich mochte.

Den Baubestimmungen zum Trotz hatte er hinter der hohen und dichten Eibenhecke ein Badehäuschen errichtet, das nur vom See aus zu erkennen war. Während der kurzen Bauphase, die als Uferbegradigung getarnt gewesen war, hatte ihn sein direkter Nachbar angezeigt, wodurch die ganze Angelegenheit noch mehr gekostet hatte. Sein lebenslang aufgebautes Netzwerk, das damals trotz nicht existierenden Internets tadellos funktionierte, war immer noch telefonisch abrufbar und ihm bei dieser Sache am See, wie auch anderorts, hilfreich gewesen. Ohne nachvollziehbare Chats, da er ein Mann der gesprochenen Worte war. Mündliche Versprechen und Handschlagqualität waren für ihn seit jeher die Voraussetzungen für Geschäfte und diverse Erkenntlichkeiten. Obwohl er sich in seiner Berufslaufbahn als Manager vieles auf diese Weise hatte richten können, war ihm selbst nie Korruption vorgeworfen worden. Es gab auch keinen Beweis dafür. Er war immer wieder überrascht ob der Dummheit und Kurzsichtigkeit der österreichischen Politiker, deren Freunderlwirtschaft und Nebeng'schäftln selten geheim blieben. Er war stets sein eigener Herr, gewährte nie jemandem tiefere Einblicke in seine Machenschaften.

Seiner Frau Gerlinde ließ er die Freiheiten, die sie brauchte. Er wusste von ihren außerehelichen sexuellen Ausschweifungen. Seit der Einnahme mehrerer Medikamente, unter anderem auch wegen eines Nierenleidens, hatte seine Libido abgenommen, und so ließ er es zu, dass sich Gerlinde manchmal anderweitig Befriedigungen verschaffte. Solange er nicht erfuhr, mit wem und wo, war es ihm egal.

Letzten Sommer jedoch hatte ihm der unliebsame Nachbar gesteckt, dass es seine Frau mit dem Briefträger trieb. Schamlos vor dem großen Fenster! Bei den entgegengeschleuderten Worten hatten die Augen des Anton Wiesbauer voller Gier und Schadenfreude aufgeleuchtet. Erblehner hatte nicht anders gekonnt, als im Abgehen zu antworten: »Und du hast dir beim Zusehen sicher einen runtergeholt. Du Perversling.«

Der einzige Mensch, der ihnen hier am Attersee das Leben zur Hölle machte, war der Anton Wiesbauer. Der alleinige Nachbar. Der keine Gelegenheit ausließ, ihn und seine Frau zu stören, anzuzeigen und zu diffamieren.

Vor ein paar Jahren zum Witwer geworden – die erwachsenen Kinder lebten in Salzburg und irgendwo im Ausland –, hatte er sich zu einem Denunzianten entwickelt, an dem die Nazis früher ihre Freude gehabt hätten. Kein Wunder, dass er seine Frau überlebte. Die richtig Bösen spart sich selbst der Tod bis zum unvermeidlichen Ende auf.

Bei der Polizeiinspektion in Unterach waren die beiden Nachbarn bekannter als manche Kleinkriminelle. Es verging kaum eine Woche, in der Wiesbauer nicht dort anrief wegen verschiedenster Übertretungen und Vergehen, die die Zweitwohnbesitzer aus der Hauptstadt angeblich begangen hatten. »Reiche Wiener Sau«, hatte er ihn ein paarmal geheißen. Dass der lästige Mann selbst ein noch größeres Grundstück mit genauso beachtlichem Wiesenstreifen direkt am See besaß, was vor allem einen wertvolleren Besitz bedeutete, ließ Wiesbauer natürlich unkommentiert. Zum Glück waren beide Seegrundstücke durch natürliche Felsen und Staudenbewuchs am Ufer mehrere Meter voneinander getrennt.

Dieser Nachbar war also ein weiterer wichtiger Grund, warum Erblehner die Villa gerne verkaufen wollte. Er hatte Gerlinde mit einem Häuschen am Meer in Kroatien geködert, wo er mit ihr mehr Zeit als am Attersee verbringen könne. Mit diesem Versprechen würde er sie hoffentlich bald so weit haben.

Er saß nackt am Ufer auf einer alten gusseisernen Bank, die er jeweils zu Sommerbeginn mit seinem Neffen vom Garten der Villa über die Straße herübertrug. Er liebte es, den warmen Sommerregen auf der Haut zu spüren, deshalb ging er meist bei Gewitter und Niederschlag baden, entgegen aller Warnungen. »Als Wassermanngeborener bin ich mehr im Wasser als auf dem Land zu Hause« – diesen Spruch gab er von sich, wenn er wegen seiner Wasserleidenschaft angesprochen wurde.

Das Gewitter mit dem sintflutartigen Regen war bald weitergezogen, und er hatte vor, sein Training wieder aufzunehmen. Ungeniert, da ihn vom See aus im Moment niemand beobachten konnte, erhob er sich und holte aus dem errichteten Strandhäuschen seine Ausrüstung. Schwimmbrille, die gelbe Badehaube und den kurzen ärmellosen XXL-Neoprenanzug. Mühsam, da es einiger Kraftanstrengung bedurfte, dabei schwer atmend, zog er ihn an. Jeden Tag in diesem Sommer, wenn er sich in das elastische Material quälte, sich das Gemächt richtete, damit nichts drückte, den Bauch einzog, um die eng anliegende zweite Haut hochzuziehen, und darauf wartete, dass ihm seine Frau oder der Neffe den Reißverschluss hochzog, verfluchte er seine Essgewohnheiten der vergangenen Monate.

Heuer sollte es der letzte Sommer seit vielen Jahren sein, in dem er an der Atterseeüberquerung teilnahm. Schwimmend. Zweieinhalb Kilometer über den See, von Weyregg nach Attersee. Er war mit 69 sicherlich einer der ältesten Teilnehmer. Bisher hatte er dank seiner stets trainierten Arm- und Beinmuskulatur jedes Jahr das Ziel erreicht, nie musste man ihn vorzeitig aus dem See ins Boot holen.

Seit Jugendjahren war er in Wien Mitglied im Schwimmverein. War viele Bewerbe mitgeschwommen, auch größere Distanzen. Im Wasser kam er nicht so schnell außer Atem wie an Land. Doch sein Alter, der wachsende Bauch und die Probleme mit den Nieren forderten ihren Tribut. Er hatte Gerlinde versprochen, heuer das letzte Mal mitzuschwimmen, vernünftig zu sein und sich in die Begleitboote holen zu lassen, wenn es zu anstrengend würde. Sein Neffe Gilbert, der oft zu Besuch kam und meist ein paar Tage blieb, war sein persönlicher Assistent. Er fuhr beim Training mit Schwimmbrett und Stoppuhr im Ruderboot neben ihm her und organisierte für ihn alles rund um diesen fast schon traditionellen Bewerb.

Erblehner hatte nicht den Ehrgeiz, unter den Gewinnern zu sein. Er wollte es sich nur immer wieder selbst beweisen, dass er ein guter Schwimmer war und jedes Jahr den Attersee überqueren konnte. Im Sommer zuvor war er als ältester Dauermitschwimmer geehrt worden. Nun wartete er auf seinen Neffen, um das letzte Training vor dem morgigen Event zu absolvieren. Dass der Nachbar, der Wiesbauer, soeben die Motorsäge in der Scheune gestartet hatte, war ihm im Moment egal. Gerlinde würde sich wieder ärgern. Samstagmittag, der ideale Zeitpunkt, die Ruhe der Nachbarn mit seinen lärmenden Spielzeugen zu stören. Entweder der Rasenmähertraktor, der Häcksler oder jetzt das surrende Sägeblatt. Er wusste immer ein Gerät zur richtigen Zeit einzusetzen.

Der Himmel hatte sich inzwischen aufgeklärt, und er zog sich die Schuhe an, ebenso aus Neopren.

»So, auf zum letzten Training, mein Spitzensportler!« Gilbert kam mit einem breiten Lächeln durch das hölzerne Gartentor.

»Heute Abend gibt es eine Grillerei. Wir haben extra frisches Fleisch von einem Metzger aus Bad Ischl geholt. Ich hoffe, du hast großen Hunger, denn ich will zum Fleischvernichten nicht unseren wahnsinnigen Anton vom See einladen müssen.«

Gilbert blies die Backen auf, wölbte den Bauch vor und wackelte beim Gehen. Dabei zeigte er den Mittelfinger in Richtung Nebengrundstück. Der unliebsame Nachbar hatte den Beinamen »Anton vom See« erhalten, da er oftmals eine weiße Schildkappe trug und immer nur volkstümliche Musik abspielte. Mittags in besonderer Lautstärke. Beide, Onkel und Neffe, lehnten dieses Musikgenre ab und somit auch das tirolerische Anton-Pendant.

»Wäre doch nett, ihn zur Prüfung einzuladen, ob der Geruch des Gegrillten zu ihm hinüberreicht und seine Katze dadurch wieder zum Fressen angelockt wird.«

»Das tut sie doch sowieso. Aber bevor wir in See stechen, muss ich dir noch etwas verraten.«

Die beiden schoben ein kleines Ruderboot ins Wasser, das neben der Badehütte seinen Trockenplatz hatte.

»Ich habe vor ein paar Wochen ein Häuschen in Kroatien gekauft. In Trogir. Ganz nahe am Meer, mit Pool und schöner Terrasse. Aber bitte verrate noch nichts. Du musst mir helfen, Gerlinde zu überreden, diese furchtbare Villa hier zu verkaufen. Wenn du stillhältst, kannst du gerne mal für ein paar Tage runterfahren. Ist wirklich schön dort. Und das Essen! Alles frisch aus dem Meer!«

Gilbert stieg in das Boot, das er vorher am Ufer angeleint hatte. »Mein lieber Onkel, wenn du nicht sofort aufhörst zu schwärmen, lass ich dich auf der Stelle alleine und düse in den Süden. Das sind wirklich großartige Neuigkeiten. Ich komme gerne auf dein Angebot zurück. Und ich offenbare dir, dass ich mich heute um die Nachspeise kümmern werde. Habe jede Menge Eis und Bananen vom Spar aus Weyregg geholt. Sowie Kochschokolade für eine echte Schokoladensoße. Aber die will verdient sein. Deshalb ab ins Wasser mit dir!«

11.

Samstag, um Mittag

Weißenbachtal

Werner hatte die zwei Frauen gebeten, bei dem Verletzten zu bleiben. Von Natascha darüber aufgeklärt, dass Rudi mit Nachnahmen Lehner heiße, in Kammer-Schörfling wohne und ihr ehemaliger Freund sei, war ihm nun auch klar, warum er ihm irgendwie bekannt vorkam. Er hatte ihn im vorigen Herbst im Präsidium aufgesucht, um eine Vermisstenanzeige aufzugeben. Eigenartig war nur, dass er hier schwer verletzt hinter einem Wagen lag, von dem Adler nicht dachte, dass er Rudolf Lehner gehörte. Durch die offen stehende Beifahrertür hatte sich der Regen über die Hälfte der Fahrerkabine hergemacht. Er sah zusammengeknüllte Kleidung, die sicherlich nicht dem jungen Mann zuzuordnen war. Und ein Smartphone, das am Sperrbildschirm eine nackte Frau von hinten zeigte. Weiter kam er ohne Sicherheitscode nicht. Alles sehr seltsam. Doch zuerst musste er die Rettungskette für den Schwerverletzten in Gang setzen.

Unschlüssig, ob er mit dem Auto oder zu Fuß einen Empfangsbereich für das Telefon suchen sollte, lief Adler die Leitplanke entlang, die am Ende des Parkplatzes bei einer kleinen Wiese endete. Er blickte nochmals zurück, fotografierte das blaue Schild mit der Kilometerbezeichnung 10,4 der Bundesstraße 153. Eine genauere und hilfreichere Bezeichnung gab es für die Einsatzkräfte nicht. Sein Dienstmodus hatte sich aktiviert, da er sich als Polizist bei Gefahr um Leib und Leben selbst unvermittelt in den Dienst stellen musste. Er war bereits einige Meter auf der Straße entlanggelaufen und schon im Begriff, wieder umzudrehen, als sein Handy die gewünschten Balken zeigte. Sofort wählte er die Notrufnummer. Während er die wichtigsten Daten mit der nötigen Ruhe durchgab, verfolgte er mit den Augen den Verlauf des Mittenweißenbaches. Und entdeckte … einen weiteren Körper, der im Bett des Baches lag. Soweit er von hier beurteilen konnte, regungslos.

»Mist, schickt bitte einen zweiten Rettungswagen, da liegt noch jemand. Im Wasser!«

Er stürmte zurück und war in Sekundenschnelle wieder außerhalb der Telefonreichweite, womit sich ein höfliches Beenden des Gesprächs erübrigt hatte. Das Unwetter hatte sich verzogen, vereinzelt fielen ein paar Regentropfen und die nun eintreffenden Sonnenstrahlen versprachen allemal eine Wetterbesserung.

Alexandros kletterte soeben aus dem Wagen. Werner rief ihm zu: »Der Hund bleibt drinnen!«, und wandte sich dann an die beiden Frauen: »Bleibt, wo ihr seid! Rettung ist schon unterwegs. Da ist noch ein Verletzter. Im Bach. Ich hole ihn raus.« Er drehte sich wieder zu dem Jungen um. »Alex, nimm mir bitte das Handy ab.«

Die Ruhe, die Werner bisher an den Tag gelegt hatte, war verschwunden. Er suchte nach einer Stelle, an der er ohne Gefahr in den Bach steigen konnte. Zum Glück fand er eine und entledigte sich rasch seiner Hose und Sandalen. Dabei rutschte die linke Sandale ins Wasser und wurde sofort von der Strömung fortgetragen.

»Nein! Verdammt!«

Er blickte kurz hilfesuchend ans Ufer, als ob seine Tante oder Natascha von oben seine Sandale herausfischen könnten.

»Ahh, das ist ja eiskalt.«

Die Kälte umfing seine Füße, die sich in den letzten zwei Wochen an das um vieles wärmere Mittelmeerwasser an griechischen Stränden gewöhnt hatten. Mehr zu sich selbst als zu den anderen, die ihn sowieso nicht hören konnten, schimpfte er vor sich hin und stapfte den Wasserlauf entlang. Nach einer leichten Biegung des Bachbettes versperrte ihm ein Fahrrad den Weg, das sicherlich nicht hierhergehörte. Er hob es am Vorderrad hoch und schob sich darunter durch. Über sich vernahm er Stimmen. Vera tauchte in seinem Blickfeld auf, jedoch konnte er nicht verstehen, was sie ihm zurief.

Der Mitterweißenbach hatte hier, im Wasserlauf der Traun zu, breite Becken ausgeschwemmt, die für einen barfüßigen und nicht geübten Flusswanderer kaum zu bewältigen waren. Die Tiefe der Kuhlen überraschte ihn mit teilweise hohem Wasserstand. Hin und wieder hielt er sich an der linken Ufermauer aufrecht, die leider nur wenige Meter vorhanden war. An anderen Stellen musste er sich mit beiden Händen an den nassen Steinen und Felsblöcken abstützen, um nicht wegzurutschen und sich dadurch zu verletzen. Die Strömung riss ihm mehrmals die Boxershorts mit dem gelb-schwarzen Star-Wars-Aufdruck unter das Gesäß. Was vom Parkplatz aus gesehen einer gewissen Situationskomik nicht entbehrte. Um zu dem reglosen Körper zu gelangen, musste er sich noch zwei Stufen im Gefälle des Baches hinunterkämpfen. Ähnlich den besser ausgerüsteten Touristen, die geführte Abenteuerwanderungen mit Taucherbrille in den nahe gelegenen Gimbach Kaskaden gebucht hatten.

Der größere Höhenunterschied betrug über einen halben Meter. Werner getraute sich nicht, hinunterzuspringen, da er nicht wusste, was ihn am Beckengrund erwartete. Spitze Felskanten oder Risse würden ihn ebenfalls in einen Hilfsbedürftigen verwandeln. Umständlich drehte er sich um, ging in die Knie und ließ sich mit der Kraft seiner Hände langsam nach unten sinken. Dabei schürfte er sich an dem Steinblock, der das Gefälle verursachte, die Haut am Unterbauch auf, was er allerdings in diesem Moment nicht spürte. Abermals zog ihm der Miniwasserfall die Unterhose von der Hüfte. Ärgerlich, erschöpft, dem Ende seiner Kräfte nahe, zog er sie wieder hinauf und bemerkte dabei die Schrammen.

Ein Signalhorn kündigte das Eintreffen zweier Polizeifahrzeuge am Parkplatz an. Die Kollegen aus Bad Ischl ließen das Blaulicht weiter rotieren und sprachen mit seiner Tante und Natascha. Das Rauschen des Baches war dermaßen laut, dass die Zurufe nichts brachten.

Werner drehte sich wieder um, absolvierte das letzte Hindernis und watete durch niedriges Wasser auf sein Ziel zu. Der halbnackte Körper war rechts des Baches vor einem Felsblock auf einer winzigen grobkörnigen Sandbank abgelegt worden. Kopf und Brustbereich lagen im Freien, der Rest wurde ständig vom Wasser umspült. Es handelte sich eindeutig um einen Mann, der auf der Seite lag, das Gesicht einem Felsblock zugewandt. Außer Atem ließ Werner sich neben ihm nieder, berührte ihn ganz leicht an der Schulter.

»Können Sie mich verstehen? Tut Ihnen etwas weh?«

Keine Antwort.

»Ich werde Sie jetzt vorsichtig zu mir drehen. Bitte geben Sie sofort ein Zeichen, wenn Sie Schmerzen haben.«

Er richtete sich auf, übte sachten Druck auf die linke Schulter des vor ihm Liegenden aus, der dadurch seine Vorderseite freigab.

Eine blutige Stirn, eingefallene Wangen und gebrochene Augen erschütterten den hilfsbereiten Polizisten zutiefst. Die innere Kälte, die ihn nun erfasste, war nichts im Vergleich zum kühlen Mitterweißenbach.

»Scheiße! Verdammt! Warum immer ich?«

Er war versucht, aus Verzweiflung auf den Felsblock unter ihm einzuschlagen, besann sich aber schließlich eines Besseren und wandte sich den Kollegen auf dem Parkplatz zu, die gespannt zu ihm hinunterblickten. Inzwischen waren auch ein Rotkreuz-Rettungswagen und ein Notarztfahrzeug bei ihnen eingetroffen. Mit der Hand eine Schnittlinie unter dem Hals andeutend, vermittelte Werner ihnen, dass der zu Rettende nicht mehr gerettet werden konnte.

Als hätte das Schicksal eine Belohnung für die selbstlose Bergung hinterlegt, entdeckte er hinter dem Toten seine verloren geglaubte Sandale. Und zusätzlich einen roten Schuh, der sich zweifelsohne vor nicht allzu langer Zeit an Rudolfs Fuß befunden haben musste.

12.

Samstagnachmittag

Weyregg

Werner lag, trotz der zurückgekehrten sommerlichen Temperaturen in eine dünne Decke eingewickelt, in einem hölzernen Liegestuhl auf dem vor Jahren verbreiterten Balkon des eigenen Wohnhauses, welches er mit seinem Vater Jakob bewohnte.

Der 25. Band der Star-Wars-Comic-Kollektion lag aufgeschlagen neben ihm am Boden. Er war wohl beim Lesen eingenickt. Die Uhr vermittelte ihm, dass er mindestens eine Stunde tief und fest geschlafen hatte. Kein Wunder nach dem Erlebten im Weißenbachtal.

Der Notarzt hatte den Rettungshubschrauber von Scharnstein angefordert, der den schwer verletzten jungen Mann vom Parkplatz in ein Krankenhaus befördert hatte. Um den Toten und ihn selbst aus dem tief gelegenen Bachbett zu bergen, hatten seine Kollegen die Bergrettung informiert. Fast nackt, nur mit den an mehreren Stellen eingerissenen Boxershorts bekleidet und mit zwei verschiedenen Schuhen bewaffnet, hatte man ihm eine Decke übergeworfen, da er vor Kälte und einer angehenden Panikattacke wegen gezittert hatte. Von den Hilfskräften über die Felsblöcke zu einer Stelle begleitet, an der sie ohne Probleme den Bach queren und den Parkplatz erreichen konnten, war er dem Notarzt übergeben worden.

Der Arzt hatte die Abschürfungen am Bauch und an weiteren Stellen behandelt, ihm etwas zur Beruhigung verabreicht und geraten, sich den Nachmittag über zum Aufwärmen in die Sonne zu legen.

Vera und Natascha hatten alles andere erledigt: ihn nach Weyregg gebracht, für Alexandros und Gerda die notwendigsten Utensilien für die Übernachtung aus deren Wohnungen geholt und Werner das Auto zurückgebracht. Zum Schluss waren sie gemeinsam zu Veras Haus gefahren, das auf der anderen Seite des Attersees in Palmsdorf lag.

Werner entledigte sich der Decke, unter der er von der Sonneneinwirkung aufgeheizt und nassgeschwitzt war. Er griff nach dem Comic und erinnerte sich, dass drei weitere Nummern dieser auf 60 Bände geplanten Reihe in der Buchhandlung in Seewalchen für ihn reserviert worden waren. Er würde sie in den nächsten Tagen abholen. Aneinandergereiht ergaben die Rücken der gebundenen Comicreihe ein farbenprächtiges Bild mit den Darstellungen der wichtigsten Charaktere der Kultserie. Helena hatte ihn deswegen aufgezogen, doch ihr Sohn fand das cool.

Vom Balkon aus, der sich in der kalten Jahreszeit durch Schiebeelemente in einen Wintergarten verwandeln ließ, konnte er in sein Schlafzimmer und in den Wohnraum gelangen. Er erhob sich, legte das Buch auf dem Wohnzimmertisch ab und aktivierte seine Musikanlage. Die Klänge ertönten durch extra angebrachte Lautsprecher ebenso im Badezimmer. Beim Duschen hörte er gerne Blues. Mark Knopfler sang »Hot or what«.

Während Werner das heiße Wasser aus den vielen Düsen des neuen Regenduschkopfes genoss, überlegte er, ob er Ingeborg anrufen oder sie drüben in Nußdorf besuchen sollte. Sie war eine alte Schulfreundin, mit der er alles besprach. Auch seine Ängste. Sie hatte ihn dazu gebracht, es mit Yoga zu versuchen und im vergangenen Frühjahr am Traunsee ein dreitägiges Seminar zu absolvieren. Er wusste, dass es ihm guttat, dass es ihn ein wenig zur Ruhe brachte. Doch der innere Schweinehund verhinderte, dass er die Yogamatte unter dem Bett hervorholte, sie ausrollte und sich erneut mit den Übungen beschäftigte, denn die meisten davon hatte er vergessen. Das Buch dazu hatte er verlegt. Einzig den Morgengruß führte er zumindest zwei- bis dreimal die Woche aus. Hierzu genügte der große Vorleger im Schlafzimmer.

Beim Abtrocknen roch er, dass das Badetuch Sehnsucht nach der Waschmaschine hatte. So wie die neue Leinenhose, die zum Einweichen im Waschbecken lag. Das gelbe, blutdurchtränkte Sommerhemd war nicht mehr zu retten und er hatte es bei der Ankunft in die Mülltonne gestopft. In all dem Aufruhr und der Hektik während der Rettungsaktion war die zweite Sandale beim Einstieg des Mitterweißenbaches alleine zurückgeblieben. Ob sie noch dort lag oder auf der Suche nach ihrem Gegenstück weggeschwommen war?

Im Schlafzimmer schob er mit dem Fuß seine Schuhe zur Seite und nahm auf dem weißen Vorleger die Starthaltung des Morgengrußes ein. Als ob Mark Knopfler darauf reagierte, war die Ballade »Kingdom of Gold« zu hören. Und so begleitete ihn die beruhigende Musik bei der Ausführung der Asanas. Ob er die richtige Abfolge einhielt, war ihm nicht bewusst, dafür hielt ihn allein die Fokussierung auf den eigenen Körper von schwerwiegenden Gedanken ab.

Beim herabschauenden Hund, bei dem beide Hände und Füße auf den Boden gestemmt werden und das Gesäß den höchsten Punkt ausmacht, irritierte ihn etwas. Da er immer noch nackt war, sah er zwischen seinen gestreckten Füßen, an herabhängenden Genitalien vorbei, dass sich die Tür öffnete und sein Vater hereinblickte.

»Tschuldigung, Sohn. Äh … Geht's dir nicht gut, oder suchst du etwas?«

Verärgert ging Werner auf die Knie und drehte sich weg.

»Papa! Du solltest anklopfen! Haben wir doch vereinbart, oder nicht?«

»Das habe ich, aber du hast nicht geantwortet. Egal, Besuch ist da für dich. Hast du vergessen, dass Beatrix aus Tirol vorbeikommt? Zieh was an und komm runter. Ich denke nicht, dass du sie so empfangen möchtest.«

Das zweideutige Lächeln seines Erzeugers konnte Werner nicht mehr sehen, da er immer noch zusammengeklappt auf dem Teppich kauerte. Das Seltsame war, dass ihn, im Gegensatz zu Jakob, solche Szenen peinlich berührten. Nicht anders wäre es gewesen, wenn seine Freundin Helena ihn in dieser Stellung überrascht hätte. Er musste sich wieder angewöhnen, die Schlafzimmertür abzusperren, was ihm im eigenen Haus allerdings widerstrebte.

Ja, er hatte Beatrix tatsächlich vergessen. Vor dem Urlaub war ausgemacht worden, dass sie an diesem Samstagnachmittag vorbeikommen würde, da sie mit ihrer Familie nach Linz unterwegs war, um eine Wohngelegenheit für ihre studierende Tochter zu suchen.

13.

Samstagnachmittag

Palmsdorf

Vera und Natascha trugen einen zusammenklappbaren Campingtisch mit zwei dazugehörigen Stühlen aus dem Keller und lehnten alles an die Garagenwand. Da sie vorhatten, noch einmal auszufahren, wollten sie das Auto erst am Sonntagvormittag mit den Utensilien für die Aktion beladen. Ein altes und ein neues Warndreieck fanden ebenso für die geplante Verwendung ihren Platz in der Garage.

»So, Natascha, nun müssen wir die Listen und Unterschriftsbögen vorbereiten und ausdrucken. Ich bin sicher, du hast darin mehr Übung als ich.«

Vera führte ihre junge Freundin zurück ins Wohnhaus, wo links neben der Toilette ein schmaler Arbeitsraum mit Computer und Drucker eingerichtet war.

»Ob du's glaubst oder nicht, das hier war früher das Bügelzimmer. Damals, als ich noch ein Kind war, kam fast jeden Tag eine Haushälterin und erledigte am Vormittag die verschiedensten Arbeiten. Heute könnte man sich so eine Kraft gar nicht mehr leisten.«

Plötzlich stand Alexandros hinter ihnen. »Gerda hat in dein Gemüsebeet gemacht. Habt ihr ein Sackerl fürs Gackerl?« Der österreichische Spruch machte ihm sichtlich Spaß, auch wenn er aus seinem Munde alles andere als alpenländisch klang.

Vera, wortgewandt, wie sie war, entgegnete sofort: »Nein, ein Sackerl fürs Gackerl habe ich nicht, aber ein Schauferl fürs Hauferl, das kann ich dir geben.«

Die Augen des Jungen blitzten schelmisch. »Kannst du das bitte wiederholen? Ich möchte es mir aufschreiben.« Er drehte sich um, lief aus dem Zimmer und war nach einer Minute wieder zurück, mit Stift und Notizheft bewaffnet.

Vera wiederholte langsam ihren Satz und versuchte lehrhaft, die Übersetzung zu liefern, was nicht notwendig war.

»Ich weiß, was das bedeutet, aber ich schreibe mir solche Sätze und Wörter auf. Hier, in mein Sprücheheft. Ich habe ein Sprücheheft und ein Wörterheft.«

Natascha nahm es ihm aus der Hand und blätterte kurz darin.

»Mein lieber Alex, da stehen Sätze drin, die solltest du niemandem zeigen, geschweige denn aufsagen. Und ›Geh scheißn‹ schreibt man mit scharfem ß. Auch im Österreichischen.« Sie gab ihm das Heft zurück und auf ihrem Gesicht war ein schelmischer Ausdruck zu sehen.

Vera schob den Jungen hinaus und ging mit ihm in die Küche. Sie öffnete unter dem Waschbecken ein Kästchen und forderte ihn auf, hineinzusehen. »Kannst gleich wieder ein neues Wort dazuschreiben, denn ich bin mir sicher, dass du keinen Bartwisch kennst.«

»Einen was?«

»Siehst du? Wusst ich's doch. Ein Bartwisch ist ein kleiner Besen. In Deutschland sagen manche Handfeger dazu.«

Sie reichte ihm das Gerät zusammen mit einer alten blechernen Kehrschaufel. »Mein Herr. Das ist das Schauferl fürs Hauferl. Bitte das Ergebnis gleich in die Mülltonne geben und nicht mehr ins Haus hereintragen. Den Rest bitte zum Reinigen beim Regenfass ablegen. Es befindet sich neben dem Eingang zu dem Glashaus.«

»Wird erledigt! Verratet ihr mir dann, was wir morgen vorhaben? Ihr macht es so spannend. Ich möchte wissen, wobei ich euch helfen kann.«

»Ja. Zuerst drucken wir ein paar Listen aus, anschließend gibt es die Lagebesprechung. Ich komme mit Natascha raus auf die Terrasse. Und gib bitte auf Gerda acht, dass sie … ähh … er mir nicht das ganze Gemüsebeet umgräbt.«

Schon war der Junge unterwegs.

Natascha stellte ein Tablett mit zwei Tassen, einem Glas und drei Dessertschalen voll aufgeschnittenem Obst auf den riesigen Terrassentisch. Für die Erwachsenen gab es Kaffee, für Alex einen Hollersaft. Gerda war zwar angeleint, konnte sich aber trotzdem in einem weitreichenden Radius des Gartens bewegen. Bei seinem kindlichen Herrchen schien er folgsamer und ruhiger zu sein als sonst.

»Jetzt eröffnen wir dir das Geheimnis. Natascha, zeigst du ihm bitte jeweils die Fotos?« Vera konnte nicht verheimlichen, dass sie früher Lehrerin gewesen war.

Wie in der Schule, als wäre es die zu erledigende Aufgabe, hob die Jüngere das bereitgelegte iPad und zeigte es der Klasse, die nur aus einem Schüler bestand.

»Alex, bevor wir starten, muss ich dir etwas sehr Wichtiges erklären. Du weißt sicherlich, dass der Bruder deines griechischen Urgroßvaters im letzten Weltkrieg von den Nazis getötet wurde. Darüber ist deine Mama noch heute traurig.«

Alexandros nickte und trank einen Schluck von seinem Saft. Die Stimmung war plötzlich ernst und bedrückend geworden. Sogar Gerda fühlte das, trottete zu dem Jungen und legte den Kopf auf dessen Knien ab, die Augen treuherzig nach oben gerichtet.

»Leider gibt es jetzt noch Menschen, die meinen, dass die Nazis tolle Sachen gemacht haben. Manche von ihnen verbreiten Lügen und möchten, dass es wieder so wird wie damals. Doch das wollen wir hier nicht.«

Sie nahm einen Schluck aus der Kaffeetasse und fischte aus einem Versteck ein Lederetui mit Zigaretten.

»Entschuldigung, Alex. Stört es dich, wenn ich eine rauche? In der Anwesenheit von Kindern mache ich das nicht gerne, doch heute hatte ich kaum Gelegenheit dazu.«

Beinahe gleichzeitig nickte und schüttelte Alexandros den Kopf, da er nicht wusste, ob er die Frage bejahen oder verneinen sollte. »Nein, Tante Vera, macht mir nichts aus. Nur bitte blase mir den Rauch nicht ins Gesicht. Das ist eklig.«

Sie hatte dem Jungen während der Autofahrt hier herauf gestattet, sie mit Tante Vera anzusprechen, was Alex toll fand, denn so hatte er an diesem Wochenende gleichzeitig eine Cousine und eine Tante bekommen. Eine Familie, die es bisher für ihn nur in Griechenland gab.

Natascha hielt ihm das Tablet hin, auf dem das bekannteste Symbol der Hitlerära prangte.

»Das ist ein Hakenkreuz. Das Zeichen der Nazis«, erklärte Alexandros bestimmt.

»Genau! Während des Krieges war es überall zu sehen. Vor allem auf den Fahnen, Wimpeln und Uniformen. Heute ist es bei uns in Österreich und Deutschland verboten.« Natascha wischte mit der Hand über das Display und eine andere Flagge war zu sehen. Eine mit schwarzem, weißem und rotem Balken. »Diese Fahne hatten die

Nazis, bevor sie das Hakenkreuz einführten. Die deutschnationale oder auch Reichskriegsflagge. Die ist leider nicht verboten. Und viele Menschen, die sich die Zeit der Nazis zurückwünschen, laufen mit solchen Fahnen herum. Man bezeichnet sie als rechtsradikal.«

Nun übernahm Vera wieder das Wort. Sie dämpfte die halbgerauchte Zigarette aus, da es nicht möglich war, Alexandros rauchfrei zu halten. »Und so eine Fahne hängt im Sommer immer bei einem Haus zwischen Seewalchen und Attersee. Dort kommen Leute zusammen wie in einem Ferienlager für Erwachsene. Und wenn sie am See sind, dann hissen sie die Flagge und lassen sie die ganze Zeit über hängen. Manche von ihnen denken sich vielleicht nichts dabei und haben vom geschichtlichen Hintergrund wenig Ahnung. Aber es gibt viele Menschen, die durch die Nazis ihre Angehörigen verloren haben. So wie bei eurer Familie. Wenn diese Menschen hier solche Fahnen sehen, könnten sie denken, dass es den Österreichern egal ist, was damals passierte.«

Vera war sich im Klaren darüber, dass dies für den Jungen höchstwahrscheinlich zu viele Informationen auf einmal waren, aber sie war sich sicher, dass Alexandros den Sinn des Ganzen nachvollziehen konnte.

»Wollt ihr die Fahne abschneiden? Das kann ich nicht … und … trau ich mich nicht.«

Vera schmunzelte: »Nein, Alex, das machen wir nicht. Das ist verboten. Wir dürfen nicht einmal auf das Grundstück gehen. Aber wir möchten morgen Mittag für zwei Stunden auf der Straße unterhalb des Hauses eine kleine Absperrung machen, eine Demonstration. Wir werden alle Autofahrer fragen, ob sie es gutheißen, dass hier, in so einer wunderschönen und touristisch viel besuchten Landschaft, dieses fragwürdige Symbol ausgehängt ist. Und wenn jemand etwas dagegen hat, so wie wir, dann lassen wir ihn auf einem Blatt Papier unterschreiben. Wir sind uns sicher, dass den meisten Vorbeifahrenden das gar nicht auffällt. Aber anderen tut das sehr weh. Die Liste bringen wir in den nächsten Tagen zum Bürgermeister sowie zum Landeshauptmann und informieren die Zeitungen.«

»Und was muss ich dabei machen?«

Natascha verstand die Befürchtungen und Unsicherheiten ihres neu erworbenen Cousins. »Du bewachst mit Gerda die Listen. Du bist der Listenverwalter. Wir setzen dich am Straßenrand auf einen Stuhl und geben dir all die unterschriebenen Bestätigungen, die du in eine Tasche steckst. Keine Angst, wir lassen dich nicht allein. Wir sind immer bei dir.«

Vera zeigte ihm den Ausdruck einer Blankoliste, auf der unterschrieben werden sollte. »Deine Mama wird stolz auf dich sein, wenn sie nach ihrer Rückkehr aus Griechenland erfährt, wobei du uns geholfen hast.«

Noch nicht vollständig überzeugt, fragte Alexandros nochmals nach: »Und warum darf Werner nichts davon erfahren? Ist es doch gefährlich oder gar verboten?«

Die beiden Frauen blickten sich angesichts der Hartnäckigkeit des Jungen fragend an.

14.

Samstagnachmittag

Am Südostufer des Attersees

Erblehner Christian war verärgert. Und wütend. Er war gerade dabei, die Marinade für das Grillfleisch vorzubereiten. Mit dreierlei Ölen, mehreren Gewürzen und etwas Weißwein. Statt Salz verwendete er seit der Diagnose, dass sein Zuckerproblem auch seine Nierenfunktion beeinträchtigte, verschiedene Essigsorten und Sojasoßen. Dies alles hatte ihm mehr Spaß am Kochen und einen ausgeprägteren Gaumen beschert.

Auf der Suche nach einem schärferen Messer war ihm hinter dem Brotkorb versteckt ein Kuvert aufgefallen. Nachdem er sich die Hände mit dem Geschirrtuch abgetrocknet hatte, das er während des Kochvorgangs über der Schulter hängen ließ, las er vorerst den Absender. Namen und Adresse kannte er und wusste somit, ohne das Schreiben herauszuziehen, dass es sich wieder einmal um eine leidige Sache handelte, ausgehend vom Nachbarn. Der Brief kam von einem Anwalt, der wahrscheinlich seinen halben Jahreslohn mit Arbeiten für den Anton vom See verdiente.

Nachdem er die paar Zeilen gelesen hatte, ging er auf die Schattenterrasse der Villa, wo Gerlinde mit Gilbert bereits die dritte Partie Dame spielte.

»Wann wolltest du mir das zeigen?« Christian warf schnaubend den Brief auf das Spielbrett. Sein Neffe sah überrascht auf und Gerlinde hob behutsam das Papier von den schwarzen und weißen Steinen.

»Ich hätte ihn dir am Montag gegeben. Ich wusste, dass es dich wieder maßlos aufregen würde. Ich wollte dich damit vor deinem sportlichen Vorhaben morgen nicht belasten.«

Das fragende Gesicht des Verwandtenbesuchs veranlasste sie, ihm in Kürze den Inhalt des Briefes zu offenbaren.

»Unser ungeliebter Nachbar hat den Anwalt beauftragt, wieder einmal eine Botschaft an uns zu senden. Da ich die Eigentümerin des Grundstücks bin, ist sie an mich adressiert. Keine Anzeige, nur eine Bitte. Die bepflanzte Abgrenzung unseres Wiesenstreifens vom See zur Straße sei hochgiftig, die Eibe eine Gefahr für alle Kinder und Tiere. In den letzten Wochen habe seine Katze mehrmals erbrochen und auch bösen Durchfall gehabt. Da er seinem Haustier nur Biofutter verabreiche, müsse er annehmen, dass das Tier die Früchte des Strauches gefressen habe. Nicht auszudenken, wenn bald seine Enkelkinder aus den Niederlanden zu Besuch kommen und irrtümlich einen Samen der Eibe in den Mund stecken würden … Das enthaltene Toxin hätte unvorstellbare Auswirkungen. Aus diesem Grunde bitte er, die giftige grüne Abgrenzung zu entfernen und eventuell einen Holzzaun zu setzen, so wie er einen auf seinem Seegrundstück habe. ›Ich hoffe, Sie stehen positiv zu den Bedenken und der Bitte meines Mandanten‹, bla, bla, bla.«

Christian war zu aufgebracht, um sich zu setzen. »Dieses Arschloch. Nur weil ich ihm vor Jahren den Bau einer Garage direkt an unserer Grundstücksgrenze versagt habe, sitzt er uns im Genick. Ich gehe jetzt rüber und sage ihm meine Meinung.« Er nahm Gerlinde den Brief ab und machte sich daran, die Stufen, die von der Terrasse in den Garten führten, hinabzusteigen.

»Nein, Christian, das tust du nicht.« Gerlinde war aufgestanden und hielt ihn am Arm fest. »Du weißt genau, was daraus wird. Eine Anzeige wegen Ehrenbeleidigung, Verletzung des Betretungsverbots seines Grundstücks und vieles mehr. Dieser Brief ist lediglich eine Bitte. Wir werden nicht einmal darauf antworten, sondern werfen ihn einfach weg. Und dass die Katze bei uns das bessere Futter bekommt, habe ich mehrmals mit der Handykamera festgehalten.«

»Aber –«

»Nichts aber. Geh bitte wieder in die Küche und bereite uns das Essen vor. Den gemütlichen Nachmittag und das Abendessen lassen wir uns von dem da drüben nicht verhunzen. Wenn du dich beruhigst, werde ich wirklich ernsthaft überlegen, dieses Anwesen hier zu verkaufen und mit dir in Kroatien eine neue Bleibe zu suchen.« Sie umschloss mit beiden Händen sein Gesicht und küsste ihn herzhaft.

Gilbert klatschte grinsend und meinte, seine Tante hätte recht. Wegen so eines Trottels Energie zu vergeuden, zahle sich nicht aus.

Erblehner zeigte mit dem Finger auf Gerlinde und sagte: »Kroatien! Gilbert, du hast es auch gehört. Ich geh wieder in die Küche. Das Schreiben nehmen wir zum Anzünden der Grillkohle.«

Zehn Minuten später entdeckte Gerlinde den Anton vom See, wie er von der Straße aus mehrmals etwas von der Eibe abschnitt und in ein leeres Gurkenglas steckte. Sie erhob sich, stieg die Treppe hinab und näherte sich dem immer noch an dem Staudengewächs hantierenden Nachbarn.

»Herr Wiesbauer«, rief sie ihm über die Straße hinweg zu, »darf ich fragen, was Sie da tun?«

Mit gespieltem Entsetzen fuhr er herum: »Ha, da haben Sie mich aber erschreckt. Ich nehme Proben von dem giftigen Gewächs, und ich mache es von öffentlichem Grund aus. Dieser Busch wächst bereits über Ihre Grundstücksgrenze hinaus. Da darf ich etwas abzwacken.«

Gerlinde lehnte sich an den hüfthohen Metallzaun, der hier ebenso als Abgrenzung zur Straße diente. »Sagen Sie mal, ist Ihnen das nicht zu blöd, ständig irgendwelche Möglichkeiten zu finden, uns zu ärgern beziehungsweise anzuzeigen? Haben Sie so viel Geld übrig, dass Sie nichts Besseres damit anzufangen wissen, als es für irgendwelche Anwälte auszugeben?«

Mit süffisantem Gehabe betätigte der Nachbar den Drehverschluss des Glases. »Werte Frau Erblehner. Ich *finde* diese Ärgernisse nicht, sie kommen auf mich zu. Ich kann da gar nichts dafür. Sie kopulieren zum Beispiel mit wildfremden Männern vor ihrem großen Fenster zum See. Grundsätzlich geht es mich nichts an, wann und mit wem Sie sich vergnügen, doch wenn Sie das für alle sichtbar in Ihrem Schaufenster tun, dann stört das die öffentliche Ordnung und auch mich. Wenn Ihr Besuch auf der Straße parkt, so verstößt das gegen die Straßenverkehrsordnung, und wenn Sie bis nach Mitternacht mit lautem Geschrei und Musik Party machen, stört das meine Nachtruhe. Und vor zwei Wochen hat der Ploberger im Fernsehen gesagt, dass die Eibe hochgiftig sei. Da ist es doch selbstverständlich, dass ich Angst um meine Enkelkinder habe. Und um meine Katze.« Er schickte sich an, über die Straße zu gehen, griff sich provokant in den Schritt, als hätte er dort etwas Schweres zu tragen, und grinste sie dabei abschätzig an.

»Gerlinde! Gerlinde, wieso sprichst du mit diesem Arschloch? Haben wir nicht etwas vereinbart?« Christian kam, immer noch mit dem Geschirrtuch über der Schulter und einem Küchenmesser in der Hand, herunter an die Straße.

Den Ängstlichen mimend, überquerte Wiesbauer die Straße zu seiner Hauszufahrt. »Das Schimpfwort will ich überhört haben, und wenn Sie nicht sofort das Messer weglegen, zeige ich Sie wegen gefährlicher Drohung an. Die Wiener Bagage meint wohl, sie kann's sich immer richten, egal wo und wann. Aber damit ist nun Schluss! Sie schaufeln sich Ihr eigenes Grab!«

Gilbert kam ebenfalls über die Treppe herab und versuchte, seinen Onkel zu beruhigen. »Komm, gib mir das Messer und geh wieder rein. Ich beende das hier. Du auch, Gerlinde.«

Christians Gesichtsfarbe war knallrot geworden. Derart in Rage, kam in ihm das Wiener Arbeiterkind hoch, das eine Menge unflätiger Ausdrücke kannte. In diesen Situationen vergaß er, dass er zuletzt hochbezahlter Manager gewesen war und keinen Knigge brauchte, um einen höflichen und respektvollen Umgang mit seinen Mitmenschen zu pflegen. »Ich lass mich doch nicht von so einem Wappler vertreiben. Geh scheißn, Oida!«, schrie er über den teilweise morsch gewordenen Holzzaun, der die beiden Grundstücke voneinander trennte. Ein Zaun, den keiner der Parteien erneuerte, da nicht klar war, wem er gehörte und wer folglich dafür zuständig war und ihn vor allem bezahlen sollte. Die Aufwände für die Anwälte hatten inzwischen die Kosten einer Neuanschaffung um einiges überstiegen.

Da er sich das Messer nicht abnehmen ließ, wagten es weder Gerlinde noch Gilbert, sich vor Christian zu stellen.

Der Anton vom See wusste sein Gegenüber hochzuschaukeln: »Ich gehe scheißn, wenn ich will. Und der Oide sind Sie und nicht ich. Aber Sie haben mich mit Ihrem Messer so verängstigt, dass ich mir tatsächlich fast in die Hose gemacht habe. Ich schaffe es nicht mehr hinein.« Damit zog er den Reißverschluss seiner Hose auf und pinkelte gegen eine der Zaunlatten zwischen ihnen. Dabei spritzten einige Tropfen auf Christians nackte Unterschenkel. Etwas leiser, aber doch laut genug, dass es alle hören konnten, fügte er an: »Ihre Frau hat sich derart oft im Fenster nackt gezeigt und viele verschiedene Schwänze in der Hand gehabt, dass sie meiner auch nicht stören kann.«

Christian war kurz vor einem Herzanfall. »Lass ihn sofort verschwinden. Sonst pack ich dich beim Beidl und schmeiß dich übern See nach Unterach hinüber. Oder ich schneid ihn dir ab und mach für deine Katze morgen ein Beidlfrühstück!« Er war versucht, noch »du fette Sau« anzufügen, doch da er selber übergewichtig war, konnte er es sich rechtzeitig verkneifen.

Lässig und für alle sichtbar schüttelte der Nachbar die letzten Tropfen ab und zog den Reißverschluss wieder zu. »Ich hoffe, Sie alle haben diese Drohung vernommen. Ich werde sie für alle Fälle gleich protokollieren.«

Gerlinde war nun endlich zu ihrem Mann getreten, nahm ihm das Messer ab, welches sie zur Verwahrung an Gilbert weitergab, und zischte ihm zu: »Wenn du nicht sofort aufhörst, lass ich dich für den Rest der Zeit hier alleine und fahr irgendwohin. Ich verspreche dir, dass wir den nächsten Sommer woanders verbringen werden. Wir vermieten das Ganze hier, denn verkaufen will ich es nicht. Aber neben so einem Schwein müssen wir nicht in unseren schönen Tagen wohnen.«

Ohne den Nachbarn eines weiteren Blickes zu würdigen, gingen sie zur Terrasse hoch. »Sie werden noch von mir hören!«, wurde ihnen dabei nachgerufen.

Das Erste, was sie tatsächlich zu hören bekamen, war der Song »Ich bin der Anton von Tirol« in einer fast unerträglichen Lautstärke.

20 Minuten später fuhr ein Streifenwagen der Unteracher Polizei in die Einfahrt der Villa. Die Beamten mussten einer Anzeige wegen gefährlicher Drohung und Ehrenbeleidigung nachgehen. Es war keinesfalls das erste Mal, dass sie hierhergerufen wurden. Sie wollten nur zuerst die Version des Bedrohenden hören, der gewissermaßen zugleich das tatsächliche Opfer war.

15.

Samstag, später Nachmittag

Am Attersee

Das Unwetter hatte mittlerweile zur Gänze dem herrlichen Sonnenschein mit segelfreundlichem Wind Platz gemacht. Langsam kamen die Segelschiffe und Touristenboote wieder aus ihren Verstecken hervor.

Werner, von Kollegen aus Unterach abgeholt, die nahe von Steinbach einen Einsatz wegen eines Nachbarschaftsstreits gehabt hatten, steuerte das Polizeiboot alleine Richtung Weyregg. Obwohl sein Dienst erst am Sonntag begann, hatte er die Uniform angezogen. Denn in Zivil wollte er das Boot nicht führen, auch wenn er es lediglich für die morgige Indienstnahme überstellte. Zurzeit gab es nur ein funktionierendes Dienstboot. Das zweite war bei einem Einsatz im Frühjahr beschädigt und bisher noch nicht repariert worden. Neben der personellen Unterbesetzung gab es ebenso eine Knappheit an finanziellen Mitteln für die Ausrüstungen. Und am See gehörte ein Polizeimotorboot genauso zum Fuhrpark wie die Polizeiwagen. Dafür wurde ihnen vom Innenministerium ständig neuer bürokratischer Nonsens aufgebürdet, der inzwischen die Ausgabe einer »Schildbürger reloaded« mit unzähligen Seiten hätte füllen können.

Der Kollege aus Unterach, der ihn morgen bei der Atterseeüberquerung unterstützen sollte, war, so wie Helena, unverschuldet nicht rechtzeitig aus dem Urlaubsland zurückgekommen. Sein Vorgesetzter und Freund Robert Preuner aus Schörfling hatte sich bereit erklärt, mit ihm die Überwachung des sportlichen Events zu übernehmen. Er war gerade dabei, den Motorbootschein nachzumachen. Mit ihm wären sie endlich wieder vier Mann, die das Dienstboot steuern durften. Im Sommer musste bei jeder Sturmwarnung ein Polizeiboot rausfahren, was schwierig wurde, wenn, so wie jetzt, nur ein Boot fahrtüchtig war. Und bei drei berechtigten Lenkern musste stets abgestimmt werden, dass immer einer davon im Dienst war. Nicht nur einmal war Werner bei Sturmwarnungen nach Unterach gefahren, doch bis das Schiff jeweils startklar gewesen war, war die Schlechtwetterfront bereits wieder vorüber. So ein Diensteinsatz bestand dann lediglich aus leeren Kilometern und verschwendeter Zeit. Wie so viele weitere Amtshandlungen auch, für die sie seit Neuestem ausrücken mussten. Unsinnige Ausflüge, die nur Geld kosteten. Scherzhaft hatten sie im Kollegenkreis oft schon gesagt, über diese Einsätze müsse man mal ein Buch schreiben. Doch ob das wer lesen wollte?

Werner hoffte, dass spätestens im Herbst das beschädigte Boot repariert werden würde. Noch konnte er die Ruhe genießen, bevor die Wassersüchtigen die Fläche des größten Binnensees Österreichs erneut mit ihren verschiedensten Wassersportgeräten bevölkerten.

An der breitesten Stelle, zwischen Reith am West- und Alexenau am Ostufer, stellte er den Motor ab. Ließ sich treiben und genoss seinen Seelenfrieden, wie er diese Momente der absoluten Ruhe und des gewollten Alleinseins nannte. Solange er sein eigenes Dienstboot hatte, gab es darauf ein Versteck, in dem er eine Flasche Whisky und Gummibärchen aufbewahrt hatte. Er musste auf die Reparatur des zweiten Bootes warten, um wieder seiner Gewohnheit nachgehen zu können. Für heute hatte er lediglich die Süßigkeiten eingesteckt. Obwohl er zum Genuss stets nur eine geringe Anzahl an Schlucken nahm – sie gehörten zu seinem Ritual –, wollte er sich nicht der Gefahr aussetzen, als geheimer Alkoholiker verdächtigt zu werden. Dabei trank er im Schnitt eher weniger als einige seiner Kollegen. Als Polizist war er nicht nur im Dienst mit heiklen Themen konfrontiert, selbst das private Verhalten stand dauernd auf dem Prüfstand.

Er blickte auf die Wasseroberfläche, sah dem Wellenspiel zu, das nach dem Sturm längere Zeit benötigte, um sich wieder zu beruhigen. Eine leere Plastikflasche trieb an ihm vorbei, ohne dass er sie herausfischen konnte, da sie für seine Arme zu weit weg war.

Dieses Unwetter und das bis jetzt ungeklärte Geschehen im Weißenbachtal hatten in ihm einen Seelensturm ausgelöst. Die gebrochenen Augen des Toten, den er zu retten versucht hatte, drängten sich in sein Bewusstsein. Abgesehen vom Tathergang, der erst nach der Befragung des ins Krankenhaus geflogenen Schwerverletzten würde rekonstruiert werden können, beschäftigte Werner erneut die Frage, warum ihn die Toten immer noch so aus der Fassung brachten. Kein Psychologe konnte ihm eine heilende Therapie anbieten, wobei er erst bei zweien gewesen war. Tipps, wie er in akuten Situationen damit umgehen konnte, waren zwar hilfreich, doch lösten sie das Grundproblem nicht. Heute hatte er sich rasch wieder beruhigt, was nicht immer der Fall war. Dass seine Tante Vera Alexandros und Gerda frühzeitig übernommen hatte, war ihm eine große Erleichterung gewesen. In Extremsituationen hatte er so viel zu tun, dass er unfähig war, die Verantwortung für Unbeteiligte zu übernehmen.

Nach einigen Minuten, bevor das Boot zu weit abtrieb, startete er den Motor und kam zum zweiten Teil seines Seelenfrieden-Rituals. Er verstaute die Dienstkappe unter dem Ruder und steigerte die Geschwindigkeit. Dabei hielt er sein Gesicht, so gut es ging, in den Gegenwind, dass es ihm die Augenflüssigkeit über die Wangen trieb. Er liebte dieses Gefühl, nur im Hier und Jetzt zu sein und sich vollends zu spüren. Ein kurzer Moment des Glücklichseins und der Zufriedenheit entstand dadurch.

Zu seinem Glück gehörte ebenso Helena, die er abgöttisch liebte, und deren Sohn, zu dem er immer mehr durchdrang. Der Junge hatte es anfangs nicht leicht gehabt, die Mutter mit einem anderen Mann teilen zu müssen.

Werner war bereits versucht gewesen, ihr einen Heiratsantrag zu machen. Er wollte mit ihr ein Kind zeugen, doch sie hatte ihm einmal nebenbei mitgeteilt, dass sie gerne wieder in ihre ursprüngliche Heimat Griechenland zurückkehren wolle, sobald Alexandros mit der Schule fertig sei.

Würde sie seinetwegen davon ablassen? War ihre Liebe zu ihm stark genug, darauf zu verzichten? Das neue Leben am Attersee weiterzuführen?

Umgekehrt stellte sich ihm die Frage nicht. Für ihn war es keine Option, mit seiner Liebsten in ein anderes Land zu ziehen. Ja, vielleicht mal in der Pension, aber jetzt …

Kaum war das Boot beim Tauchstützpunkt der Polizei in Weyregg vertäut, läutete Adlers Telefon. Markus Kramer, einer seiner Kollegen, war in der Leitung. Er teilte Werner mit, dass der Tote vom Weißenbachtal ein Briefträger aus Schörfling sei, der in Sicking alleine in einem

Haushalt gelebt habe. Da durch den Schwerverletzten, der noch nicht vernommen werden konnte, der Verdacht einer Gewalttat beziehungsweise eines Verbrechens bestehe, sei die Staatsanwaltschaft eingeschaltet worden. Ein Team, das den Wagen und andere Sachen der beiden Personen sichergestellt hatte, war gerade mit den Schlüsseln von Bad Ischl herüber unterwegs.

Ohne Vorankündigung schaltete sich Preuner in das Gespräch ein. »Werner, ich weiß, dass du das Boot für den morgigen Einsatz nach Weyregg gebracht hast. Ich dachte, vielleicht möchtest du dabei sein, wenn das Haus des Toten inspiziert wird. Immerhin hast du ihn gefunden, und ihr wusstet auch, wer der Verletzte am Parkplatz war.«

Adler überlegte kurz. Wog ab, ob es vielleicht ein Ansatz wäre, einmal auf eine andere Weise an seine Dämonen heranzugehen.

»Ja, Robert. Ich komme mit. Danke. Soll ich selber fahren oder nehmen mich die Ischler mit?«

»Sie sind in ein paar Minuten in Weyregg und werden beim Gemeindeamt auf dich warten. Ich bring dich anschließend zurück. Wir könnten ja am Abend bei einem Bier eine Lagebesprechung für morgen machen. Wär das was?«

Werner war bereits auf Höhe des Schnapsladens, dem Geschäft einer mehrfach international prämierten Brennerin. »Bin so gut wie da. Ja, wir trinken bei mir ein Bier. Meine Cousine hat mir wieder eine Kiste Zillertal Pils mitgebracht. The best one of the world.«

Seine Cousine Beatrix betrieb in Mayrhofen eine Frühstückspension. Er hatte laufend Kontakt zu ihr, und sie versorgte ihn bei Zusammenkünften stets mit seinem Lieblingsbier. Dieses Mal hatte sie wenig Zeit gehabt und war mit ihrer Tochter nur auf einen Kaffee geblieben, den sie auf der mit Granitsteinen belegten Terrasse zum Garten hin konsumiert hatten. In der kleinen Wohnküche hätten kaum alle Platz gefunden, dafür sorgte sein Vater Jakob regelmäßig. Seit seiner Pensionierung beschäftigte er sich ständig mit den verschiedensten Themen – in den letzten Wochen waren es die Römer gewesen, da in Weyregg vor nicht allzu langer Zeit ein neues Mosaik einer historischen Anlage entdeckt worden war. Bücher, Zeitschriften und Computerausdrucke zu diesem Thema belegten dann die Sitzgelegenheiten und meistens auch den Küchentisch.

Das Auto der Kollegen aus Ischl fuhr soeben in eine Parklücke beim Gemeindehaus, in dessen Untergeschoss ein kleines Römermuseum installiert worden war. Sein Vater hatte dort höchstwahrscheinlich jeden ausgestellten Römermosaikstein ausgemessen. Ja, Jakob hatte bei der letzten Ausgrabung einige lose herumliegende Steinwürfel eingesteckt und sie ihm zu Hause stolz als antike Mosaikteilchen vorgelegt. Er fand es zwar nicht in Ordnung, aber hätte er seinen Vater anzeigen sollen wegen ein paar Steinchen aus einem Mosaik, das wieder zugeschüttet wurde?

16.

Samstag, später Nachmittag

Im Terrassencafé in Attersee

»Für den jungen Herrn einen Eisbecher Pfirsich Melba, wenn möglich mit extra viel Pfirsich, denn er könnte sie jeden Tag kiloweise essen, hat er uns soeben gestanden.«

Der Kellner, der zugleich der Hausherr war, zwinkerte Alexandros zu. »Ich denke, das lässt sich machen. Und die Dame?«

Natascha bestellte eine »Heiße Liebe« – »Was denn sonst?«, kommentierte der Junge grinsend – und Vera musste nichts mehr sagen.

»Für dich ein Verlängerter mit einem Marillenkuchen?«

Sie nickte und fügte ergänzend an: »Die Marillen könnte ich zuhauf futtern! Ach ja, und bitte drei Gläser Wasser, wir sind sehr durstig, da wir von unten zu Fuß heraufgekommen sind.«

Alexandros wollte soeben noch etwas sagen, da kam ihm der Kellner mit einer Frage zuvor, die keiner Antwort bedurfte: »Darf ich eurem vierbeinigen Begleiter ebenfalls ein Wasser servieren?« Er beugte sich zu ihm hinunter und tätschelte ihm den Kopf. Sogleich fuhr ihm Gerda dankend mit der Zunge über die Hand. Er liebte anscheinend alle Menschen.

Vera lenkte die Aufmerksamkeit mit einer Armbewegung auf die Aussicht. »Na, was sagt ihr, ist dieser Blick nicht traumhaft?«

Die Sicht von hier aus war tatsächlich atemberaubend. Eindrucksvoll lag in voller Breite die Südhälfte des Attersees vor ihnen. Die Natur schien nach dem Regen, der alles abgekühlt hatte, noch zu dampfen. Vera hatte gleich nach dem Schauer die drei ins Auto verfrachtet und war in die Ortschaft Attersee gefahren, um ihr sommerliches Stammlokal aufzusuchen. »Ein Geheimtipp, den nicht viele kennen«, hatte sie begeistert erklärt.

Natascha gab ihr recht, doch Alexandros war das ziemlich egal. Erwachsene mussten ständig irgendetwas toll und wunderschön finden.

»Kommen sie ins Gefängnis?«, fragt er.

Vera wusste, dass er die zwei Touristinnen aus dem Marmorschlössl meinte. Diesen Vormittag hatten sie alle noch zu verdauen.

»Nein, Alex. Sie wurden von der Polizei einvernommen. Sie werden eine Geldstrafe bekommen, und natürlich müssen sie den Schaden bezahlen. Die Reparatur des Stuhles und anderes. Ist sicher nicht billig.«

Der Hausherr brachte vorerst die drei Wassergläser. Alex trank seines beinahe in einem Zug aus und wischte sich mit dem Arm über den Mund, als hätte er Bierschaum auf der Oberlippe. Dabei beobachtete er einen Mann, der am Nebentisch saß und etwas in ein Notizbuch kritzelte. Nachdenklich griff er dann zu seiner Kaffeetasse, trank und blickte selbstvergessen in die Ferne.

Es dauerte nicht lange, und schon standen zwei Eisbecher, Kaffee und Kuchen auf dem Tisch. Alexandros bekam zusätzlich noch einen ganzen Pfirsich serviert, da die Pfirsichschnitten im Eis aus der Dose waren.

Er entkernte die Frucht, machte Spalten daraus und tauchte diese in die Haube aus Schlagobers. Er war lange genug in Österreich, um zu wissen, dass die Schlagsahne hierzulande so genannt wurde. Genüsslich, beinahe mit Bedacht, verzehrte er den Eisbecher. Um vieles langsamer als Natascha, die ihren regelrecht verschlang. Veras Kuchen war ebenfalls schnell verschwunden. Sie stand auf und sagte: »Entschuldigt, ich gehe mal um die Ecke. Bin gleich wieder da.« Mit den zum Mund geführten Fingern deutete sie an, eine Zigarette zu rauchen.

Gerda sprang schwanzwedelnd auf, bereit, mit ihr loszuziehen, wurde jedoch von Alex festgehalten. Auch Natascha verließ den Tisch, sie wollte zur Toilette.

Alexandros und der Mann am anderen Tisch waren in diesem Moment die einzigen Gäste auf der Terrasse. »Was schreiben Sie in Ihr Notizbuch?«, wollte der Junge neugierig wissen. »Ich habe ein Sprücheheft und ein Wörterheft, in das ich lustige Sätze und neue Begriffe reinschreibe. Machen Sie das auch?«

Der Mann strich über seinen grauhaarigen Rossschwanz, antwortete mit tiefer Stimme, die trotzdem warm und sympathisch klang: »Ich mache mir Notizen für mein neues Buch. So, wie du deine Hefte mit Wörtern füllst, fülle ich es mit Ideen. Übrigens, ich bin der Heinz. Darf ich deinen Namen wissen?«

»Alexandros, aber ich möchte Alex genannt werden. Sind Sie sozusagen … ein … ein Schriftsteller?«

»Ja, das bin ich. Ich schreibe vorwiegend Kinderbücher. Bist du mit deinem Hund auf Urlaub hier?«

Der Junge schüttelte den Kopf: »Nein, ich wohne mit meiner Mutter hier in der Nähe. Dort drüben in Weyregg.« Er zeigte über den See. »Ich weiß, alle denken, dass ich aus Deutschland komme. In der Schule nennen sie mich ›den Deitschen‹. Mit ei. Habe ich auch so in mein Wörterheft geschrieben.«

Nun blickte Heinz etwas ernster. »Stört dich das, Alex?«

»Nein. Anfangs schon, doch jetzt nicht mehr. Bin ja ein halber Deutscher.«

»Und die andere Hälfte?«

»Meine Mamá ist aus Griechenland. Vorige Woche waren wir wieder dort. Wie jeden Sommer, und Ostern.«

»Dann sprichst du auch Griechisch?«

»Ja, natürlich. Aber in Griechenland bin ich für die Kinder ebenfalls nur der Deutsche. O Germanós.«

Gerda wurde unruhiger und Alex klopfte ihm auf die Seite: »Ruhig, skylaki mou. Was schreiben Sie –«

Der Schriftsteller unterbrach ihn: »Sag bitte Du und Heinz. Da wir so vertraulich sprechen, sollten wir uns nicht siezen. Wenn du verstehst, was ich meine.«

Alexandros nickte: »Was für ein Buch schreibst du zurzeit?«

»Ich arbeite an einem Detektivroman, der hier am Attersee spielen soll. Ein Hund kommt darin vor. Der heißt Herr Jaromir, kann sprechen und hilft Lord Huber bei den Kriminalfällen.«

»Gibt es auch Tote?«

»Nein, Alex.« Heinz lächelte und flüsterte ihm zu: »Da fürchte ich mich so, dass ich nicht schlafen kann. In meinen Büchern stirbt niemand.«

Alex wollte ihm erzählen, dass er heute einen toten Mann gesehen hatte. Zum ersten Mal. Doch in diesem Moment kamen beide Frauen laut quatschend zurück.

Der Kinderbuchautor griff in eine schmale Ledertasche und holte ein Taschenbuch heraus. Er schrieb vorne etwas hinein und reichte es dem Jungen. »Hier, das ist der erste Fall von Herrn Jaromir. Ich habe es für dich signiert, und meine Visitenkarte steckt auch zwischen den Seiten. Würde mich freuen, wenn du mir mailst, wie dir das Buch gefallen hat. Vorausgesetzt, du liest gerne.«

Die Augen von Alexandros leuchteten. »Wow! Efcharistó … äh … danke!«

Der Mann stand auf, verabschiedete sich und verließ die Terrasse.

Natascha spielte die Neidvolle. »Mensch, Alex, wie machst du das? Zu Mittag lädt dich der Kaiser … äh, der Kaiserurenkel auf ein Eis ein, am Nachmittag signiert dir ein Autor sein Buch und schenkt es dir. Wirst du morgen gar von einem Millionär auf einen Hubschrauberflug über den Attersee eingeladen?«

Der Junge lachte und meinte stolz: »Ja, das wäre nicht schlecht. Mit einem Flugzeug bin ich schon öfter geflogen, aber noch nie mit einem Hubschrauber.« Er schlug die erste Seite auf und las seinen Begleiterinnen die Signatur vor: »Für Alex! Viel Spaß beim Lesen. Von Hundefreund zu Hundefreund. Heinz.«

Nach den Erlebnissen des Tages war es schön, den Jungen so strahlend zu sehen. Natascha drückte ihn erneut an der Schulter zu sich und fragte: »Darf ich es auch lesen, sobald du damit fertig bist, jetzt, wo ich deine neue Cousine bin?«

»Ja, natürlich, aber nur, wenn du keine Eselsohren reinmachst und gut darauf aufpasst.«

17.

Samstag, circa 18 Uhr

Oberhehenfeld, Schörfling am Attersee

Die drei Uniformierten, Robert Preuner, Markus Kramer und Werner Adler, standen vor der Eingangstür, die sich mit einem der sichergestellten Schlüssel öffnen ließ. Zuvor hatten sie geläutet, da sie nicht ausschließen konnten, dass sich eventuell doch jemand im Haus befand.

Markus stieg in den oberen Stock, Preuner und Adler blieben im Parterre. Sie inspizierten lediglich die Räume, durchwühlten keine Schubladen oder Kästen. Für einen reinen Männerhaushalt war es sehr aufgeräumt und sauber, dachte sich Werner, das Chaos im eigenen Schlafzimmer vor dem inneren Auge.

»Was grinst du so?«, fragte sein Vorgesetzter.

»Mir ist etwas eingefallen. Tut nichts zur Sache«, winkte er ab.

Am rechten Ende des Flurs öffnete er eine mit Blech beschlagene Tür. Sie führte zur Garage. Ein alter VW Käfer mit geöffneter Motorhaube wartete darin offensichtlich schon lange auf Wiederbelebung. Platz für den Lieferwagen, der in Bad Ischl stand, war ebenso vorhanden. Nichts deutete auf ein Verbrechen hin. Das Mauerwerk ließ vermuten, dass die Garage vor einiger Zeit erweitert worden war. Hinter der offen stehenden Tür verbarg sich eine weitere.

»Ich habe mich schon gewundert, dass es keinen Keller gibt«, sagte Werner und stieg als Erster die Treppe hinunter, gefolgt von Robert. Die Betonstufen, noch zum Anbau gehörig, waren breiter als vermutet. Ein Treppenabsatz ermöglichte eine Biegung, und die Polizisten konnten über eine letzte, höhere Stufe das ursprüngliche Gebäude betreten.

Sie vernahmen ein leises Klacken, und mehrere Leuchtstoffröhren flackerten auf, ausgelöst durch einen Bewegungsmelder, der über ihnen angebracht war. Sie befanden sich in einem längeren Gang, der an drei Stufen mit einer Metalltür endete. Wahrscheinlich der Hinterausgang. Am Estrichboden entdeckten sie Schleifspuren, die aus einem anderen Raum zu kommen schienen.

Robert ging an Werner vorbei, zog eine Stabtaschenlampe aus seiner Uniform und leuchtete auf den Boden. Es war nicht eindeutig zu erkennen, wer oder was diese Spuren verursacht hatte. Kramer polterte hinter ihnen herunter.

»Geht's ein bisschen leiser?«, beschwerte sich Preuner und betrat als Erster den nächsten Raum.

»Das gibt es jetzt nicht. Schaut euch das an.« Seine Stimme klang überrascht und humorvoll zugleich.

Die drei Polizisten standen mit leuchtenden Augen und offenen Mündern da wie kleine Jungs vor dem Christbaum, nur blickten sie nicht auf Weihnachtliches, sondern auf sommerliche Dekoration. Als hätte ein Reisebüro hier einen Schauraum gestaltet.

Nach weiteren zwei Schritten gab ein offener Durchgang die Sicht auf einen größeren Raum frei, dessen Boden mit Blutspuren überzogen war.

»Scheiße, Oida«, stieß Kramer aus, der seine Ausbildung

und Jugendjahre in Wien nicht verheimlichen konnte. »Ich glaube, wir brauchen die Krimineser.«

Robert griff zum Diensthandy, was sich als nutzlos erwies. Kein Empfang.

»Markus, geh rauf und verständige unsere Kollegen. Wir benötigen Kriminalpolizei und Spurensicherung. Ja, und der Wagen des Toten in Bad Ischl soll versiegelt werden. Auch für die Spusi.«

Mit der gleichen Lautstärke, in der er heruntergekommen war, stürmte der Angesprochene nach oben und touchierte dabei hörbar mehrmals die Wände des Stiegenaufgangs.

Werner betrat den Raum, darauf bedacht, dass er nirgends in das stellenweise bereits eingetrocknete Blut trat. Er war verblüfft, wie viele verschiedenartige Gegenstände sich hier in den Regalen befanden. Das war alles andere als eine Vorratskammer. »Kannst du mir sagen, was das hier bedeutet?«

Preuner war hinzugetreten, schüttelte erstaunt den Kopf und meinte: »Werner, ich denke, ich weiß, wie diese Gegenstände hierhergekommen sind. Vergiss nicht, unser Toter war Briefträger!«

»Du meinst …?«

»Vielleicht hat der Lehner Rudi das hier ebenfalls entdeckt. Wie er allerdings reingekommen ist, muss geklärt werden, da bisher nichts auf einen Einbruch hinweist.«

Auf einem niedrigeren und schmalen Holzregal standen schön aufgereiht einige Ordner und zwei aufstellbare Bilderrahmen mit einem Foto, das Werner bereits vom Smartphone aus der Fahrerkabine des Lieferwagens kannte: eine nackte Frau von hinten abgelichtet, in der Ferne war ein See auszumachen. Das zweite Bild zeigte bemalte männliche Geschlechtsteile. Intimes Bodypainting?

Preuner streifte dünne Gummihandschuhe über, die er in einer seiner Uniformtaschen mitgebracht hatte. Neugierig griff er zu einem der Ordner und schlug ihn auf. Er blätterte ein paar Seiten durch und pfiff anerkennend durch die Zähne. »Der Kerl hat Buch geführt. Schau, auf jedem Blatt ist eine Person mit Namen, Adresse und gestohlenem Gegenstand angeführt. Aber komisch, dass er alles hier gehortet hat. Ich würde diese Sachen verkaufen, auf einem Flohmarkt oder diversen Internetplattformen.«

Werner, der keine Handschuhe dabeihatte, entdeckte einen ganzen Karton davon in einem Regal und zog ein Paar daraus hervor. Jetzt nahm er ebenfalls einen Ordner in die Hand, mittels eines bedruckten Klebeetiketts versehen mit den Ortsnamen Weyregg, Steinbach und Unterach.

Die ersten Seiten waren ausgedruckte Excel-Tabellen mit Namen und Adressen. Ohne etwas zu erwarten, sah er die Weyregger Listen durch. Der letzte Eintrag entlockte ihm ein: »Das gibt es nicht!«

Zufall, Jakob, war in der allerletzten Zeile zu lesen. Sein Vater. Das war wirklich ein Zufall. Oder?

18.

Samstagabend

Am Südostufer des Attersees

Die zwei Erblehners saßen mit ihrem Neffen Gilbert Neumann auf der Terrasse. Das Grillfleisch fast zur Gänze verzehrt, die Salatschüssel zur Hälfte geleert und die gegrillten Bananen, mit Eierlikör, Schokosoße und Mandelsplittern garniert, auf den zum restlichen Service passenden Desserttellern vor sich. Der Hausherr hatte sich alle Mühe gegeben, ein köstliches Mahl auf den Tisch zu zaubern. Selbst für Nachbars Kater waren ein paar rohe Fleischstückchen abgefallen. Er lag nun auf dem Treppenabsatz und leckte sich genüsslich die Pfoten. Keiner wusste, wie er hieß, deshalb nannten sie ihn alle nur Katerchen.

»Ich kann höchstens die halbe Nachspeise essen, ich platze bald«, meinte Gerlinde und hielt sich ihren Bauch, dessen Umfang nach wie vor auf einen optimalen Körperfettanteil schließen ließ, im Gegensatz zu dem ihres Ehemannes.

Gilbert schälte mit dem Löffel den süßen, warmen Brei aus der schwarz angebrannten Bananenschale. »Heute hat sich unser Nachbararschloch gar nicht wegen des Grillgeruchs beschwert.«

»Christian, verzichte bitte auf solche Ausdrücke. Wenn er das hört, hast du die nächste Anzeige am Hals.« Gerlinde hob missbilligend die Augenbrauen.

»Katerchen wird uns sicher nicht verpetzen. Hat ja auch einen Grund, warum er lieber bei uns ist als da drüben.« Mit einer abschätzigen Kopfbewegung unterstützte er das Gesagte und blickte auf das Tier, das sich schnurrend herumdrehte.

Gerlinde trat an die hölzerne Balustrade und streckte sich kräftig. »Ihr müsst meine Portion bitte fertig essen. Ich kann wirklich nicht mehr.«

Christian gab seinem Neffen ein Zeichen, dass er ebenfalls aufgab. Gilbert übernahm den ihm zugewiesenen Auftrag nur zu gerne. Er konnte essen, so viel er mochte, er nahm kaum etwas zu.

»Habt ihr für morgen alles bereit?«, fragte die Hausherrin und begann, die Teller abzuräumen.

»Ja«, meldete sich Gilbert, »ich war vorhin beim Gemeindeamt in Weyregg, um die Anmeldung zu bestätigen, den Chip und den Kleidersack zu holen. Es kann morgen früh losgehen.«

Gerlinde verschwand mit einem Berg Geschirr nach drinnen.

»Wunderbar, danke.« Christian reckte sich in seinem Stuhl. »Übrigens, die Zusatzmedikation, die du mir empfohlen hast, schlägt sehr gut an. Ich kann wieder besser und länger schiffen. Verzeih das vulgäre Wort, aber ich kann es mit Freude nicht anders ausdrücken. Du weißt, wie ich es meine?«

»Natürlich, Onkel. Richtig schiffen zu können, ist fast so schön wie ein Orgasmus.« Beide brachen in lautes Gelächter aus, das sicherlich auch beim Anton vom See gut zu hören war.

»Eine dicke Zigarre wäre jetzt der krönende Abschluss des Abends.«

Gilbert, der sich soeben das letzte Stück Banane in den Mund geschoben hatte, antwortete – seine Manieren vergessend –, ohne hinunterzuschlucken: »Mein lieber Onkel, als dein Apotheker des Vertrauens würde ich dir in Hinblick auf das morgige Schwimmen tunlichst davon abraten.«

»Ich habe zwar nichts verstanden«, konterte Christian lachend, »aber ich weiß, was du mir sagen wolltest. Keine Angst, ich komme nicht in Versuchung, da ich die Zigarren in Wien gelassen habe. In weiser Voraussicht. Gehen wir nochmals baden?«

Nach einem Stamperl alter Marille begaben sich die beiden Männer zum See, zogen sich aus und stiegen nackt ins Wasser. Die Sonne war hinter den Bergen verschwunden und von Minute zu Minute wurde es dunkler.

»Spar dir die Kräfte bis morgen«, mahnte Gilbert. »Wir schwimmen meinetwegen bis zur blauen Boje da draußen, aber weiter nicht. Hör auf deinen Trainer.«

»Jawohl, Herr General«, antwortete Christian und tauchte kurz unter, um mit dem kraftaufwendigen Brustschwimmen Richtung Boje zu beginnen. Gilbert hielt kraulend mit.

Gerlinde, auf dem breiten Brett der Balustrade sitzend und an die hölzerne Stützsäule gelehnt, beobachtete die beiden mit Katerchen auf dem Arm. Durch ihr dünnes Sommerkleid verspürte sie die Vibrationen seines Schnurrens, während er die Streicheleinheiten genoss.

Wenige Meter weiter verfolgte Wiesbauer die Schwimmer mit seinem Fernglas. Er wartete darauf, dass einer von beiden beim Zurückkommen über den kurzen Steg an Land ging. Ans Ufer des Nachbargrundstücks konnte er durch die Begrünung nicht sehen, dafür die letzten paar Meter des Steges zum See hinaus. Er wusste, dass der depperte Wiener gerne unbekleidet baden ging. Wenn er ihn so von seinem Haus aus erblickte und womöglich wieder fotografierte, wäre es für ihn erneut ein Fall von Erregung öffentlichen Ärgernisses. Doch leider schwammen die Männer bis zu einer Stelle, auf die er keine Sicht mehr hatte.

Er wusste, dass diese Anzeige nicht viel brachte, aber der Ärger und der Zorn, die er dadurch verursachte, waren ihm Lohn genug. Und irgendwann, da war er sich sicher, ginge ihnen die Nachbarschaft derart an die Substanz, dass sie sich eine andere Bleibe suchten. Darauf arbeitete er hin. Er verzieh den Wienern die Ablehnung der geplanten Garage nicht.

Er bemerkte, dass der junge Verwandte mit dem dämlichen Namen Gilbert alleine über die Straße kam. Vom Alten war in den nächsten Minuten nichts zu sehen. Dem wollte er auf den Grund gehen und bewegte sich die Einfahrt hinunter, auf der eigentlich seit zwei Jahren seine Garage stehen sollte.

Christian Erbhofer war zurückgeblieben, da er an lauen Abenden gerne in der Stille am Ufer des Attersees den Tag ausklingen ließ. Er lag auf der Bank, das Badetuch als Unterlage, und sah in den Himmel hinauf. Zählte wie ein kleines Kind die Sterne. Kam aber nicht weit, da seine Gedanken weiterzogen. War das da oben die Milchstraße? Es war an der Zeit, sich endlich mit den Sternenbildern auseinanderzusetzen. Schließlich lebte man hier in einer Sternenpark-Region, einer Landschaft, in der bewusst von öffentlicher Hand Lichtverschmutzung vermieden wurde.

Das müsste man dem Anton vom See mal erklären. Der hatte rund ums Haus Solarlampen aufgestellt, die die ganze Nacht brannten. Er sollte mal den Ploberger fragen, wie die Nachtbeleuchtung Igel und anderes Getier irritierte. Wahrscheinlich filmte er auch alles rund ums Haus. Der Spanner.

Ein Ton des Smartphones, das er neben sich in die Wiese gelegt hatte, riss ihn aus seinen Gedanken. Er griff danach. Eine Nachricht von einer unbekannten Nummer, im Anhang Bilder. Durch den schlechteren Empfang an dieser Stelle dauerte es einige Sekunden, bis die drei angekündigten Fotos hochgeladen waren. Der Text war knapp: *Etwas zum Staunen. Viel Vergnügen! Für mich war es eines! Deine Frau ist spitze!*

Das erste Foto poppte auf, und er wollte die Nachricht schon wegdrücken, da er meinte, dass, wie so oft, Pornointernetplattformen neue Kunden suchten. Ein mit regenbogenfarben bemaltes männliches Glied war zu sehen. Vielmehr interessierte Erblehner aber das zweite Foto, denn diesen nackten Frauenkörper samt dem Zimmer, in dem er fotografiert worden war, kannte er. Seine Frau Gerlinde von hinten, im Salon mit dem großen Fenster auf den See hinaus.

»Dieses Schwein. Es reicht. Jetzt zeige ich ihn an«, sagte er laut vor sich hin, während er sich aufrichtete.

Das dritte Foto zeigte offenbar den gleichen Mann wie das erste Bild, nur einen größeren Ausschnitt von ihm. Alles war bemalt, vom Brustbein bis über den diesmal erigierten Penis.

Ein schlimmer Verdacht stieg in ihm auf. Gerlinde hatte doch nicht mit diesem Arschloch … Nein, das würde sie nicht machen. Aber die Fotos … Es gab nur einen Menschen, der ihm so etwas antun würde: der Wiesbauer … der …

19.

Sonntagmorgen

Weyregg – am Wasser

Nach wenigen Minuten hatten die zwei Polizisten mit ihrem Dienstboot das Strandbad von Weyregg erreicht. Soeben trudelten alle Helfer auf See mit ihren Wasserfahrzeugen ein. Mitglieder der Wasserrettungen aus Litzlberg, Nussdorf, Weyregg und Unterach. Drei sehr wendige Festrumpfschlauchboote und das Motorboot der Ortsstelle Unterach.

Da sich beinahe alle kannten, wurde der morgendliche Gruß zugerufen, mit Handzeichen von Boot zu Boot geschickt oder per Handschlag mit denen geteilt, die an der Steganlage des Strandbades angelegt hatten.

Viele Helfer und Unterstützer vor Ort waren bereit, die notwendigen Schritte für den Start zu erledigen, der für 8.30 Uhr angesetzt war.

Werner hatte nur kurz am Ufer angelegt, um Kollege Kramer aufzunehmen und sich mit dem Einsatzleiter der Wasserrettung abzusprechen. Mehrere Elektroboote schaukelten herbei, besetzt mit weiteren Mitarbeitern. Der Wellengang war an diesem Tag ziemlich stark, was eine besondere Herausforderung für die vielen Schwimmerinnen und Schwimmer bedeutete.

Markus, der das erste Mal dabei war, wunderte sich über die vielen Wasserfahrzeuge. Werner klärte ihn auf.

»Heute sind es nicht ganz 400 Teilnehmer. Unsere Aufgabe ist es, Segler und andere Wassersportler davon abzuhalten, in die Ziellinie oder gar zwischen die Schwimmenden zu geraten. Vor Jahren hatten wir einen Surfer, der partout nicht einsehen wollte, dass er seine morgendlichen Fahrten von Weyregg nach Attersee um zwei Stunden verschieben sollte. Es war das erste Mal in meiner Karriere, dass ich jemandem ein Wassersportverbot erteilen musste. Heute wird bei dem Wellengang nicht viel los sein. Neu sind die Stand-up-Paddler, die unvermutet auftauchen und in den Zielbereich geraten können.«

Während Robert aus einer Thermosflasche heißen Kaffee in ebenso mitgebrachte Plastikbecher goss, zeigte Kramer auf eine Ansammlung von mehreren Menschen an Land, die ihrerseits wieder Grüppchen bildeten. »Was machen die da?«

»Die Mitglieder der Wasserrettung halten eine Lagebesprechung mit ihrem Einsatzleiter ab. Du wirst bald sehen, wie großartig und koordiniert die arbeiten. Die vielen Boote begleiten seitlich das breite Schwimmfeld und jeder von ihnen behält während der Überquerung ungefähr zehn Köpfe im Auge. Damit keiner verloren geht.«

»Bist du deppert. Das wäre mir zu anstrengend«, nuschelte Markus anerkennend.

Preuner reichte ihm den Kaffeebecher und meinte mit väterlichem Lächeln: »Darum wurdest du ja Polizist und nicht Wasserretter.«

Werner steuerte den Wellen entgegen, damit sie im Leerlauf nicht zu weit abtrieben. Er hatte den Abend zuvor mit Robert verbracht. Hatte mit ihm die ersten zwei Zillertal-Biere geöffnet – natürlich waren es mehr geworden – und über Gott und die Welt gesprochen.

»Wie geht's dir jetzt am Abend, nachdem du wieder eine Leichenbegegnung der dritten Art erlebt hast?« Sein Freund wusste, welchen Problemen er bei Kontakt mit Toten ausgesetzt war.

»Ich habe es besser verdaut als befürchtet. Die gebrochenen Augen verfolgen mich ständig. Gehen mir nicht aus dem Sinn. Ich befürchte, dass sie in der Nacht in meinen Träumen auftauchen werden. So wie all die anderen.«

»Werden die Angstzustände mehr oder weniger?«

»Das kann ich so gar nicht sagen. Aber ich denke, es wird besser.«

Robert und Ingeborg waren neben seinen Verwandten und einem Therapeuten die einzigen Menschen, die über sein schrecklichstes Kindheitserlebnis Bescheid wussten.

Werner war während seiner Kindheitsjahre in den Sommerferien jeweils mindestens eine Woche bei seinen Großeltern im Mühlviertel gewesen. Er hatte diese Zeit geliebt, denn bei Vaters Eltern war ihm mehr erlaubt als zu Hause. Er durfte immer fernsehen, selbst am Vormittag und nicht nur bei schlechtem Wetter, konnte länger schlafen, war stundenlang in der Natur unterwegs, am liebsten mit seiner Cousine Beatrix, die ebenso des Öfteren dort übernachtete. Und zum Essen hatte die Großmutter immer auf die Lieblingsspeisen der Kinder geachtet. Nie gab es Innereien wie Leber oder Beuschel, die er zu Hause manchmal vorgesetzt bekam. Er mochte sie bis heute nicht.

Er war damals neun Jahre alt und in den Osterferien für ein paar Tage bei seinen Großeltern gewesen. Es war am Gründonnerstag. Opa hatte im nachbarlichen Bauernhof bei irgendeiner gröberen Sache mitgeholfen, Werner war mit der Großmutter allein im Haus gewesen – ebenfalls einem alten Hof, doch seit längerer Zeit ohne Nutztierhaltung, von den Hühnern abgesehen.

Oma hatte ihn gebeten, mit ihr in den Keller zu gehen, um eingelagertes Obst für den Apfelstrudel heraufzuholen. Es war zur Hälfte ein alter Erdkeller. Werner mochte den Geruch nicht, nach saurem Most, den sein Großvater hier selbst herstellte und lagerte. Und er fürchtete sich, da die Räumlichkeiten viele schlecht beleuchtete Stellen hatten. Opas Schauergeschichten taten das Ihrige dazu.

Sie luden die Äpfel, die auf einem breiten Holzregal lagerten, in zwei Schüsseln. Manche von ihnen hatten bereits eine verschrumpelte Schale und sahen dadurch sehr alt aus. Er selbst trug eine schmucklose Emailschüssel und Großmutter eine weiße aus Porzellan mit gewellter Außenwand. Er ging voraus, die Stufen hinauf, sie hinten nach.

In seiner Erinnerung kramend, konnte Werner bis heute nicht mit Sicherheit sagen, ob er einen erschrockenen Ausruf gehört hatte oder nicht. Manchmal meinte er, dass sie seinen Namen ausgerufen hatte, ein anderes Mal war er wiederum nicht davon überzeugt. Was sich hingegen fest in seinem Kopf verankert hatte, war das Vernehmen eines dumpfen Aufpralls und das Zerbersten der Schüssel in unzählige Scherben. Sogar an das Geräusch der herumrollenden Äpfel meinte er sich zu erinnern.

Auf der Stiege stehend, hatte er sich umgedreht. Hatte auf seine Großmutter hinuntergeblickt, die am unteren Ende der Treppe auf dem Boden lag. Ein Fuß, an dem sich noch ein Pantoffel befand, lag auf der letzten Stufe. Der zweite, ohne Schuhwerk, schien eigenartig abgewinkelt zu sein.

»Oma?«

Stille.

Weiterhin die Emailschüssel in der Hand, wusste er nicht, was er tun sollte, und stellte sie schließlich in den offenen Türrahmen. »Oma? Was ist mit dir?«

Er stieg ein paar Stufen hinab.

»Oma, bitte sag was.«

Stille.

Am Fuße der Treppe endete linker Hand das Mauerwerk, deshalb gab es hier keine Möglichkeit, sich irgendwo festzuhalten. Er bewegte sich weiter hinab, wich beim Freiwerden des Aufgangs zur Seite, um dem vor ihm liegenden Körper auszuweichen.

Die Scherben unter seinen Hausschuhen knirschten. Er hob den wie verloren wirkenden zweiten Pantoffel auf, hielt ihn in den Händen, als warte er darauf, ihn der Großmutter reichen zu können.

Er trat näher an sie heran. Sah in ihr Gesicht und fuhr erschrocken zurück. Das waren nicht die Augen seiner geliebten Haselbacher-Oma. Der Blick war nicht auf ihn gerichtet, sondern ging ins Leere. Oder vielmehr in eine Weite, die er mit seinen jungen Jahren nicht erahnen beziehungsweise einordnen konnte. Und vor der er Angst hatte.

»Oma, steh bitte auf! Ich helfe dir.«

Er berührte ihren Arm und hob ihn hoch. Er war schwer, schwerer, als er es von ihren Umarmungen und alltäglichen Situationen gewöhnt war.

Ein kleiner Schemel befand sich in dem offenen Raum mit dem Obst. Er holte ihn, stellte ihn neben seiner Großmutter ab und setzte sich darauf. Stundenlang blieb er so sitzen, getraute sich nicht, die Oma alleine zu lassen. Womöglich wachte sie genau in dem Moment auf, in dem er nicht da war, und er könnte ihr nicht helfen. Sein Gefühl verriet ihm zwar, dass das nicht geschehen würde, aber was sollte er sonst tun? Der Opa war bei irgendeinem Bauern, und er hatte keine Ahnung, bei welchem. Mehrmals stupste er den Körper seiner Großmutter an, versuchte, mit ihr zu sprechen.

Jahre später kam Werner aus der Erinnerung hoch, dass er ihr sogar ein Volkslied vorgesungen hatte. Er meinte, dass es »Und jetzt gang i an Peters Brünnerle« gewesen sein musste. Alles andere war verschwommen und unklar. Später, in einem Alter, in dem er zu reflektieren gelernt hatte, erzählte ihm sein Vater, dass man ihn eingenässt auf dem Hocker vor der toten Großmutter gefunden hatte – sich hin und her wiegend, leise eine unbestimmte Melodie vor sich hin summend.

Die Lautsprecherdurchsage, die den Teilnehmern die letzten Anweisungen vor dem Start der Atterseeüberquerung übermittelte, ließ ihn aufschrecken.

Robert, der seine Gedankenreise bemerkt hatte, nickte ihm verstehend zu und nahm ihm den leer getrunkenen Kaffeebecher ab.

20.

Sonntag, etwa zur gleichen Zeit

Weyregg – an Land

Christian wurde von Gilbert mit dessen Wagen für den Start zum Weyregger Strandbad gebracht. Er hatte bereits vorher seinen Körper in den Neoprenanzug gestopft, denn von Anziehen konnte keine Rede mehr sein. Entweder er nahm sofort wieder ab, oder er müsste sich für nächstes Jahr nach einem größeren umsehen. Selbst wenn er die langjährige Teilnahme an der Atterseeüberquerung mit dem heutigen Bewerb beendete, wollte Christian das Schwimmtraining weiter fortsetzen, das er in Wien und Umgebung möglichst im Freien und bei kalten Temperaturen in den öffentlichen Bädern praktizierte.

Sein Neffe reichte ihm zur Stärkung eine Banane. »Iss sie, damit du durchhältst. Hast du den Chip ordentlich am Fuß befestigt?«

Obwohl er ihn gleich bei der Ankunft mit dem Klettverschlussband über dem linken Knöchel angebracht hatte, bückte sich Christian und überprüfte seinen Sitz nochmals. Der Chip, den alle Schwimmenden bekamen, war für die Zeitmessung vorgesehen und bestätigte die tatsächliche Teilnahme und das Erreichen des Zieles.

Laufend trudelten Menschen ein. Teilnehmer und ihre Begleitpersonen, Zuseher und solche, die aus reiner Neugier die große Wiese betraten und über deren frühzeitige

Bevölkerung staunten. Und es wurden noch mehr Leute erwartet – das Boot der Attersee-Schifffahrt, die »MS Stadt Vöcklabruck«, legte soeben, vom Zielort her kommend, mit vielen Startwilligen an.

Christian wurde von seinem Neffen aufgefordert, ihm die Gummisandalen und den Bademantel zu übergeben, damit er sie zu dem Shirt und der kurzen Hose in den Kleidersack geben konnte, den jeder Schwimmer bekam. Diese, mit der jeweiligen Startnummer versehen, wurden von einem Lieferwagen eines Tischlers nach Attersee gefahren. Erblehner war jedes Jahr erstaunt, wie viele Menschen hier ehrenamtlich zusammenhalfen, um das Event zu stemmen.

Das große Badetuch würde Gilbert für alle Fälle im Wagen bereithalten, wenn er ihn hier in circa zweieinhalb Stunden wieder abholte. Die Teilnehmer aus Weyregg wurden immer von den diversen Einsatzbooten zurückgebracht.

»Ich lasse dich kurz alleine und bringe den Sack zum Transporter. Die Bananenschale kannst du mir auch gleich geben. Ich hoffe, die anderen Leute nehmen ebenso Rücksicht und produzieren hier keinen unnötigen Müll.« Dabei sah er sich um, als suchte er dafür eine Bestätigung.

Erblehners Neffe war auf umweltschonendes Verhalten bedacht und versuchte die Mitmenschen zu bekehren, was manchmal messianische Ausmaße annahm. Aber Christian mochte ihn. Liebte ihn fast wie einen Sohn, den er nie gezeugt hatte, genauso wenig wie eine Tochter. Die Karriere war ihm stets wichtiger gewesen und seine Frau wollte sich zeitlebens als Künstlerin verwirklichen. Was sie zwar für sich geschafft hatte, doch ohne die Wahrnehmung der professionellen und musealen Kunstwelt. Geschäftspartner und Verwandte hatten manchmal aus

Freundschaft, Solidarität oder gesellschaftlichem Zwang bei ihren Ausstellungen ein Gemälde gekauft. Christian fand die Preise zu teuer. Obwohl er seine Frau wirklich liebte, gestand er ihr nie, dass ihm ihre Bilder nicht gefielen. Er hatte seit jeher kein Faible für bildende Kunst gehabt. Und jetzt wurde daraus sogar Ablehnung, wenn er an die obszönen Körperbemalungen dachte.

Noch hatte er sie nicht darauf angesprochen, dass ihm der Wiesbauer gestern die Nacktfotos aufs Smartphone geschickt hatte. Das würde er nach dem heutigen Sportevent nachholen. Aber erst am späten Nachmittag, wenn Gilbert wieder abgefahren war, da er am Montag in der Apotheke gebraucht wurde. Er hatte vor, Gerlinde beim Abendessen damit zu konfrontieren. Es bohrte in ihm. Wie konnte sie ihm das antun? Ja, er gestattete ihr Seitensprünge, so, wie sie vor Jahren bei seinen paar Amouren weggesehen hatte. Es war ja nichts Ernstes gewesen. Doch das mit dem Nachbarn kapierte er einfach nicht. Was hatte sie da geritten? Oder … oder hatte der Wiesbauer sie dazu gezwungen? Sie missbraucht, gar vergewaltigt? Nein, vermutlich nicht, denn Gerlinde hätte ihm in dem Fall wohl eher sein bestes Stück abgerissen, statt es zu bemalen.

Ein Klopfen an der Schulter ließ ihn herumfahren. Einer der Veranstalter sah ihn fröhlich an: »Alles klar, Herr Dr. Erblehner? Freut uns, dass Sie wieder dabei sind. Sind Sie auch fit? Vergessen Sie nicht, sich ein bisschen aufzuwärmen!«

»Ja, danke. Bin fit wie ein Turnschuh. Großartig, wie ihr das immer hinkriegt.«

»Soviel ich weiß, sind Sie heuer der zweitälteste Teilnehmer. Übrigens, der jüngste ist dieses Mal acht Jahre alt. Wünsche gutes Gelingen. Und bitte, denken Sie daran …

wenn es zu anstrengend wird ... Es ist keine Schande, frühzeitig aufzugeben. Einfach die Hand in die Höhe halten, und das Wassertaxi ist schon unterwegs zu Ihnen. Die Wellen werden es heuer kräfteraubender als sonst machen.«

Christian bedankte sich nochmals und begann, mit den Armen zu kreisen und im Stand zu laufen. Er blickte sich dabei um, sah viele Frauen, Kinder und Männer in Badekleidung oder Neoprenanzügen, mit Schwimmbojen und Badehauben in allen erdenklichen Farben. Mist, seine hatte er vergessen. Sie lag zum Trocknen auf der Gartenbank am See. Auch kein Problem – es gab einige hier, die ohne schwammen.

Wie aufs Stichwort kam Gilbert zurück und wedelte mit der grauen Badehaube in der Luft.

»Du bist der Beste, ich dachte, ich hätte sie zu Hause vergessen!«

»Haha, bin ich nicht dein Betreuer, Trainer und Techniker in einem? Möchtest du vorne starten oder im Hinterfeld beginnen? Es wird bald losgehen, und du solltest dich auf die Wassertemperatur einstellen.«

»Gut, dann werde ich schon mal ins Seichte steigen. Wir sehen uns später. Danke, Gilbert, für die gute Betreuung und dafür, dass du so oft deine Zeit für uns opferst.«

Sie gaben sich »High five«. Dann drängte Christian sich durch das Getümmel am Ufer und ließ sich an der Mauer in das seichte Wasser gleiten. Er stapfte etwas nach vorne, bespritzte den Oberkörper, ging in die Hocke und betastete unauffällig seinen Hintern. Der Anzug spannte extrem, weshalb er befürchtete, er könne womöglich platzen. Nachdem er auch die Hoden durch Umlagerung vom Druck befreit hatte, richtete er sich auf und wartete auf das Startsignal. Die Frauen hatten es hier leichter, sie durften ungeniert ihren Träger beziehungsweise die Lage der Brust unter ihrem Badeanzug richten. Wenn er dasselbe mit seinem Gemächt veranstalten würde, würde man ihn wohl sicherlich der Schamlosigkeit oder gar des Exhibitionismus bezichtigen. Auch deshalb wollte er nicht mehr jünger sein, beneidete niemanden, der noch im Berufsleben stand. Es war eine Zeit, in der man als Mann bereits Angst vor einem Fehler hatte, bevor man ihn überhaupt machte. Der Spruch »Aus Fehlern lernt man« hatte sich inzwischen fast ad absurdum geführt.

»In wenigen Sekunden beginnt der Start«, war über einen Lautsprecher zu hören.

21.

Sonntag, etwa zur gleichen Zeit

Palmsdorf

»Frühstück ist fertig!«, tönte Veras Stimme in den oberen Stock hinauf. »Hast du mich gehört, Alex?«

Der Junge saß auf dem zu einem Bett umfunktionierten Sofa, das mindestens zehnmal so alt war wie er. Er hatte lange nicht einschlafen können. Gerda hatte anfangs zu ihm hochgewollt, was er aber nicht zuließ. Beim Aufwachen entdeckte er dann doch den Hund zu seinen Füßen, die er unter dessen Gewicht hervorziehen musste.

Alexandros war seit 6 Uhr munter und hatte in dieser Zeit das Buch zu Ende gelesen, welches er am Vortag von dem freundlichen Autor geschenkt bekommen hatte. Nahezu nach jedem Kapitel hatte er den Vorsatz des Bandes aufgeschlagen und die persönliche Signatur mit stolzem und glückseligem Gefühl in der Brust betrachtet. Dies war sein erstes von einem Schriftsteller signiertes Buch.

Bevor die Frauen das Bad aufgesucht hatten, hatte er seine Morgentoilette bereits erledigt. Um sich nun auch die restliche Zeit zu vertreiben, spielte er auf dem Handy ein Christmas-Minecraft-Spiel. Ihm war es egal, ob Schneemänner, fliegende Kekse und Schlittenfahrten statt Wikinger mit ihren Eroberungen angesagt waren.

Die meisten Downloads und Updates musste man bezahlen, doch seine Mamá spendierte dafür selten Geld. Dabei machte das echt nicht viel aus, höchstens ein paar Euro.

Erneut rief eine Stimme: »Alex, Frühstück!«, dann klopfte jemand an die Tür und öffnete sie. Natascha blickte vorsichtig herein, grinste, als sie ihn am Smartphone sah, und meinte schalkhaft: »Ist Seine Majestät gewöhnt, das Frühstück ans Bett gebracht zu bekommen?«

»Ja, in der Tat«, stieg Alexandros sofort darauf ein.

»Tut mir leid, mein Kaiser, aber die Zofe und die Hofköchin sind von Masern und Cholera betroffen und niedergestreckt. Macht es Euch viel aus, dieses Mal mit uns auf der Terrasse von Gräfin Vera zu speisen? Sie hat sich mit dem Kaiserfrühstück viel Mühe gegeben.« Sie vollführte einen unbeholfenen Knicks und hielt ihm die rechte Hand hin.

Er musste sich beherrschen, um nicht loszuprusten, ergriff mit spielerischem Ernst die ihm entgegengestreckten Finger und ließ sich von Natascha aus dem Zimmer geleiten. Am Ende der Treppe drückte sie ihn an sich und strubbelte ihm durch die schwarzen Haare, was er gerne geschehen ließ. Er fand seine neue Cousine sympathisch und lustig. Gerda umsprang die beiden, da auch er auf Streicheleinheiten aus war.

Während des Frühstücks – für ihn gab es wieder Kakao mit eigenem Pulver – stellte Alexandros eine wichtige Frage, über die er beim Einschlafen nachgegrübelt hatte: »In ein paar Minuten wird Mamá anrufen. Gestern Abend habe ich ihr von den verrückten Frauen in Bad Ischl erzählt, die den Kaiserstuhl ruiniert haben … von dem … Toten habe ich nichts gesagt. Da würde sie sich nur wieder schreckliche Sorgen machen.«

»Das ist klug von dir.« Vera schenkte Kaffee nach.

»Darf ich ihr erklären, was wir heute vorhaben?«, fragte Alexandros.

»Ich denke, es ist besser, wir berichten ihr morgen davon. Wenn alles vorbei und sie wieder am Attersee ist. Meinst du nicht auch?«

Der Junge nickte zustimmend.

Als sein Smartphone kurz darauf einen Anruf aus Griechenland ankündigte, nahm er Gerda von der Leine und ging im Garten ums Eck. Beim Telefonieren, wobei er meist sehr karge Antworten gab, sah er untätig dem Hund zu, wie er im Salatbeet ein langes Würstchen ablegte. Er würde es nach dem Gespräch mit einem Sackerl fürs Gackerl entfernen.

Grinsend ging er zum Frühstückstisch zurück und bestrich die Hälfte eines Vollkornweckerls dick mit Butter und selbst gemachter Ribiselmarmelade.

»Ich hab ihr nichts davon verraten. Ich soll euch schön grüßen, sie freut sich, wenn sie uns alle wiedersieht.«

»Hast du schlafen können, nach dem, was gestern passiert ist? Ich muss gestehen, ich hatte eine unruhige Nacht.« Vera wollte dem Jungen damit ermöglichen, über das Erlebte zu sprechen.

»Ist der zweite Mann auch tot?«, fragte er prompt.

»Das wissen wir noch nicht. Er ist ins Krankenhaus geflogen worden, da kümmert man sich gut um ihn.«

»Ich hoffe, er wird wieder gesund. Er ist ein Freund von dir, Natascha, stimmt das?«

»Ja, Alex. Vor einem Jahr waren wir gut befreundet. Leider ist etwas geschehen, wodurch Rudi mich sehr enttäuscht hat. Ich habe ihn nur mehr selten gesehen. Wünsche ihm trotzdem, dass er sich gut erholt.«

»Hat er den anderen Mann … umgebracht? Ist er ein … ein Mörder?« Alexandros blickte bei der Frage fast schuldbewusst drein.

»Nein, ich glaube nicht. Er ist ja selbst schwer verletzt. Vielleicht gab es einen dritten bösen Mann, der die beiden töten wollte. Wir werden es erst wissen, wenn die Polizei mit Rudi sprechen konnte.«

»Dann erfahren wir es sicher bald, denn Werner ist ja ein guter Polizist.« Wie zur Bekräftigung, dass dem nichts mehr hinzuzufügen sei, steckte der Junge sich das letzte Stück des Marmeladebrotes, das er in mundgerechte Streifen geschnitten hatte, in den Mund.

Gerda kam – wie gerufen für einen Themenwechsel – ums Eck gelaufen und forderte Alexandros hechelnd auf, mit ihm zu spielen.

»Ach, hätte ich fast vergessen: Gerda hat wieder was verloren. Im Salatbeet.« Er zog ein Sackerl aus der Hosentasche und grinste. »Hat uns unsere Nachbarin bei ihrer Abreise noch vor die Tür gelegt und habe ich bei Gerdas Haufen gestern gar nicht mehr dran gedacht.«

Vera stieß ein übertriebenes »Oh nein!« aus.

Nach dem Beseitigen der Hundespuren nahm Alexandros den Tennisball, den das Tier vor ihm abgelegt hatte, und warf ihn zu den drei Tannen, die das Grundstück vom dahinterliegenden Feld abgrenzten. An einigen Stellen der Baumstämme konnte man bei genauerem Hinsehen Verletzungen der Rinde erkennen. Wunden, die von Projektilen eines Luftdruckgewehrs herrührten.

Aber das ist eine andere Geschichte.

22.

Sonntag, Minuten später

Am Attersee

Werner hielt das Polizeiboot weit genug von der Ufermauer weg, wo sich soeben um die 400 Menschen in den See stürzten. Die Wasseroberfläche begann zu brodeln, als wären Hunderte Piranhas freigelassen worden. Da waren Unmengen an Armen und bunten Köpfen, die über das Wasser zu hüpfen schienen. Vom Boot aus gesehen war es ein Augenschmaus.

Markus Kramer, der erst seit ein paar Wochen in Schörfling seinen Dienst versah, war dermaßen begeistert, dabei sein zu dürfen, dass er Preuner bat, ihn für den nächsten Lehrgang zum Motorbootführerschein anzumelden. »Zuerst werde ich den Kurs fertig absolvieren, und wenn ein Platz frei ist, kannst du dich gerne selbst anmelden. Das gehen wir kommende Woche an.«

Preuner bemerkte, dass Revierinspektor Kramer mit einer kindlichen Hingabe die Bootsfahrt und den Bewerb verfolgte. »He, Herr Kollege, du sollst nicht den Schwimmern bei ihrem Hobby zusehen. Wir sind da, um das Umfeld zu beobachten. Surfer und andere Gefahren rechtzeitig zu erkennen.«

Und als ob er es vorhergesehen hätte, gab es zehn Minuten später bereits den ersten Störfall. Sie vernahmen ein Surren. Alle drei richteten ihren Blick nach oben und entdeckten eine Drohne, die kurz darauf über den Köpfen der Schwimmenden herumflog.

Werner drehte ab und steuerte zurück zum Ort des Startes. »Schnell, sucht alles ab, der mit der Fernbedienung muss irgendwo hier am Ufer stehen.«

Preuner entdeckte sie sofort. An einem privaten Badeplatz stand eine junge Frau – oder eine Jugendliche, so genau konnte er das nicht sagen – und blickte abwechselnd auf die Fernbedienung und auf das Fluggerät in der Ferne. Als das Einsatzboot seitlich auf Höhe des Grundstücks auftauchte, bemerkte sie die Polizisten und schaute fragend herüber. Ein kurzer Steg ermöglichte, dass Preuner aus dem Boot an Land springen konnte. Er lief auf die junge Frau zu und erklärte ihr, dass sie die Drohne sofort zurückholen solle.

»Fliegen Sie bitte außerhalb des Schwimmbereichs zurück. Nicht vorzustellen, wenn das Teil auf die Köpfe der Teilnehmer stürzt.«

»Das kann nicht geschehen«, erklärte sie, während sie das Gerät mithilfe des Joysticks abdrehen ließ, »die Drohne ist neu und voll aufgeladen. Ich fliege schon seit zwei Jahren mit solchen Dingern. Mein Bruder wollte, dass ich ihn beim Schwimmen filme.«

»Auch wenn viele behaupten, dass sie es gut können, passiert Derartiges leider oft genug. Erinnern Sie sich, wie vor ein paar Jahren hinter Marcel Hirscher eine runtergeknallt ist?«

»Nein, wieso, wer ist der Hirscher?«

»Skirennläufer?«

»Ach so, der. Ich fahre nicht Ski und schaue auch keine Rennen im Fernsehen. Was ist denn da passiert?«

Preuner verzichtete aus Zeitgründen darauf, sie genauer aufzuklären.

»Ich erteile Ihnen hiermit ein Verbot, Ihre Drohne innerhalb der nächsten zwei Stunden erneut zu starten.«

Er nahm ihren Namen sowie Kontaktdaten auf und bestieg wieder das Boot. Von dort aus beobachteten die Männer noch die gekonnte Landung des Fluggerätes auf dem Grundstück hinter ihr.

Preuner schüttelte den Kopf, verwundert über das naive Verhalten der Drohnenlenkerin. »Sie beherrscht das Ding zwar wirklich gut, doch das geht einfach nicht. Das Mädchen war gerade mal 18 Jahre alt. Hat die Drohne zum Geburtstag bekommen. Ich hoffe nicht, dass ich meiner Tochter auch mal so etwas Teures schenken muss.« Er klopfte Werner auf die Schulter. »Los geht's, holen wir unsere Wasserratten wieder ein, bevor sie vor uns in Attersee ankommen.«

Schneller, als die Polizei erlaubt, sausten sie dem bunten Treiben nach. Markus fand es total cool, die Freude stand ihm ins Gesicht geschrieben. Die zwei anderen Kollegen grinsten sich gegenseitig an. Sie konnten es nachvollziehen.

23.

Sonntag, gleichzeitig

Am Attersee

Beim Start hatte er die kraulende Meute vorbeiziehen lassen und war im hinteren Feld gut im Rhythmus unterwegs. Wechselte ab zwischen Kraulen und Brustschwimmen. So wie er waren alle mit sich selbst beschäftigt. Zeit und Energie, sich nach den anderen umzuschauen, gab es nicht. Er nahm zwar die Schwimmer vor sich wahr, bemerkte, wenn jemand nahe an ihm vorbeischwamm, doch mehr war nicht möglich. Er kannte das von vielen anderen Bewerben und Trainings: Der Weg war das Ziel. Denn Letzteres war so weit weg, dass er gar nicht erst in Versuchung kam, jetzt schon danach Ausschau zu halten.

Seltsam, das Schwimmen war heute für ihn mühsamer als sonst, es kam ihm so vor, als hätte sich der Neoprenanzug verkleinert, wodurch die Bewegungen deutlich anstrengender wurden. Um seine Kräfte zu schonen, wechselte er auf normales Brustschwimmen. Dabei fiel seine Leistungsfähigkeit ab, und er hatte Probleme, richtig zu atmen, wie er es beim Schwimmsport gelernt hatte. Sollte er die Hand heben, um sich herausfischen zu lassen? Bevor er sich dazu entschließen konnte, fing sein Herz zu pochen an, als hätte er die ganze Strecke in einem Zug kraulend in Profisportgeschwindigkeit zurückgelegt. Die Kraft verließ ihn, Wasser schwappte in seinen Mund, der Presslufthammer in der Brust gab ihm keine Möglichkeit mehr, den Arm zu heben oder auf andere Art auf sich aufmerksam zu machen. Mit einem leisen Gluckern sank er ab, betrachtete für einen Augenblick den Seespiegel von unten und verlor dann das Bewusstsein.

So, wie früher auf den antiken Galeeren der Schlagmann für den Takt zuständig war, so ist der Sinusknoten der Taktgeber im Herzen. Er hat seinen Sitz im rechten Vorhof und spielt dort den Chef. Da das Herz hirnlos ist, konnten AV-Knoten, das His'sche Bündel, die Tavara-Schenkel und alle anderen funktionstüchtigen Teile nicht informiert werden, was plötzlich los war. Der Kabelsalat in diesem Organ, das Reizleitungssystem, war nicht mehr fähig, die elektronischen Signale geordnet weiterzugeben. Die Herzmuskeln, die wie langjährige angestaubte Beamte Dienst nach Schema F machten und es gewöhnt waren, ihre Befehle auszuführen, wurden schlagartig ihrer Bestimmung beraubt. Um das zu kompensieren, fingen die Muskeln in Eigenregie zu kontrahieren an, was zu einer unkoordinierten Entladung führte, einem Kammerflimmern. Vergleichbar mit einem Stockwerk, in dem die Beamten mit ihren Zetteln herumirren und nicht wissen, wie und wo sie die Papiere bearbeiten beziehungsweise hinlegen sollen, und letztendlich dadurch kollabieren.

Dieses Kammerflimmern stoppte unter anderem auch die Durchblutung und Sauerstoffversorgung des Gehirns. So wie bei einem Computer wurden alle lebenswichtigen Systeme heruntergefahren, vereinfacht als Asystolie bezeichnet. Der Stillstand der elektrischen und mechanischen Herzaktion führte innerhalb kurzer Zeit zum Tod. Die letzten Schnappatmungen transportierten nur mehr wenig Seewasser in die Lunge. Er war zwar unter Wasser verstorben, jedoch nicht ertrunken.

24.

Sonntag, Minuten später

Am Attersee

Das Polizeiboot steuerte auf die letzten sichtbaren Köpfe zu, als plötzlich Kramer laut schrie und nach hinten zeigte: »Halt, da treibt einer!«

»Was?« Der Motorlärm und der Fahrtwind hatten verhindert, dass Werner seinen Kollegen verstand. Instinktiv drosselte er den Motor.

»Fahr zurück. Da war jemand im Wasser.«

»Siehst du ihn noch?«, rief Werner ihm zu. »Behalte ihn im Auge. Schau ja nicht weg! Zeig mit deiner Hand immer in die Richtung, auch wenn ich jetzt das Boot drehe.«

Langsam lenkte er das Gefährt um die eigene Achse. Markus führte den Befehl aus und hielt den Arm mit ausgestrecktem Zeigefinger auf eine entfernte Stelle im Wasser gerichtet. Preuner betätigte sofort den Funk und bat die Wasserrettung um Unterstützung.

»Da vorne treibt der Körper, noch ein paar Meter, ich hätte ihn fast übersehen.« Die Freude war Aufregung gewichen. Der jüngere Polizist hüpfte wie ein Rumpelstilzchen herum und schrie in einem fort: »Da, da! Da ist er. Da, da …«

»Backbord oder Steuerbord?«

»Weiß ich nicht. Da rechts halt. Da, pass auf!«

Endlich griff Robert ein: »Werner, Steuerbord. Schalt den Motor aus. Ich klettere achtern hinaus. Hoffentlich kann ich ihn sofort fassen.«

Markus verstand nur Bahnhof und blickte gehetzt hin und her, seine Aufgabe für ein paar Sekunden vernachlässigend.

»Hey. Vergiss nicht zu atmen«, rief ihm Preuner zu und stieg am Heck auf die Badeplattform hinaus, die bei diesem Boot ein außerhalb der Bootsschale befestigtes schmales Brett war.

»Dreh jetzt leicht nach Backbord. Ich hab ihn gleich.« Er legte sich so gut wie möglich hin und ließ den Arm ins Wasser hängen. Wartete, dass der Körper in Reichweite kam. Beim ersten Versuch rutschte er mit den Fingern an der Oberfläche eines Neoprenanzugs ab. Er setzte sofort nach und bekam einen Fuß zu fassen. Versuchte, ihn zu drehen, damit das Gesicht nicht mehr unter der Wasseroberfläche war.

»Der rührt sich nicht! Markus, schnell, komm her! Du musst mir helfen, ihn umzudrehen und rauszuziehen.«

Werner ließ kurz das Steuer aus und warf einen Rettungsring nach hinten ins Wasser. Erleichtert stellte er fest, dass das schnellste Boot der Wasserrettung bereits in Sichtweite war und auf sie zukam.

»Markus, was ist? Ich brauche dich!«

Doch der Kollege stand wie versteinert und total überfordert am Heck, blickte auf seinen Vorgesetzten, der sich auf dem Bauch liegend abmühte, den Kopf des zu Rettenden über Wasser zu bekommen.

»Scheiße, was ist denn los mit dir?« Adler ließ Steuer Steuer sein und sprang an dem zur Salzsäule erstarrten Kollegen vorbei. Er setzte sich neben seinem Freund auf das Brett und packte den im Wasser treibenden Mann am Arm. Endlich war es für Robert möglich, sich aufzurichten. Gemeinsam drehten sie den leblosen Körper, sodass auch er einen Arm fassen konnte.

»Eins, zwei, drei!«

Gleichzeitig drückten sie den Körper kurz unter Wasser, um ihn mit dem Auftrieb umso schneller herauszuziehen.

»Markus, pack mit an.«

Spät, aber doch löste sich dessen Blockade, er griff dem Mann unter die Achsel und zog. Er war für ihn alleine allerdings viel zu schwer, und so schafften sie es gerade mal, den regungslosen Körper halb ins Boot zu hebeln. Das Becken lag auf der Reling, die Füße baumelten über dem Wasser, Kopf und Oberkörper senkten sich ins Bootsinnere.

Ein kurzzeitiges Aufheulen eines Motors kündigte das Eintreffen der Wasserrettung an. Da das Polizeiboot aktuell steuerlos war, musste diese behutsam seitlich anlegen, was durch den Wellengang mit gewissen Schwierigkeiten verbunden war. »Vorsicht! Wir docken an!«

Ein kurzer Stoß war spürbar. Der Einzige, der sich nicht festgehalten hatte, war Markus. Er rutschte aus, fing sich mit den Armen ab, kam jedoch unter dem über der Reling hängenden Geretteten zu liegen. Von Angesicht zu Angesicht. Die offenen Augen des immer noch Regungslosen starrten durch ihn hindurch. Unverdauter Bananenbrei tropfte aus dem offen stehenden Mund auf Stirn und Augenlider des jungen Polizisten, der nicht bestimmen konnte, was hier so unvermittelt auf ihn zukam.

»Kommen an Bord!«

Unversehens sprangen zwei Menschen herüber. Der eine vertäute sofort die Boote, die zweite nahm sich zuerst dem vor ihr liegenden Polizisten an und half ihm, sich aufzurichten.

»Sind Sie verletzt?«

»Äh … nein, ich glaube nicht.« Markus wischte sich mit dem Ärmel das Erbrochene vom Gesicht und bemerkte, wie nass seine Uniform durch das Geschehen geworden war.

»Setzen Sie sich bitte hier auf die Seite.«

Die zwei Sanitäter zogen den Leblosen fachmännisch auf das Boot und begannen sofort mit Wiederbelebungsmaßnahmen. Werner stieg mit durchnässten Füßen seitlich vorbei, um wieder ans Steuer zu gelangen. Preuner, der ebenso durch und durch nass geworden war, saß am Heck und beobachtete die Rettungsaktion.

»Fahrt los, ihr müsst ans Ufer nach Attersee«, rief der Bootslenker der Unteracher Wasserrettung, »dort steht der Notarzt bereit. Wir können ihn so nicht auf unser Boot hieven. Würde noch fehlen, dass er uns zurück ins Wasser rutscht. Ich hole meine Sanis wieder ab, sobald der Arzt übernommen hat. Ihr könnt direkt am Ufer anlegen, da die Schwimmer noch weit genug vom Ziel weg sind.« Er löste die Vertäuung und drehte ab.

Gruppeninspektor Adler startete den Motor, um im weiten Bogen um die Schwimmenden nach Attersee zu gelangen. Er versuchte, möglichst mit den Wellen zu fahren, um die Reanimation nicht durch heftiges Schaukeln zu stören oder gar zu unterbrechen. Er war froh, am Steuer zu stehen und sich auf die Fahrt konzentrieren zu müssen. Trotz Fahrgeräuschen bekam er die Ausrufe der Rettungsleute mit.

»Komm schon … Oida, atmen! … Jetzt du …«

Markus, der käsebleich danebensaß, fragte mit weinerlicher Stimme: »Habt ihr nicht so ein elektrisches Gerät? Das mit den zwei Griffen?«

Die Sanitäterin, die laut Namensschild Heidi hieß, wandte sich ihm zu. »Der Defibrillator würde uns alle zusammen mit Stromstößen versorgen, so nass, wie es hier ist. Ist Ihnen schlecht? Sie sind so blass.«

»Danke, geht schon.«

»Vorsicht, Wellen!«, rief Werner zur Warnung. Zwei kleine Stöße gingen durchs Boot, die zum Glück keine Auswirkung auf die Reanimationsversuche hatten.

Die Schwimmenden waren nun alle hinter ihnen, und Werner konnte das Schiff ohne Zwischenfälle an einem langen Steg anlegen, wo der Notarzt und weitere Sanitäter bereits warteten. Gemeinsam bargen sie den Körper an Land.

»Ich befürchte, das wird nix mehr«, stellte ein Sanitäter der Wasserrettung trocken fest. »Allerdings glaube ich nicht, dass er ersoffen ist. Das muss was anderes gewesen sein.«

Preuner half ihnen, die Rettungsausrüstung von Bord zu bringen, dann steuerte Werner das Boot wieder auf den See hinaus.

Er blickte zu seinen Kollegen. Sie hatten ihr Bestes getan. Sie nickten sich in stummer Anerkennung zu.

25.

Sonntagvormittag

Ortskern von Attersee

Natascha parkte den Wagen seitlich des Hauses, das sie im Frühjahr geerbt hatte. Ein Gebäude, das sie nie haben wollte, das in ihr unangenehme Erinnerungen hochkommen ließ. Sie hatte vorgehabt, einen Immobilienmakler mit dem Verkauf zu beauftragen, doch dann war ihr die Idee gekommen, die Zimmer für Flüchtlinge aus der Ukraine gratis zur Verfügung zu stellen.

Vera, die in sozialen Angelegenheiten versierter war, hatte ihr dabei geholfen. Die »Volkshilfe Österreich«, eine gemeinnützige und überkonfessionelle Wohlfahrtsorganisation, übernahm das Haus bis auf Weiteres. Auf Naschas Wunsch hin bot es geflohenen Frauen mit ihren Kindern aus den Kriegsgebieten der Ukraine Zimmer mit gemeinsamer Küchen- und Badbenutzung an. Vier Erwachsene und vier Kinder hatten hier eine Bleibe gefunden.

Selbst gemachte Marmelade, Salate und anderes Gemüse aus dem Garten lagen in einem Weidenkorb bereit. Die junge Hausbesitzerin klopfte an die Haustür.

Alexandros kam dies seltsam vor und er fragte: »Warum klopfst du bei deinem eigenen Haus an?«

Die Antwort übernahm Vera: »Weil hier andere Familien wohnen. Das gehört sich so. Du würdest schön dumm schauen, wenn du in deinem Bett liegst, und plötzlich steht der Vermieter eurer Wohnung unter der Zimmertür.«

»Ja, da hast du recht. Da würde ich … wie sagt ihr? Deppert … Da würde ich deppert dreinschauen.«

Eine Frau mit orangen Haaren öffnete die Tür. Und nun sah der Junge wirklich dumm drein, da er solch gefärbte Haarpracht noch nie gesehen hatte. Sie umarmte alle herzlich, so wie es seine griechische Großmutter immer machte. Von fremden Leuten ließ er sich eigentlich nicht gerne berühren.

Im Hausgang roch es nach frischem Brot, sie gingen die zweite Tür rechts in die schmale Küche, die plötzlich so voll war, dass Gerda keinen Platz mehr gehabt hätte. Er war angeleint in Veras Garten zurückgeblieben, da sie hier nur einen Kurzbesuch geplant hatten.

Alexandros kam sich in diesem Haus deplatziert vor. Er konnte Deutsch und Griechisch, verstand mittlerweile ganz gut die österreichische Sprechweise und hatte in der Volksschule ein paar Wörter und Sätze Englisch gelernt. Doch was hier gesprochen wurde, überstieg sein Sprachverständnis. Ein Mischmasch aus Deutsch, Englisch, Russisch und Ukrainisch. Das alles in einer Lautstärke, dass es in seinem Kopf zu surren begann.

Ein Mädchen, ungefähr in seinem Alter, lehnte am Türstock und verdrehte mit einem Blick auf die Erwachsenen die Augen. Alexandros machte zur nonverbalen Antwort das Gleiche. Sie lächelten sich verschwörerisch zu. Als eine der Ukrainerinnen eine Wodkaflasche hervorzauberte und Schnapsgläser verteilte, gab ihm das Mädchen ein Zeichen, ihm zu folgen.

Kaum dem fröhlichen Geschrei der Frauen entronnen, nahm sie ihn bei der Hand und zog ihn zur Hintertür hinaus. Auf einer hölzernen Bank an der Hausmauer saß eine junge Frau und knabberte an einer Karotte. Das Mädchen zeigte auf sie und dann auf sich selbst.

»Anna, Tamara. Guten Tag. Wie heißt du?«

»Äh, ich bin Alexandros, du kannst mich aber Alex nennen. Dachte nicht, dass du Deutsch sprichst.«

Tamara hob die Schultern, um anzudeuten, dass sie nichts verstanden hatte. Die paar soeben gesprochenen Wörter waren ihr sicherlich in der Schule beigebracht worden.

Er setzte den Zeigefinger an die eigene Brust und sagte: »Alex. Ich heiße Alex. Freut mich, dich kennenzulernen.«

Statt verschwörerisch wirkte beider Lächeln nun ein bisschen verlegen.

26.

Sonntag, kurz vor Mittag

Am Attersee

Der Bewerb war vorüber, der Verunglückte konnte leider nicht mehr gerettet werden. Der Tote lag in einem kleinen Partyzelt, dessen Planwände heruntergelassen wurden. Ein Bestatter, der ihn zur Leichenbeschau bringen sollte, war verständigt. Der Notarzt Dr. Keppler, der Erblehner persönlich gekannt hatte, wusste über dessen körperliche Konstitution und Nierenprobleme Bescheid. Da für sein Dafürhalten Tod durch Ertrinken ausgeschlossen werden konnte, hatte er eine Obduktion des Verstorbenen empfohlen. Doch das war nicht seine Entscheidung.

Alle Mitwirkenden der Atterseeüberquerung waren zutiefst betroffen. In der langen Tradition hatte es bisher noch keinen Todesfall während des Bewerbs gegeben. Und nun war einer der ältesten, langjährigen Teilnehmer dabei verstorben. Auch wenn es vonseiten der Veranstalter kein Verschulden gab, schwebte trotzdem der Zweifel über den Köpfen, ob man ihn nicht doch hätte retten können.

Dr. Keppler meinte tröstend: »Bei seiner letzten Teilnahme hat er als Erster das Ziel erreicht. Auch wenn er es nicht mehr mitbekommen hat, er ist bei seiner liebsten Betätigung abgegangen, vielleicht hätte er sich das so gewünscht.«

Während der Rückfahrt mit dem Polizeiboot wurde Preuner von den für Attersee zuständigen Kollegen angerufen, die das Prozedere bis zur Abholung des Toten überwachten: Da die drei mit ihrem Boot nicht weit vom Wohnort des Verstorbenen entfernt seien, sollten sie doch bitte dort anlegen und die Familie verständigen. Eine Aufgabe, die kein Polizist gerne übernahm, die aber trotzdem von jemandem ausgeführt werden musste.

In der Mitte des Sees – andere Boote waren noch weiter weg – drosselte Werner den Motor, drehte sich zu seinen Kollegen um und zog eine kleine Whiskyflasche aus einer mitgebrachten Tasche. »Einen Schluck davon haben wir uns verdient, den brauchen wir, um das Ganze zu verdauen.«

Nicht einmal Robert hatte etwas dagegen, wusch die Kaffeebecher im Seewasser aus und hielt sie seinem Freund entgegen. »Geh, Oida. Das war mein erster Toter. Die Augen von dem. Bist deppert. So habe ich mir das nicht vorgestellt. Das will ich so schnell nicht mehr erleben müssen.«

Markus setzte den Plastikbecher an die Lippen und leerte ihn in einem Zug.

»Auf dass wir der Toten genug haben«, meinte Werner und prostete Robert zu. Er wollte nicht damit angeben, dass er an diesem Wochenende bereits zwei Leichen zu bergen gehabt hatte. Er hoffte nur, dass Markus das besser verarbeiten konnte als er. Heute hatte er erfolgreich vermieden, in die Augen des Toten zu sehen.

Der Dienstälteste an Bord sammelte die Becher ein, um sie erneut auszuwaschen.

»So, für jeden gibt es noch ein paar Tropfen Kaffee zur Mundhöhlenneutralisierung. Wir wollen doch bei der

Totenmeldung nicht den Anschein erwecken, dass drei betrunkene Polizisten vor der Tür stehen.«

Trotz der zurückgekehrten Sommertemperaturen war an den beiden Badeplätzen niemand zu sehen. Sie hatten an dem länger auslaufenden Holzsteg angelegt, und Preuner war als Erster von Bord gesprungen, um das Boot zu vertäuen.

»Markus, du bleibst bitte hier. Ich erledige das mit Werner. Wird nicht lange dauern.«

Gemeinsam betraten sie das Seegrundstück, im Begriff, durch das hölzerne Gartentürchen die Straße und die dahinterliegenden Gebäude zu erreichen.

»Meine Herren. Kann ich Ihnen helfen? Sind Sie wegen der Anzeigen gekommen?«

»Gruppeninspektor Preuner. Wir wollen zum Haus von Dr. Erblehner. Sind Sie mit ihm verwandt? Darf ich Ihren Namen erfahren?«

Anton Wiesbauer gab sich als Nachbar des Ehepaares Erblehner zu erkennen, mit einem von den Polizisten nicht deutbaren Grinsen. Scherzhaft meinte er: »Sie haben auf meinem Steg geparkt. Das dürfen Sie selbstverständlich. Kein Problem. Die Villa des Nachbarn liegt neben meinem bescheidenen Ansitz. Es ist die mit dem spitzen Türmchen. Wir sind leider nicht wirklich gute Freunde. Sie wissen schon, die Wiener richten sich's immer so, wie sie es brauchen. Ohne Rücksicht auf uns Einheimische. Aus diesem Grund habe ich die vielen Anzeigen und Beschwerden abgegeben. Sind Sie deshalb hier?«

Werner schloss das Gartentor hinter sich und gesellte sich zu seinem Kollegen.

»Verzeihen Sie, wir sind nicht Ihretwegen gekommen. Wir werden Ihren Steg nicht lange belegen. Danke für Ihr Verständnis.«

Nachdem ein Fahrer, der zu schnell unterwegs war, bei Sichtung der Ordnungshüter seinen Wagen abbremste und mit einer Verwarnung mittels erhobenem Zeigefinger von Preuner davonkam, konnten die Männer die Straße gefahrlos überqueren.

Musik war zu hören. Französische Chansons.

»Das hört sich nach Édith Piaf an«, meinte Adler.

Wiesbauer, der sie bis zum Nachbargrundstück begleitete, kommentierte das sofort: »Das geht den ganzen Tag so. Ständig hören die laute Musik. Gut, dass Sie jetzt mitbekommen, wie störend das ist. Ich habe Ihren Kollegen ja –«

Preuner stoppte ihn in jeder Hinsicht. »Hören Sie, Herr Wiesbauer. Wie wir Ihnen bereits mitgeteilt haben, sind wir nicht Ihretwegen hier, und ehrlich gesagt geht Sie das auch nichts an. Danke für Ihre Mithilfe, aber jetzt kommen wir gut ohne Sie aus.«

Sie ließen den Mann mit heruntergeklapptem Unterkiefer stehen und gingen die Auffahrt zur Villa hinauf.

Die Musik kam von der überdachten Terrasse, auf der sie den Haarschopf einer Frau erblickten.

»Woher weißt du, dass es sich hier um französische Chansons handelt? Ich kann gerade mal unterscheiden, ob da eine Frau oder ein Mann singt.«

Werner, der versucht war, die letzten, gerade erklingenden Takte von Piafs weltberühmtem Song »Milord« mitzusummen, klärte seinen Freund auf: »Meine Mutter liebte die Lieder von Édith Piaf. Obwohl ich kein Französisch spreche, kann ich bei diesem Chanson sogar mitsingen. Bei uns verging kaum ein Tag ohne ihre Musik.«

»Frau Dr. Erblehner?«, rief Robert Preuner die Stufen hinauf.

Über der gemauerten Balustrade erschien ein weibliches Gesicht.« »Ja, das bin ich. Suchen Sie meinen Mann? Ich erwarte ihn jeden Moment. Sie dürfen gerne heraufkommen und hier auf ihn warten.«

Nach einem dankbaren Nicken stiegen sie die Stufen hinauf. Oben angekommen, drehte sich Werner kurz um und nahm die wunderschöne Sicht über den See in sich auf. Egal, von wo aus er auf den See blickte, er liebte ihn bedingungslos. Der Spruch »Wenn ich den See seh, brauch ich kein Meer mehr« bewahrheitete sich für ihn täglich.

Wäre den beiden Männern die Übersetzung des soeben laufenden Chansons »Mon Dieu« bekannt gewesen, hätten sie darum gebeten, die Musik abdrehen zu dürfen. So aber stellten sie sich vor, informierten Frau Erblehner über das Ableben ihres Ehemannes und erklärten, dass man noch wenig wisse, dass sie baldigst mit Details verständigt würde, dass sie sich bitte bereithalten solle, dass es ihnen unendlich leidtue, dass …

Noch während sie sprachen, kam ein Auto auf die Einfahrt zu. Der Fahrer stieg aus, erblickte die Polizisten und lief die Treppen herauf. »Tante Gerlinde!«

Er schob sich an den Uniformierten vorbei und umarmte die geschockte Ehefrau, die sich, noch unfähig zu weinen, auf einen Stuhl niedergelassen hatte.

»Es tut mir so leid. Ich habe es soeben in Weyregg erfahren. Wollte Christian abholen, wie du weißt.«

Frau Erblehner schob Gilbert sanft zur Seite, strich ihm über die Wange.

»Verzeihen Sie, das ist mein Neffe Gilbert Neumann. Er kümmert sich immer um uns.« Sie blickte zu den Polizisten auf. »Möchten Sie einen Kaffee?«

Bevor sie zur Polizeistation fuhren, ging es zuerst zu Werners Haus in Weyregg, wo er seine Uniformhose und die Schuhe wechselte. Anschließend nach Schörfling, wo auf Preuner die Arbeit des zu schreibenden Berichts wartete.

Das Polizeiboot wollte Werner gegen 16 Uhr zu Dienstschluss nach Unterach zurückbringen. Unwetter war keines vorausgesagt und die vorgeschriebene tägliche Ausfahrt mit dem Wasserfahrzeug war mehr als erfolgt.

Er rief Alexandros an, ob alles klar sei, er gut geschlafen habe und sich auf den Abend freue, wenn sie Helena vom Flughafen in Salzburg abholten. Wie immer kurz angebunden, bejahte der Sohn seiner Liebsten die Fragen.

»Alex, ich habe noch ein paar Stunden Dienst, dann sehen wir uns wieder. Hat Vera den Hund schon ans Tierheim abgegeben oder hat er ihr Herz endlich erobert?«

Die Frage war dem Jungen anscheinend unangenehm, oder er getraute sich nicht, offen zu sprechen. Er murmelte etwas Unverständliches und legte auf.

27.

Sonntagmittag

Gemeindegebiet Berg im Attergau und Seewalchen

Der neu errichtete Abstellplatz für Fahrzeuge am See erleichterte ihr Vorhaben ungemein. Vera war mit Natascha und dem Jungen von Palmsdorf nach Attersee heruntergefahren und hatte an der Gemeindegrenze zu Berg im Attergau an besagter Stelle angehalten.

»Darf ich euch eine kleine touristische Besonderheit näherbringen?«, fragte sie, ohne eine Antwort abzuwarten. »Viele vermuten, dass Seewalchen eine Nachbargemeinde von Attersee ist. Aber das ist falsch. Ungefähr von hier aus bis etwa 200 Meter weiter erstreckt sich das Gemeindegebiet von Berg. Das zieht sich ebenso durchs Wasser, wo es auf Schörfling trifft. Alex, ich weiß, das ist dir im Moment egal, aber in der Schule könntest du damit auftrumpfen, denn ich bin sicher, dass dies viele Schulkollegen von dir nicht wissen.«

Sie machte immer noch keine Anstalten auszusteigen.

»Seht ihr das Haus da vorne? Das mit dem Flachdach? Selbst von hier aus erkennt man die Flagge. Ich kann nicht mit Sicherheit sagen, ob es auf dem Grund von Seewalchen oder Berg steht. Ist im Moment auch egal.«

Ein Radfahrer bewegte sich knapp am Wagen vorbei, wodurch der Hund abgelenkt wurde und zu bellen begann.

»Sei ruhig, Gerda. Sonst musst du im Auto bleiben.« Alexandros kniete sich auf die Rückbank und kraulte ihm den Kopf. Sogleich wurde sein Gesicht abgeleckt. »Igitt. Lass das. Hat bitte jemand ein Taschentuch für mich? Meine Nase tropft, aber von außen.«

Gelächter machte sich im Wagen breit, und Gerda bellte nochmals, da er bemerkte, dass er der Grund für die Fröhlichkeit war.

»Also, zurück zu unserem Vorhaben. Vor dem Sommer bevölkerten die Burschenschaftler ein anderes Haus in der Nähe. Seit Juli sind sie hier, und diese Fahne ist von der Straße aus in beide Richtungen noch besser zu sehen. Übrigens, wenn wer von denen runterkommt, lasst euch nicht einschüchtern. Sollten sie behaupten, dies sei die Flagge vom Jemen, dann sind sie sich der Symbolhaftigkeit erst recht bewusst. Sagt ihnen, dass sie von 1933 bis 1935 die offizielle Fahne des Dritten Reiches war. Verkehrt herum aufgehängt, sind es die Farben vom Jemen. Alex, du nimmst bitte Gerda und die Mappe. Natascha den Campingtisch und einen Klappstuhl. Ich nehme den zweiten und die Badetasche mit den Warndreiecken. Wir fallen überhaupt nicht auf damit, sehen aus wie normale Badegäste auf dem Weg zum See. Wir gehen an dem Haus vorbei, danach gibt es linker Hand eine Stelle, wo wir unser Tischchen am Straßenrand platzieren können. Alles Weitere erkläre ich euch, wenn wir dort sind.«

Wie ein großer Feldherr vor einem geplanten Angriff musterte sie entschlossen ihre Soldatin und den Stallburschen mit seinem Tier. »Also, auf zum Kampf, meine Brüder und Schwestern!«

Sie stieg aus, begab sich zum Kofferraum, öffnete ihn und stellte nacheinander das Mitgebrachte heraus. Badetasche, Stühle und Tisch. Statt eines Helms setzte sie sich einen breiten runden Leinenhut mit roter Masche auf, der ihr tief ins Gesicht fiel. Alexandros, der mit Gerda an der Leine zum See hinübersah, reichte sie einen Strohhut, was ihn überrascht ausrufen ließ: »Cool, der sieht ja aus wie der von Ruffy!«

»Wer ist denn Ruffy?«, wollte Vera wissen.

»Mensch, der von One Piece. Der berühmteste Piratenjunge, den es gibt. Ach so, du kennst sicher keine Animes und Mangas. Darf ich den Hut behalten? Bitte!«

»Soldaten bekamen früher für ihren Einsatz einen Sold. Ich denke, das ist dein Lohn für den heutigen Tag.«

Zu Natascha, die eine rosa Baseballmütze mit Netzteil auf ihrem Kopf platzierte, sagte sie flüsternd: »Mit diesem Sonnenhutkauf hast du ins Schwarze getroffen. Schön, dass sich Alex so darüber freut. Du musst mir später verraten, was er mir zu erklären versucht hat.«

Nachdem der Wagen versperrt war, machte sich die Inkognito-Familie auf den Weg. Mehrere Autos fuhren an ihnen vorbei. Einer hupte und zeigte den Mittelfinger durch die Windschutzscheibe, da er ihretwegen abbremsen musste. Gerda verhielt sich ruhig. Alex hatte für Wasser und Trockenfutter gesorgt.

Das besagte Gebäude war auf einer Art Plattform errichtet worden, die einige Meter über der Straße lag. Hohe Büsche verhinderten die Einsicht von unten. Lediglich das Dach und eine Fahnenstange mit gehisster Flagge waren zu sehen.

Sie gingen daran vorbei, und Vera zeigte auf eine Stelle, an der neben der Fahrbahn ein ungefähr zwei Meter breiter Schotter- beziehungsweise Grünstreifen Platz bot. Mit ein paar Handgriffen stellten die beiden Frauen Tisch und

Stühle auf. Alexandros wurde angewiesen, sich möglichst weit von der Straße entfernt mit dem Rücken zum Abhang hinzusetzen. Er befestigte die Leine von Gerda am Rohrgestell des wackligen Campingtischchens.

Während Vera die Warndreiecke zu beiden Seiten der Straße aufstellte, zauberte Natascha aus der übergroßen Badetasche Getränkeflaschen und einen Hundenapf hervor. Weiters mehrere Papiere, ein Klemmbrett, Kugelschreiber und eine kleine Bratpfanne.

Sie hatten am Vorabend überlegt, wie sie auf sich aufmerksam machen und eventuell den Verkehr regeln könnten. Alex hatte sich an seine Playmobilfiguren erinnert, mit denen er in Deutschland stundenlang gespielt hatte. Zu einem der Polizeimännchen gab es eine Plastikkelle mit grünem und rotem Kreis.

»So etwas bräuchten wir. Soll ich eine aus Karton ausschneiden?«

Vera hatte eine bessere Idee und opferte die kleinste ihrer Bratpfannen, um sie jeweils auf einer Seite mit grünem und rotem Papier zu bekleben. Sie war zum Glück nicht schwer und konnte somit gut sichtbar in die Höhe gehalten werden – was sie nun auf der Atterseestraße auch tat.

Das erste angehaltene Fahrzeug war ein uralter Opel Astra mit einem noch älteren Ehepaar als Insassen. Natascha trat zu ihrer Freundin, die mit ihrem Einsatz als Friedensaktivistin im 21. Jahrhundert früheren Aktivismus neu aufleben ließ. Vera hatte in ihren jungen Jahren an Demonstrationen und Protesten teilgenommen, wie zum Beispiel 1984 an der Besetzung der Hainburger Au und 1996 der ersten Regenbogenparade in Wien.

»Verzeihen Sie, dass wir Sie kurz anhalten, aber wir möchten Sie darauf aufmerksam machen, dass diese Fahne da vorne ursprünglich eine Reichskriegs- und später die Flagge für das Deutsche Reich war.«

Die Beifahrerin meinte barsch: »Das sind alte Geschichten. Lassen Sie uns damit in Ruhe. Bertl, fahr weiter.«

Doch Vera ließ sich noch nicht abschütteln: »Dieses Fräulein dahinten hat vor Kurzem erfahren, dass ihr Großvater ein schlimmer SS-Mann war, und der Junge, der dort am Tisch sitzt, ist ein Nachkomme eines grausam hingerichteten jungen Mannes im Zweiten Weltkrieg. Wir möchten nur Unterschriften sammeln. Die, so wie wir, nicht gutheißen, dass in dieser wunderschönen Landschaft solch eine fragwürdige Symbolik zur Schau gestellt wird. Vor allem jetzt, wo unweit von hier erneut der Krieg tobt.«

Der Fahrer nickte ein paarmal mit dem Kopf. »Ja, da muss ich Ihnen recht geben. Bin bereits viele Male hier vorbeigefahren, doch nie habe ich die Flagge bewusst wahrgenommen und hinterfragt. Ich bewundere Ihre Courage. Ich werde unterschreiben, wenn Sie auch mir Ihren Namen verraten.«

»Vera. Vera Hubinger, Lehrerin in Rente und wohnhaft in Palmsdorf. Warten Sie bitte eine Sekunde, der Radfahrer hinter Ihnen unterschreibt soeben bei Natascha, meiner liebreizenden Assistentin.«

Einige Autos scherten aus und fuhren vorbei. Die meisten blickten verwundert. Eine Frau mit weißem Kleid und Kopftuch stoppte ihr offenes Golf-Cabrio mit Linzer Kennzeichen.

»Was ist denn hier los?«

Natascha klärte sie auf, während sich Vera mit ihrer Bratpfanne einem blauen Lieferwagen, von Attersee her kommend, in den Weg stellte.

Die Linzerin war so begeistert von der Aktion, dass sie den Wagen ein paar Meter zurücksetzte, um am Straßenrand zu parken. Mit einem Picknickkorb trat sie zu Alexandros, der neue Listen bereithielt. Die Dame stellte sich als Sidonie vor und holte aus ihrem Korb eine Thermoskanne mit Kaffee und einen Kuchen heraus.

»Du darfst dir gerne ein Stück von der Marillenschnitte nehmen«, sagte sie freundlich und wählte auf ihrem Smartphone eine Nummer. Sie sprach mit jemandem, dem sie mitteilte, dass sie das Picknick auf den nächsten Tag verschieben würde, da sie bei einer wichtigen Sache helfen müsse.

Inzwischen hatte sich ein Stau in beide Richtungen gebildet. Vera war überrascht, wie viele Menschen zu einer Unterschrift bereit waren. Trotzdem winkten genug Vorbeikommende auch ab.

Sidonie half fleißig mit, die Schlange der Fahrzeuge abzuarbeiten. Zwischen Natascha und ihr stellte sich eine Art Seelenfreundschaft heraus, da sie sich, ohne viel zu reden, sofort bestens verstanden. Vera meinte augenzwinkernd: »Bei euch passt die Chemie. Nicht wahr?«

Alexandros saß mit dem Ruffy-Hut am Tisch und hatte eine Menge Spaß an der Sache. Die Ängstlichkeit und die Unsicherheit, die ihn anfangs bedrängt hatten, waren gewichen. Er trank eine hellrote süße Limo, auf deren Etikett er den seltsamen Namen »Keli« las. Darunter war das Wort »Kracherl« zu lesen. Er nahm sich vor, Tante Vera später danach zu fragen. Zweifellos ein neuer Begriff für sein Wörterheft.

Gerda lag friedlich zu seinen Füßen. Ab und zu stand der Hund auf, schlabberte Wasser, fraß ein paar Pellets und leckte dankbar Alex' Zehen, während er selbst Listen sortierte und stapelte. Das Sackerl fürs Gackerl hatte er in der Hosentasche parat.

»Was soll denn das, ihr depperten Weiber?« Ein voll besetzter Allrad-Jeep bewegte sich langsam auf der falschen Straßenseite vorbei, wobei er die entgegenkommenden Fahrzeuge zusätzlich behinderte, deren Fahrer ebenfalls zu schimpfen begannen.

Die vorherrschende positive Stimmung schien zu kippen. Ein mehrfaches Gehupe entstand, Fahrzeuglenker riefen Ausdrücke aus dem Seitenfenster, mit denen Alexandros die neue Rubrik »ordinäre Schimpfwörter« in seinem Sprücheheft hätte eröffnen können.

Plötzlich standen drei Männer neben Vera. Der ältere, so um die 50, mit rosa Poloshirt, hellgrauer Kurzhose und Leinenschuhen, trug einen schmalen Oberlippenbart, der Vera unvermittelt an den des dandyhaften Hollywood-Schauspielers Errol Flynn erinnerte. Den von allen, die hier waren, wahrscheinlich nur sie noch kannte.

»Darf ich fragen, was Sie hier auf der Straße veranstalten?«

»Wir möchten die Menschen am Attersee auf die kriegsverherrlichende Flagge da vorne aufmerksam machen. Sie können gerne hier unterschreiben, wenn –« Weiter kam sie nicht.

»Schert euch weg. Unsere Fahne geht niemanden etwas an! Ist nicht verboten!« Einer der beiden jüngeren Männer, in knielanger Hose, T-Shirt und billigen Flip-Flops, baute sich mit Machogehabe vor ihr auf, scheiterte dabei aber kläglich, da er um einen halben Kopf kleiner war.

Sidonie näherte sich auf Hörweite, da sie erkannt hatte, dass die drei Vera Probleme bescheren könnten.

»Haben Sie eine behördliche Erlaubnis für Ihre Verkehrsstörung?«, fragte der Dandy überheblich und steckte dabei demonstrativ eine Hand in die Hosentasche, mimte den Gelangweilten.

»Vera, wirst du belästigt? Benötigst du Hilfe?« Natascha trat von der Straße zurück und ließ die Fahrzeuge passieren. Sie kam herbei und stellte sich neben die hilfsbereite Linzerin.

Die Friedensaktivistin antwortete keck: »Ich brauche keine Erlaubnis. Ich bin eine freie Bürgerin, die ihre Meinung offen kundtut. Und da ich diese nicht unreflektiert weitergeben möchte, befrage ich meine Mitmenschen zur Sache.«

Der dritte der Männer, der wie der jüngere Bruder des zweiten aussah, steckte sich eine Zigarette an. »Wieso reden Sie so geschwollen? Das interessiert keine Sau, was Sie da von sich geben.«

Der Ältere wies ihn zurecht: »Ekkehard, halt die Klappe und benimm dich. *Wenn* jemand redet, dann bin *ich* es.«

Vera konnte sich nicht verkneifen, in gekünstelt großstädtischem Dialekt und mit hörbarem Zynismus in der Stimme anzufügen: »Hast g'hört, was der Pappi g'sagt hat? Tu schön folgen, dann darfst heut' länger aufbleib'n und ein Lied unter der Fahne singen. Aber ein Deutsches!«

Der Angesprochene ballte wutschnaubend die Hände zu Fäusten, wagte jedoch nicht, seinem Zorn Ausdruck zu verleihen.

Sidonie pfiff anerkennend und klatschte Beifall. Nun sorgten neugierig anhaltende Radfahrer für Verkehrsbehinderungen.

»Hören Sie. Ich bin nicht der Vater des Mannes hier, genauso wenig sind Sie wahrscheinlich die Mutter dieses Jungen dort am Tisch. Sie nehmen einen Minderjährigen zu einer unangemeldeten Demonstration auf einer öffentlichen Straße mit. Mein Bruder arbeitet in einer Rechtsanwaltskanzlei und kann Ihnen versichern, dass Sie mindestens vier oder fünf Vergehen begangen haben.«

Sidonie mischte sich ein: »Nehmen Sie die Naziflagge runter und wir sind auf der Stelle weg. Das ist eine Arbeit von wenigen Minuten.«

Der Kleinste der drei versuchte, wieder groß zu werden, plusterte sich auf wie ein Kampfhahn. »Das mit den Nazis nehmen Sie zurück.«

»Das ist eine afrikanische Fahne«, behauptete der zweite Kerl, »vom Jemen, da wir Beziehungen zu anderen Ländern unterhalten.«

Vera drehte sich mit zwei Schritten von ihnen weg und rief pathetisch zum Himmel hinauf: »Lieber Gott! Ich hab's gewusst. Ich war mir so sicher, dass diese dumme Ausrede fällt. Ich sollte Hellseherin werden.«

Gerda war aufgestanden und knurrte, da auch er die vorherrschende Anspannung spürte. Alexandros tätschelte ihm mit einer Hand beruhigend die Flanke und hielt mit der anderen den Tisch fest, den der Hund durch die Bewegung ein paar Zentimeter verschoben hatte.

Wieder an ihre Widersacher gewandt, dieses Mal mit typischem Lehrerinnengehabe und erhobenem Finger, sagte Vera: »Ihr führt euch selbst ad absurdum. Hör mal! Wenn du in der Schule besser aufgepasst hättest, dann wüsstest du, dass diese Flagge verkehrt herum aufgehängt die Farbstreifen des Jemen und vom Sudan zeigt. Für den Sudan fehlt eurem Fetzen aber das grüne Dreieck. Kannst du ganz einfach auf deinem Telefon googeln.« Im Begriff, sich von ihm wegzudrehen, musste sie noch anbringen: »Ach ja. Darfst du überhaupt schon ein Handy haben?

Dein Onkel hier zeigt es dir später, wenn du dich ruhig verhältst. Und ich bin mir sicher, dass du nicht weißt, ob der Jemen oder der Sudan auf dem afrikanischen Kontinent liegen. Geografie? Setzen, fünf!«

Während dieses Schlagabtauschs hatte sich der Stau wieder aufgelöst, und der Verkehr floss träge dahin. Das kurze Aufheulen eines Signalhorns lenkte die Aufmerksamkeit aller auf ein Polizeifahrzeug, das hinter Alexandros' Tisch am Straßenrand anhielt.

Werner wollte es nicht glauben, als sie sich mit ihrem Dienstwagen näherten. Sein Kollege Sinan Gebetsroither, halb Österreicher, halb Türke, steuerte den Wagen.

Eine Meldung wegen Verkehrsbehinderung durch zivile Personen hatte sie hierher beordert. Zuerst sah er den Jungen, der mit Gerda an einem Campingtisch saß und sich soeben ein Stück Kuchen in den Mund schob. Ein paar Meter weiter, in einer Ansammlung von mehreren Menschen, entdeckte er Vera und Natascha.

»Mist, Sinan. Da vorne steht meine Tante, und der Junge am Tisch ist der Sohn von Helena. Was hat sie jetzt wieder ausgeheckt? Kannst bitte du vorerst übernehmen? Zwecks Befangenheit.«

Sinan strich sich mit beiden Händen über den gepflegten dunklen Vollbart. Unter den Kollegen wurde er zum Spaß oftmals als Schönling tituliert, was er ebenso humorvoll wie auch schmeichelnd fand. Er war mehr als eitel.

Die zwei Polizisten stiegen aus dem Dienstwagen und näherten sich der Menschenmenge. Inzwischen hatte sich wieder eine Kolonne aus Fahrzeugen mit schaulustigen Lenkern gebildet, deren Neugier durch das weiterhin rotierende Blaulicht noch geschürt wurde.

»Fahren Sie weiter! Hier gibt's nichts zu sehen!« Werner bewegte zur Bekräftigung seiner Worte den Arm und animierte einige Autofahrer, aufs Gas zu steigen. Während sich sein Kollege der Menge näherte, gab er Alexandros ein Zeichen. »Alles klar bei dir?«

Dieser nickte mit vollem Mund, hob fragend die Schultern und deutete mit einer Geste zu der ungewöhnlichen Versammlung.

Adler blieb bewusst einige Schritte hinter Gebetsroither und regelte nebenbei den Straßenverkehr, wie eine mechanische Schaustellerfigur den Arm hin und her bewegend.

Der ältere Mann ging auf ihn zu, Sinan ignorierend. »Ich bin Dr. Erwald Bauchinger. Steuerberater aus Sankt Valentin. Wir haben angerufen. Danke für Ihr schnelles Kommen. Sie müssen bitte diese Frauen –«

Werner unterbrach ihn und zeigte zu seinem Kollegen. »Bitte erklären Sie den Sachverhalt Revierinspektor Gebetsroither.«

»Aber Sie sind hier der Ranghöhere. Ich dachte …« Ein Geschrei lenkte ihn ab und er sah kurz zu seinen zwei Mitstreitern. »Ich rede nicht mit einem Ali Baba. Ist ja noch schöner, wenn ich einem ausländischen Polizisten das Treiben der Weiber da erklären muss! Waldi, sag doch auch was.«

Werners Mundwinkel zuckten, das Lachen konnte er sich im Gegensatz zu Vera aber verkneifen, die sofort darauf einging: »Waldi, komm, dein Kleiner hat Heimweh und fürchtet sich vor den bösen Hexen, die ihn verzaubern wollen.«

Gleichzeitig wurden zur Ermahnung zwei Vornamen ausgerufen: »Ekkehard!« – »Vera!«

»Sie kennen die Frauen?«

Werner nickte kurz. »Deshalb sollten Sie bitte mit meinem Kollegen sprechen. Und ja, er hat zur einen Hälfte türkische Wurzeln und zur anderen österreichische. Er spricht Mundart, und das garantiert besser als der junge Mann dort die deutsche Schriftsprache.«

Die ganze Gruppe schloss zu Adler und Bauchinger auf.

»Frau Weiß hat mir soeben ihr Anliegen unterbreitet«, erklärte Sinan. »Es handelt sich um diese Reichkriegsflagge dort vorne, die zwar nicht verboten ist, aber trotzdem Ärgernis verursacht. Mit einer Petition möchten sie es an die Öffentlichkeit bringen. Die zwei jungen Männer hier verweigerten mir ihre Auskunft aus rassistischen Gründen.«

Werner stellte ihm den Steuerberater vor: »Der Herr Bachinger –«

»Dr. Bauchinger.«

»Wie bitte?«

»Mein Name ist Dr. Erwald Bauchinger. Das Grundstück mit dem Gebäude und der Fahnenstange befindet sich in meinem Besitz. Im Sommer stelle ich das Haus jungen erwachsenen Menschen zur Verfügung. Um sich in sozialem und politischem Denken zu üben.«

Vera musste sich wieder zynisch einmischen: »Na ja, dem Verhalten nach … des Kleinen da … stelle ich nicht wirklich eine soziale Kompetenz fest.«

Ein Autofahrer hielt auf ihrer Höhe an: »Was ist denn leicht passiert?«

Fast alle blafften ihn an: »Nichts.«

Lediglich Werner war höflicher: »Fahren Sie bitte weiter.«

»Man wird ja wohl fragen dürfen?«

Werner nervten dieses Hin und Her, das Hickhack der Beteiligten und die Schaulustigen. Er wartete in weiterer Folge auf einen Auffahrunfall. Das würde zu dem ganzen

Aufruhr hier noch fehlen. Was sich ein paar Meter hinter ihnen anbahnte, bemerkte niemand.

Sinan sprach abwechselnd mit den Streitparteien.

»Frau Hubinger, Sie haben Ihre Protestaktion nicht behördlich angemeldet, somit muss ich Sie bitten, dass Sie augenblicklich Ihre Aktion einstellen. Und –«

Vera schüttelte den Kopf: »Wir fragen bloß ein paar Leute, die hier vorbeikommen. Wir machen niemandem eine Arbeit. Wir kleben uns auch nicht auf die Straße. Die meisten KleberInnen melden sich auch nicht an.«

Werner wusste, dass seine Tante nun in Fahrt kam. Er sollte das hier schnellstens beenden.

»Vera, das ist etwas anderes. Du verlässt jetzt bitte diese Straße hier und bringst alle nach Hause. Je länger du dich dagegen wehrst, umso höher fällt die Verwaltungsstrafe aus, die durch unseren Einsatz auf dich zukommen wird.«

Die beiden jungen Männer lächelten hämisch und wurden wieder zwei Zentimeter größer.

»Ach ja? Ich bekomme eine Strafe? Wunderbar. Und wenn bei einer Veranstaltung eines ehemaligen Ministers ein depperter Unternehmer aus der Umgebung eine besoffene Demonstration veranstaltet, wo nicht nur Polizisten, sondern auch Beamte vom Verfassungsschutz einbeordert werden, dann gibt es keine Strafe? Die Doofnüsse haben den Staat eine Unmenge gekostet. Aber wenn eine alte Dame auf eine Kriegsfahne – ich sage bewusst nicht Nazifahne, obwohl es eine ist – aufmerksam …«

»Vera, bitte!«

»Herr Gruppeninspektor, ich verbiete, mich mit Nazis gleichzustellen. Das ist –«

Das plötzliche Bellen von Gerda ließ alle verstummen. Sie blickten zu dem Tisch mit dem Jungen …

28.

Sonntag, früher Nachmittag

Gemeindegebiet Berg im Attergau und Seewalchen

Alexandros hatte gleich zwei Stücke der köstlichen Marillenschnitten gegessen. Da Sidonie statt Teller nur Servietten gebracht hatte, schob er die Krümel vom Tisch. Winzige Reste von der Creme versuchte er mit den Zelltüchern zu beseitigen, was mehr einem Ver- als einem Abwischen glich.

Gerda hatte während des Verzehres der zweiten Schnitte seinen Kopf auf Alexandros' Oberschenkel gelegt. Treuherzig und Mitleid heischend hielt er ihn immer noch in der gleichen Position. Etwas musste doch für ihn abfallen! Der Junge tätschelte ihm den Kopf und kraulte ihn hinter den Ohren. Er hatte den Hund wirklich lieb gewonnen.

Ein Kitzeln am Gaumen ließ ihn innehalten. Klebte noch Creme daran? Mit der Zunge ging er auf Erkundungstour, konnte aber nichts dergleichen feststellen.

Mehrmals blickte er zu den Erwachsenen, die ihm jetzt ziemlich kindisch vorkamen. In der Schule mischten sich oft die Lehrpersonen in Auseinandersetzungen zwischen Schülern ein, die sie dann oft mit streitenden Kindergartenkindern verglichen. Das, was sich hier vor Alexandros' Augen abspielte, war nicht viel anders. Gelangweilt kratzte er sich an den Unterarmen, schob behutsam Gerdas Kopf weg, da es auch auf seinen Oberschenkeln juckte. Er fühlte sich im Moment etwas eingeengt und unwohl. Mit einer sauberen Serviette putzte er sich die Nase, die wie aus heiterem Himmel zu tropfen begann.

Komisch, er wusste nicht, wo er sich eine Verkühlung eingefangen haben könnte. Der Wind fegte ein paar unterschriebene Blätter vom Tisch und wehte sie direkt vor Gerdas Schnauze, der daran schnüffelte.

»Gerda, die gehören mir«, wollte Alexandros sagen, es hörte sich jedoch nur wie das Gebrabbel eines Betrunkenen an. Das Atmen strengte ihn von Sekunde zu Sekunde mehr an. Seine Zunge war schwer und fühlte sich wie aufgeblasen an. Was auch so war, nur konnte er es selbst nicht sehen. Langsam dämmerte ihm, warum sein Körper sich in unangenehmer Weise verselbstständigte. Er versuchte, sich bemerkbar zu machen, doch die Erwachsenen waren derart mit Schreien und Streiten beschäftigt, dass niemand zu ihm herübersah. Ein Griff zu Gerda offenbarte ihm, dass sein Arm mit roten Flecken übersät war.

Der letzte Anfall dieser Art lag Jahre zurück und er konnte sich nur lückenhaft daran erinnern. Trotzdem war ihm klar, dass in den Marillenschnitten Nüsse enthalten sein mussten. Es war ihm nicht in den Sinn gekommen, Sidonie danach zu fragen. Zu Hause war es für ihn selbstverständlich, dass das Essen nussfrei war. Sogar in der Schule wussten alle Bescheid, und so kam er diesbezüglich nie in Gefahr. In diesem Augenblick wurde ihm auch bewusst, wie wichtig es gewesen wäre, den Adrenalin-Pen mitzunehmen. Stattdessen steckte der Autoinjektor neben dem Tintenroller und den Farbstiften in seinem Schulrucksack.

Aufzustehen war ihm nicht mehr möglich, er schaffte es gerade noch, den Stuhl ein paar Zentimeter nach hinten zu schieben, damit er beide Hände auf den Knien abstützen konnte. Seine Atmung war zu einem Keuchen und Pfeifen geworden. Er meinte, augenblicklich um hundert Jahre gealtert zu sein. Selbst seine Augen blieben nicht verschont, denn er sah nun alles verschwommen, die Lider waren schwer und ließen sich kaum mehr öffnen. Unfähig zu rufen, blickte er hilfesuchend nach unten, zu Gerda, der ihn aufmerksam zu beobachten schien.

Als hätte das Tier auf den stummen Befehl gewartet, fing es zu bellen an.

Adler war der Erste, der sich aus der Erstarrung löste und auf Alexandros zulief. Gefolgt von Vera und Natascha. Revierinspektor Gebetsroither hielt die anderen zurück, die innerhalb weniger Sekunden von Streitparteien zu Passanten geworden waren.

Werner wusste von den Symptomen, die bei Nussallergikern auftreten konnten. Helena hatte ihm eingebläut, dass ihr Sohn auf keinen Fall Speisen mit Nussanteil zu sich nehmen dürfe.

»Sind in den Schnitten hier Nüsse oder Ähnliches enthalten?« Er starrte Vera vorwurfsvoll an, die mit einer Geste die Schuld von sich wies und auf eine Frau hinter sich deutete.

»Entschuldigung, ich menge meinem Teig meistens geriebene Mandeln bei. Wenn ich das gewusst hätte!« Die Frau in Weiß war sichtlich erschüttert.

Werner zog sein Handy heraus und wählte die Notrufnummer. Während des Gesprächs nickte er Alexandros aufmunternd zu. »Hier Gruppeninspektor Werner Adler. Wir brauchen dringend medizinische Versorgung. Atterseestraße zwischen Seewalchen und Attersee. Beim letzten Haus. Zehnjähriger Junge mit Nussallergie. Deutlich erkennbare, schwerwiegende Symptome.«

Dann übergab er Vera das Telefon. »Sprich du mit ihnen, wenn sie noch etwas wissen müssen.«

Er ging neben Natascha in die Knie, die bereits hilflos vor Alexandros kauerte. »Alex, versuch, ganz langsam zu atmen! Hilfe ist bereits unterwegs. Setz dich so hin, wie es sich am besten anfühlt. Oder möchtest du dich hinlegen?«

Gestresstes Kopfschütteln und ein panisches Aufblitzen aus den Augenschlitzen, das dringend um Hilfe rang.

Werner war schockiert, in welche Gestalt sich der Junge innerhalb weniger Minuten verwandelt hatte: dick geschwollene Augenpartie, blaue Verfärbung der Mundpartie inklusive der Lippen und überall rote Flecken. Behutsam schob er das mit einem griechischen Spruch bedruckte T-Shirt nach oben. Bauch und Brustpartie waren ebenso von Rötungen befallen. Er merkte, dass Alex mit ihm sprechen wollte, was aber nicht gelang. Tränen flossen über die Wangen des Jungen. Der Ärger darüber und die Hilflosigkeit verursachten noch stärkeres Keuchen.

»Ganz ruhig. Sag jetzt nichts. Schone deine Kräfte!«

Natascha, Vera und Sidonie fürchteten, dass der kleine Halbgrieche bald ersticken würde. Als wäre Werner Arzt, flüsterte ihm Natascha zu: »Kannst du denn nichts machen?«

Mit einer langsamen Bewegung legte Werner Alex die Hand auf die Schulter. Um ihn aufzuheitern, scherzte er: »Wenn ich jetzt ein Foto von dir schieße und es George Lucas schicke, engagiert er dich sofort als Alien für den nächsten Star-Wars-Film.«

Der Joke kam an, und ein stoßendes, fröhlich klingendes Röcheln war zu hören. Natascha, die den Witz nicht verstand, lachte gespielt mit und wischte mit einer Serviette den Angstschweiß und die Tränen aus dem Gesicht ihres Wahl-Cousins.

Eine Hand legte sich auf Werners Rücken. Die Sanitäter waren eingetroffen. Er hatte das Signalhorn der Rettung nicht wahrgenommen. Das immer noch rotierende Blaulicht des eigenen Dienstwagens vereinte sich mit dem des Rettungsfahrzeuges. Hinzugekommene Polizeikollegen aus St. Georgen, die für Attersee und Berg zuständig waren, sperrten die Straße in beide Richtungen ab.

Werner drückte die Hand des keuchenden Patienten, küsste ihn auf den Kopf und gab ihn für die medizinische Hilfe frei. »Sie sind da, Alex. Die Rettung ist schneller, als die Polizei erlaubt. Es wird alles gut. Ich verspreche es dir.«

»Der Hubschrauber mit dem Notarzt ist bereits unterwegs. In einigen Minuten geht's dir wieder besser«, sagte einer der Sanitäter und steckte ihm ein Pulsoximeter an den Finger, um die Blut-Sauerstoffsättigung zu messen. »Wie ist dein Name?«

»Alex.« Das kurze Wort kam halbwegs verständlich über die geschwollenen Lippen.

»Gut, Alex. Ich leg dir jetzt eine Maske an, damit kannst du besser atmen. Keine Angst, das hilft dir und tut auch nicht weh.«

Natascha, mit Tränen der Besorgnis und zugleich Erleichterung in den Augenwinkeln, blieb an der Seite des Jungen und verfolgte die Arbeit der Sanitäter hautnah.

»Alex, versuch bitte, langsam zu atmen. Du wirst merken, dass es mit der Maske leichter klappt.«

Der Junge richtete zitternd den Oberkörper ein Stück auf, hielt sich mit einem Arm an Nataschas Schulter fest und befolgte die Anweisungen. Ein durchdringendes Knattern kündigte das Eintreffen eines Hubschraubers an. Sinan hatte den Verkehr aus der anderen Fahrtrichtung abgesperrt. Einer der Sanitäter war mittels Funk mit dem Piloten verbunden.

Werner überlegte, wie und wo das Fluggerät hier überhaupt landen konnte, doch nach wenigen Minuten hatten sich seine Bedenken erübrigt.

Der rote Rettungshubschrauber näherte sich mit der Schnauze voran der Straße, die auf einer Seite vom See und der anderen von einem Felsabhang begrenzt war. Wäre das Getöse der Rotorblätter nicht zu hören gewesen, hätte Adler meinen können, die Zeit verlangsamte sich.

Meter für Meter und schließlich Zentimeter für Zentimeter senkte sich der Hubschrauber, bis die Kufen die Leitplanke berührten. Während der Pilot den Helikopter so in Balance hielt, dass er weder die Planke eindrückte noch frühzeitig wieder abhob, wurde die Schiebetür geöffnet. Ein Notarzt stieg geschickt auf die Leitplanke und schließlich auf den Asphalt. Mit erhobenem Daumen signalisierte er dem Piloten, dass er abheben könne. Das typische, fast unerträgliche Helikoptergeräusch, das die Felswand gnadenlos in voller Lautstärke zurückwarf, verstärkte sich durch den Abflug zu einem Zwischenlandeplatz. Der Lärm hatte offenbar auch Alex zugesetzt, der wieder gehetzter atmete.

Im Laufschritt die gesperrte Straße zum Ziel hin entlangeilend, klärte einer der Rettungsleute den Notarzt über den zehnjährigen Patienten auf. Über den anaphylaktischen Schock durch Nussallergie, die geringe Sauerstoffsättigung des Blutes und alle anderen Symptome.

Alexandros war sichtlich am Ende seiner Kräfte, die Sauerstoffmaske ermöglichte es ihm zwar zu atmen, doch sonst war er aller selbstbestimmten Aktivitäten beraubt. Natascha bemerkte, dass die Farbe der Lippen von Dunkelblau zu Rosa gewechselt hatte. Ob das ein gutes Zeichen war, konnte sie nicht beurteilen.

Der eingeflogene Arzt hockte sich vor den Jungen hin. Ohne viel zu reden, zog er seinen Rucksack herab, entnahm ihm eine Spritze und injizierte den Inhalt in den nackten Oberschenkel. Natascha erklärte er mit einem Wort, was er gespritzt hatte: Adrenalin.

Anschließend nahm er Alexandros die Maske ab, um ihn zu untersuchen. Er sprach medizinische Fachbegriffe aus, die außer dem geschulten Personal niemand verstand, wie zum Beispiel »Stridor«, »Urtikaria«, »periorale Zyanose«.

Nachdem er dem Patienten die Atemmaske erneut übergezogen und diese an eine andere Flasche angeschlossen hatte, klärte er ihn auf: »So, mein Junge, du wirst dich gleich wieder besser fühlen. Das hier ist eine Verneblermaske. Keine Angst, die nebelt wirklich ein bisschen. Lass sie bitte über Nase und Mund und atme den Dampf ruhig ein und aus. Das erweitert die Bronchien, und gemeinsam schaffen wir es, dass du wieder genug Luft bekommst. Wir nehmen dich jetzt mit ins Krankenhaus.«

Er wandte sich an Natascha: »Sind Sie die Mutter oder die Schwester? Können Sie während des Transports bei ihm bleiben?«

»Äh … ich bin die Cousine, seine Mutter ist im Ausland. Natürlich bleibe ich bei ihm. Er ist ja mein Lieblingscousin!«

Sie konnte nicht anders, als zu schwindeln. Sie hatte den Jungen in den letzten zwei Tagen derart ins Herz geschlossen, dass sie sich wünschte, die Lüge wäre Wirklichkeit. Aufmunternd nickte sie Alexandros zu.

»Transportiert ihn mit aufrechtem Oberkörper, das ist weniger beschwerlich für ihn!«

Die Sanitäter verfrachteten Alexandros in einen tragbaren Rettungsstuhl und brachten ihn zum Krankenwagen. Er zitterte am ganzen Körper, obwohl es sommerlich warm war.

»Geht's dir schon besser?«, fragte Natascha, und er nickte schwach.

»Apropos Luft«, fügte der Notarzt hinzu, während Alexandros auf eine Liege umgesetzt und in den Rettungswagen geschoben wurde. »Wir fahren jetzt zum Hubschrauber und fliegen mit dir nach Vöcklabruck ins Krankenhaus. Ich denke, ein bisschen wirst du den Flug sogar genießen können. Und deine große Cousine fliegt ja ebenfalls mit. Du bist wirklich zu beneiden, Alex, so eine hübsche Cousine hätte ich auch gerne gehabt.«

Alex' Mundwinkel zogen sich unter der Maske leicht nach oben.

Kaum waren alle im Wagen, ging es mit Einsatzhorn rauf zur Buchbergkapelle, wo der Helikopter auf einem Feld zum Abflug bereitstand.

29.

Sonntag, früher Nachmittag

Handy-SMS-Verkehr

Bis übermorgen, Dienstag, sollte
es sich geklärt haben. Schaffst du das?

Nur mit deiner Hilfe.

Was soll das heißen?

Dass du für den zweiten Teil
mitverantwortlich sein musst.

??? Ruf mich an

Geht nicht, kann jetzt nicht sprechen. Ich schick dir
drei Fotos. Du musst behaupten, dass du das warst.

Wieso? Äh, was bist du für ein Schwein?

Kein größeres als du. Kriegst du das hin? Ich erkläre
es dir später. Treffen uns am See, bei dir. 30 Minuten?

Wenn es sein muss!

Ja, es muss sein.

30.

Sonntagnachmittag

Polizeiinspektion Schörfling

Sinan hatte Gott sei Dank das amtliche und förmliche Prozedere mit den Streitparteien abgekürzt und erledigt. Tante Vera musste wieder einmal mit einer Verwaltungsstrafe rechnen, denn eine Anzeige war unumgänglich. Die Flagge hing weiterhin am Haus, wie schon vor der ganzen Aktion.

Werner war fix und fertig, hatte aber noch zwei Stunden Dienst zu absolvieren. Natascha hatte ihm versprochen, ihn über den Zustand von Alexandros auf dem Laufenden zu halten. Die Sanitäter hatten ihn beim Abtransport beruhigt: Der Junge sei in besten Händen; bei adäquater medizinischer Behandlung erholten sich die Patienten nach so einem anaphylaktischen Schock meistens sehr rasch.

Er genehmigte sich mit Sinan eine Pause im Gemeinschaftsraum. Sein Kollege hielt einen starken Espresso in der Hand und setzte sich zu ihm. »Das war heute ein heftiger Tag für dich.«

»Das kannst du laut sagen. War mein erster Arbeitstag, und ich habe bereits wieder das Gefühl, dass ich urlaubsreif bin.«

Markus Kramer, der ebenfalls bis 16 Uhr Dienst hatte, kam herein und bat sie, kurz das Telefon zu übernehmen, er habe im Kämmerchen eine Sitzung. Preuner, der eigentlich bereits frei habe, sei mit Beamten der Kriminalpolizei nochmals nach Sicking zum Haus des Briefträgers gefahren.

Kaum war Kramer in der Toilette verschwunden, läutete das Telefon. Sinan ging ran.

Er hörte dem Anrufer ein paar Sekunden zu, bevor er Werner ein Zeichen gab, er solle mithören, und aktivierte den Lautsprecher. Dabei machte er jene Geste, die unter den Kollegen immer dann verwendet wurde, wenn jemand den »Humorfall« des Tages vermutete – die Bezeichnung für unsinnige Einsätze oder verrückte Anzeigen und anderes. »Verzeihen Sie, ich habe Gruppeninspektor Adler zugeschaltet, der Ihnen sicher besser aushelfen kann. Würden Sie bitte Ihr Anliegen wiederholen?«

»Ja, guten Tag. Hier ist Ernst Dorffler aus Haining. Das ist bei See–«

»Herr Dorffler, wir wissen, wo Haining ist. Schreibt man Ihren Namen wie das Dorf?«

Werner hatte den Anrufer etwas aus dem Konzept gebracht. »Ähh, nein. Mit zwei. Ich meine mit zwei F und einem L. Also, wo war ich?«

»In Haining!«

»Ja, verzeihen Sie, ich bin ganz durcheinander. Wir wohnen direkt am Wald. Meine Tochter, die hier bei uns ihre Masterarbeit schreibt, hat mich gebeten, Sie anzurufen. Selbst meine Frau ist außer Fassung.«

»Herr Dorffler, kommen Sie bitte zur Sache. Was haben Sie für ein Problem?«

Markus war von seiner Sitzung zurückgekehrt und stellte sich interessiert zu seinen Kollegen.

»Ja, äh, Herr Inspektor, da ist gleich hinter unserem Haus … äh … Habe ich schon gesagt, dass wir am Waldrand wohnen?«

»Ja, Herr Dorffler, haben Sie.«

»Also, wie gesagt, da hinter dem Haus sind mehrere Bäume, und auf einem sitzt ein Specht.«

»Ein Specht?«

»Ja, ein Specht, und der hämmert seit gestern fast ununterbrochen vor sich hin.«

»Soso, ein hämmernder Specht.«

Sinan schob sich die Faust in den Mund, um nicht laut loszulachen.

»Ja, Herr Inspektor. Das ist so laut, dass wir es nicht mehr aushalten. Meine Frau hat schon Tabletten gegen die Kopfschmerzen eingenommen. Meine Tochter muss kommende Woche ihre Arbeit abgeben und findet durch das ständige Klopfen keine Ruhe.«

»Und was sollen wir Ihrer Meinung nach in dieser Angelegenheit unternehmen? Wir können den Specht schlecht verwarnen oder gar verhaften.«

»Ja, das weiß ich auch. Aber können Sie den vielleicht runterschießen?«

Nun ging Markus grinsend in die Knie, hielt mit einer Hand seinen Unterkiefer fest und schüttelte ungläubig den Kopf. Er schien nach Luft zu ringen.

»Herr Dorffler aus Haining. Wir dürfen Ihren Specht nicht erschießen. Das fällt unter Tierquälerei. Und wir dürfen unsere Waffen nur einsetzen, wenn es um anderer oder unser Leben geht. In diesem Fall sind wir nicht zuständig.«

»Meine Tochter hat gemeint, Sie schicken vielleicht einen Jäger, der das erledigt.«

»Auch das dürfen wir nicht. Ich schlage Ihnen vor, Sie rufen morgen in Ihrem Gemeindeamt an und erklären denen die Sachlage. Da ist sicher jemand für Tiere und

Jagdfragen zuständig. Das Wetter ist so herrlich heute – machen Sie doch mit Ihren Mitbewohnerinnen einen Ausflug zum See. Dann sind Sie den hämmernden Specht zumindest für ein paar Stunden los. Ich danke für Ihr Verständnis. Wünsche Ihnen noch einen schönen Sonntagnachmittag. Wiederhören!« Damit beendete Werner das kuriose Gespräch.

Die drei Männer verfielen in einen Lachgesang, dem sich auch Preuner, in Begleitung zweier Personen hereinkommend, nicht entziehen konnte.

Die Begleitung von Robert bestand aus Chefinspektor Paulig vom oberösterreichischen Landeskriminalamt und der in Ausbildung befindlichen Revierinspektorin Sonja Baumgartinger, die vor einem knappen Jahr noch Teil der Kollegenschaft in Schörfling gewesen war. »Servus, Werner«, begrüßte sie Adler. »Freut mich, dich zu sehen. Haben dich die Sonderfälle wieder mal auserkoren?« Damit sprach sie seine Glückssträhne, in die unangenehmsten Fälle verwickelt zu werden, und seine Probleme mit Gewalt und Leichen an, über die sie mehr als Bescheid wusste. »Wir müssen mit dir deine Erlebnisse nochmals durchgehen.«

Werner schilderte ihr und Chefinspektor Paulig den Ablauf des Geschehens am Parkplatz im Weißenbachtal. Er wurde kaum mit einer Zusatzfrage unterbrochen, die sich der Vorgesetzte offensichtlich für das Ende des Berichts aufsparte.

»Sie und Ihre Begleiterinnen kannten das Opfer«, Paulig las den Namen von einem Blatt Papier ab, »Rudolf Alexander Lehner. Woher?«

»Ich für meinen Teil kannte ihn kaum, aber er war voriges Jahr der Freund von Natascha und auch Zeuge in einem

Entführungsfall, der aber komplett aufgeklärt wurde und mit dieser Sache nichts zu tun hat.«

»Die Schlussfolgerung, welche Angelegenheiten wie miteinander in Zusammenhang stehen, überlassen Sie bitte uns.«

»Entschuldigen Sie, aber die nette Kollegin hier, Revierinspektorin Baumgartinger, kannte den Rudi, also den Rudolf Lehner, genauso gut wie ich. Wir sind beide mit dem Fall vertraut gewesen.«

Der Kriminalinspektor stieß ein leises Zischen durch die geschlossenen Zähne aus. »Das ist auch einer der Gründe, warum sie mich begleitet.«

Von allen Chefinspektoren, die er bisher kennengelernt hatte, war dies der erste, der Werner richtiggehend unsympathisch war.

»Der Verletzte war bewusstlos, als Sie ihn aufgefunden haben, und kam die ganze Zeit über nicht zu sich?«

»Nicht, dass ich wüsste. Ich war ab dem Zeitpunkt der Entdeckung des Toten im Weißenbach aber nicht mehr bei ihm. Da können Ihnen Natascha Weiß und meine Tante Vera Hubinger genauere Auskünfte geben.

»Ja, die möchten wir auch noch befragen. Wissen Sie, ob das jetzt gleich im Anschluss möglich ist?« Paulig sah zu Sonja hoch, als ob sie seine Sekretärin wäre und den Termin fixieren sollte. Sie war die Einzige, die sich nicht gesetzt hatte.

»Also, Natascha ist soeben im Krankenhaus mit … mit ihrem Cousin. Tante … Frau Hubinger kommt morgen hierher, da sie auch in einer anderen Sache befragt werden muss«, erklärte Werner.

»Ach so, auch noch eine andere Sache. Das sind ja seltsame Zufälle. Als ob sie gar nicht so zufällig wären.«

Wann immer jemand das Wort »Zufall« in den Mund nahm, fühlte sich Werner sofort angesprochen. Selbst wenn der Chefinspektor wahrscheinlich keine Ahnung von seiner Namensänderung hatte.

Der forderte Sonja gerade mit einem Nicken dazu auf, ihm drei farbige Ausdrucke vorzulegen. »Wissen Sie, wer das sein könnte auf diesen Bildern?«

Werner kannte die Fotos bereits aus dem Kellerraum des Briefträgers. »Nein, weiß ich nicht. Vielleicht gehört das bunte Stück zu dem Briefträger. Keine Ahnung. Ich sehe selten nackte Männer, und wenn, dann inspiziere ich nicht ihr Geschlecht.«

Zu Sonja gewandt sagte der Kriminalinspektor: »Veranlassen Sie bitte, dass die Fotos zur Gerichtsmedizin gelangen, um sie mit dem Verstorbenen abzugleichen. Eventuell auch mit dem Schwerverletzten im LKH-Linz.«

Werner drängte sich die Vorstellung auf, wie jemand Foto und Leichnam nebeneinander vor sich hatte und den bemalten mit dem unbemalten Penis vergleichen musste. Keine lustige Aufgabe, aber für ihn allemal erträglicher, als dem Toten in die Augen zu sehen. Die hatten sich, wie einige andere, ungewollt in sein Gehirn eingebrannt.

Etwas heikler zum Abgleichen wäre es sicher mit Lebenden. Bildhaft stellte er sich vor, wie eine Beamtin mehrere Männer höflich bitten musste, sich unten herum frei zu machen, um jeweils das Bild danebenzuhalten. Trotz der Ernsthaftigkeit des Falles zuckten seine Mundwinkel für eine Sekunde nach oben.

»Und die hier?« Der Vorgesetzte setzte den Zeigefinger auf das nackte Hinterteil der Frau auf dem Fotoausdruck.

»Sorry, auch keine Ahnung.« Er war versucht, zynisch anzufügen, dass er unbekleidete Frauen von hinten allgemein nur schwer erkennen könne und ob es vielleicht einen speziellen Tipp dafür gab?

»Können Sie das Foto verorten?«

»Der Hintergrund ist leider unscharf, aber wahrscheinlich ist es irgendwo hier am Attersee entstanden.«

Ein Verdacht kam in ihm hoch, als er das Bild nochmals betrachtete. Der Ausblick aus dem Fenster, der hinter der Nackten zu erkennen war, ähnelte dem, den er vorhin auf der Terrasse der Familie Erblehner genossen hatte.

Doch diesen Gedankengang wollte er nicht unbestätigt äußern. Zum Überprüfen würde er später nochmals Gelegenheit haben, nachdem er das Boot nach Unterach zurückgebracht hatte.

31.

Sonntagnachmittag

Im Krankenhaus Vöcklabruck

»Schlaf jetzt, Alex. Wir holen bald deine Mutter vom Flughafen ab und fahren dann gleich zu dir. Deshalb musst du dich jetzt ausruhen.«

Natascha beugte sich zu ihm runter, strich ihm eine verklebte Haarsträhne von der Stirn und küsste ihn zum Abschied auf die Wange.

Die Strapazen waren in seinem bleichen Gesicht noch gut abzulesen. Die Flecken an Armen und Beinen waren fast zur Gänze verschwunden. Die Atmung hatte sich weitgehend stabilisiert.

Sie drückte nochmals seinen Arm und war im Begriff, sich umzudrehen und zu gehen, als sie seine Stimme davon abhielt.

»Natascha, ich muss dir etwas sagen!«

Er flüsterte beinahe und bat sie mit seinem Zeigefinger, näher zu kommen. Sein Zimmergenosse war ebenfalls ein Junge, dem an diesem Tag die Mandeln entfernt worden waren und der durch die Narkose noch immer sehr schläfrig war. Alexandros wollte ihn nicht aufwecken.

»Kann das nicht bis morgen warten?«

Alex schüttelte den Kopf. »Versprich mir bitte … nicht böse zu werden … ich … ich wollte dich nicht …«

»Hey, Alex. Spuck's einfach aus. Ich kann dir gar nicht

böse sein. Du bist mein Lieblingscousin, da mag man sich einfach, egal, was geschieht.«

Sie lächelte ihn aufmunternd an und tippte mit einem Finger zärtlich auf seine Nase.

»Also gut. Der alte Mann gestern … in Bad Ischl … der, der war nicht der Urenkel von der Kaiserin.«

Nun war Natascha tatsächlich überrascht: »Ist er das nicht?«

»Nein. Er sieht ihm etwas ähnlich und ist irgendwie mit ihm verwandt. Wie, das habe ich nicht verstanden. Aber die Einladung ist echt. Er heißt Wilfried …«, ein Gähnen unterbrach seinen Erzählfluss, »… und macht sein Leben lang schon Führungen.« Erneutes Gähnen.

»Danke, Alex, dass du mich aufgeklärt hast. Ich bin nicht böse, ich finde es gut, dass du die Wahrheit gesagt hast, aber jetzt schlaf bitte. Dir fallen schon die Augen zu.«

»Ja, aber … ich habe nie gelogen … Du hast davon gesprochen, dass er der Habsburger ist … und ich … wollte dich in deinem … Glauben lass…«

Seine Augen waren bereits geschlossen und er schlief erschöpft ein.

32.

Sonntagnachmittag

Auf der Straße von Vöcklabruck nach Seewalchen

»Er schläft jetzt. Braucht Ruhe, da es für seinen kleinen Körper viel zu viel Stress war.« Sie saß neben Vera im Auto, die mit Pyjama und Toilettentasche in die Klinik nachgekommen war. Soeben fuhren sie durch die mit der Parkkarte aktivierte Schranke und verließen das Krankenhausareal.

Auf der Kinderstation des Klinikums Vöcklabruck war Alexandros kein Unbekannter gewesen. In diesem Jahr war es nun schon das zweite Mal, dass er ein Bett dort bezog. Die diensthabende Kinderärztin hatte bestimmt, dass er mindestens eine Nacht in der pädiatrischen Abteilung verbringen sollte. Der kleine Halbgrieche tat Natascha leid. In so einer Situation mutter- und vaterlos zu sein, musste schlimm für ihn sein. Besonders sie konnte das nachvollziehen, da ihre eigenen vermögenden Eltern stets versuchten, fehlende Fürsorge und Zeit mit Geld zu kompensieren.

An der übernächsten Kreuzung sprach sie eine Frage aus, die beiden auf den Lippen brannte: »Wer sagt Helena, was passiert ist?«

Alle hatten über die Allergie Bescheid gewusst, waren jedoch mit sich und ihrem Vorhaben so beschäftigt gewesen, dass sie Alexandros für eine Weile aus den Augen verloren hatten.

»Ich denke, das ist vor allem Werners Aufgabe. Ich bin mir sicher, dass er gar nicht möchte, dass wir das tun.« Vera legte den Gang ein und fuhr bei Grün über die Kreuzung. Rechts überholte sie mit überhöhter Geschwindigkeit ein dunkelblauer BMW und schnitt vor ihnen auf die gleiche Straßenseite ein, um beim kommenden Kreisverkehr in der richtigen Spur zu sein.

»Der Wahnsinnige gehört angezeigt. Genau solche Typen und Typinnen verursachen Verkehrsunfälle, die meist nicht gut ausgehen.«

Natascha war schon daran gewöhnt, dass Vera immer wieder mit maskulinen und femininen Wörtern herumexperimentierte. Sie wollte damit den Trend des übertriebenen Genderns in der deutschen Sprache persiflieren.

»Glaubst du, wir haben heute etwas Positives bewirkt mit unserer Aktion? Irgendwie ist es nicht so abgelaufen, wie ich mir das vorgestellt habe. Und damit meine ich nicht nur die Sache mit Alex.«

Vera sah kurz zu ihrer Freundin und blickte dann wieder auf den Straßenverkehr. »Natascha, ich weiß noch nicht, wie viele Unterschriften wir gesammelt haben. Ich musste alles ungeordnet in den Wagen reinschmeißen und verschwinden. Aber trotzdem haben wir auf eine Sache aufmerksam gemacht. Der Dandy mit seinen Jungs hat auch nicht wirklich überzeugt und nur gedroht. Wir werden das auf eine andere Art weiterverfolgen. Glaub mir, es war nicht umsonst. Nur das mit Alex tut mir schrecklich leid, und ich fühle mich natürlich mitverantwortlich für das, was passiert ist.«

Natascha schluchzte kurz auf: »Ja, ich auch!«

In den folgenden Minuten fiel kein Wort, jede von ihnen hing ihren eigenen Gedanken nach.

In Lenzing, unterhalb des Bahnhofes bei der Bushaltestelle, bemerkten sie den blauen BMW wieder. Der Fahrer stand neben seinem Fahrzeug gegenüber einer Polizistin, die ihm gerade einen Strafzettel ausstellte.

»Bravo! Auf frischer Tat ertappt. Noch dazu von einer Frau. Das kratzt sicher an seinem Ego.« Vera kicherte schadenfroh. »Weißt du was, wir halten in Seewalchen und gehen ins Café Eiszeit. Ich habe Appetit auf einen richtig großen Eisbecher. Werner können wir später anrufen. Der hat noch Dienst.«

Bei ihrem Ziel angekommen, stellte sich heraus, dass alles überbevölkert war. Parken war nur noch verbotenerweise am Straßenrand möglich, die Kaffeehaustische am See waren belegt und viele Menschen warteten bereits darauf, dass einer davon frei wurde.

Vera hielt in zweiter Reihe auf dem Parkplatz eines Blumenladens. »Natascha, hier ist meine Geldtasche, hol uns 20 Eiskugeln in einer Box, und wir überraschen damit die Ukraine. Ich warte hier, für den Fall, dass ich jemanden rauslassen muss.«

Dieses Unterfangen dauerte an die 15 Minuten, und auch die Fahrt nach Attersee benötigte mehr Zeit als üblich. Alle Badegelegenheiten am See, an denen sie vorbeikamen, waren maßlos überfüllt. Was typisch war für die heißen Wochenenden im August.

Aus den 20 Kugeln war eine einzige Eiscrememasse geworden, über die sich vor allem die Kinder der kriegsflüchtigen Mütter freuten. Statt Eisbecher gab es Eisgläser. Für die Erwachsenen mit heißem Kaffee aufgegossen, bedeutete es eine Überraschung für den Gaumen.

Natürlich berichteten sie so gut wie möglich von ihren

Erlebnissen. Die kleine Tamara erkundigte sich nach Alex und wurde in wenigen Worten über seinen Zustand aufgeklärt.

Bevor Vera und Natascha wieder losfuhren, kam das Mädchen auf sie zu. Bewaffnet mit einem selbst bemalten Zettel eines Notizblocks. »Alex«, hauchte sie im Flüsterton und hielt ihnen das Papier hin.

Natascha beugte sich zu ihr runter, nahm das Blatt und bedankte sich zweisprachig: »Dyakuyu! – Danke, Tamara. Alex wird sich sehr darüber freuen.«

Im Wagen nahm sie den Zettel genauer in Augenschein. Mit Buntstiften hatte das Mädchen einen Hund unter einem Baum gezeichnet. Darunter stand in deutscher Sprache: *Ales Gute! Musse gesund werden! Tamara!*

Beim Betrachten dieser kindlichen Genesungswünsche sammelte sich in ihren Augen Tränenflüssigkeit. »Mein Gott, ist das lieb. Hat selber Schlimmstes erlebt und fühlt mit anderen mit.«

Vera lenkte den Wagen Richtung St. Georgen hinauf. Sie wählte meistens diesen Weg zu ihrem Haus in Palmsdorf und nicht den über Abtsdorf. Egal, von welcher Seite sie kam. »Ich vermute, Alex hat eine Verehrerin. Ob sie die Erste ist? Früh übt sich … Wie geht der Spruch weiter?«

»… was ein Meister werden will«, ergänzte Natascha. »Ach, übrigens, ich habe gar nicht mehr daran gedacht: Wo ist denn Gerda?«

33.

Sonntagnachmittag

Am Ufer zwischen Steinbach und Weißenbach

»Ich habe ihr Tropfen zur Beruhigung gegeben. Sie wird einige Zeit schlafen.«

Gilbert, mit dünner Sommerhose und einem T-Shirt mit Werbeaufdruck einer Pharmafirma bekleidet, setzte sich gegenüber von Anton Wiesbauer auf die Gartensitzgarnitur aus Massivholz. Zwei Sitzbänke sowie ein Tisch boten Platz für acht Personen, die tatsächlich zusammenkamen, wenn seine Kinder und Enkel zu Besuch waren.

Der Nachbar hatte außer einer kurzen Hose nichts an. Sein Oberkörper war braun gebrannt, was allerdings nicht davon ablenkte, dass er stark übergewichtig war und seine Brüste einen BH hätten ausfüllen können.

»Wie hat sie es aufgenommen?«

»Ja, wie denn? Blöde Frage. Sie war geschockt und wollte es nicht glauben. Nun liegt sie im Turmzimmer und schläft. Hoffentlich.«

»Ich hätte es dir nicht zugetraut, dass du das so hinbekommst. Und dass er tatsächlich abtritt. Nicht schön, aber notwendig.«

Wiesbauer legte sein Smartphone auf die Tischplatte und schob es auf den Jüngeren zu. Auf dem Display war das Bodypainting-Bild zu sehen. »Und was soll der Scheiß mit den Fotos? Wieso willst du, dass ich behaupte, dass der bemalte Schwanz meiner ist?«

Gilbert tippte darauf und wischte das Bild weg, woraufhin das von seiner Tante auftauchte, nackt vor dem großen Fenster. »Gerlinde hat meinen Onkel öfter betrogen, so wie er sie vor einigen Jahren, als seine Standhaftigkeit noch vorhanden war.« Das war nicht witzig gemeint, weshalb auch keiner der beiden lächelte. Anton nickte nur zustimmend, während Gilbert weitersprach.

»Diese Fotos sind von einem unbekannten Absender auf Christians Smartphone geschickt worden. Ich weiß wirklich nicht, wer darauf zu sehen ist und was das soll. Doch das machen wir uns zunutze. Er hat die bildhafte Nachricht gestern Abend erhalten, also vor dem Schwimmbewerb, bei dem er ums Leben kam. Um das Ganze auf die Spitze zu treiben, behaupten wir, dass du mit Frau Erblehner ein Verhältnis hattest. Und wie man auf den Bildern sieht, ein farbenfrohes.«

»Das sie natürlich leugnen wird«, unterbrach ihn der Nachbar.

»Nein, das wird sie nicht mehr können, denn sie wird Selbstmord begehen. Sie gibt sich die Schuld, dass ihr Mann ums Leben kam. Du hast ihm gestern anonym diese Nacktfotos aufs Handy geschickt, damit die Ehe zerbricht und der Weg zu ihr für dich frei wird. Kannst du mir folgen?«

Wiesbauer lachte sarkastisch auf. »Bist du krank? Ich, der Erzfeind, soll mit ihr geschlafen haben? Das glaubt doch niemand.« Er stand auf, um aus dem aufgemauerten Badehäuschen eine Schnapsflasche mit zwei Gläsern zu holen.

Beim Einschenken sprach Gilbert weiter: »Gerade deswegen. Der Mensch glaubt alles, was ihm glaubhaft gemacht wird. Besagt zumindest ein alter Spruch. Du wirst nach ihrem Tod zugeben, dass du sie geliebt hast, dass du endlich die Trennung von ihrem Mann in Angriff genommen hast. Natürlich konntest du nicht ahnen, dass es so ein tragisches Ende nehmen würde. Du bist zerknirscht, am Boden zerstört. Das alles tut dir schrecklich leid.«

Wiesbauer betrachtete sein Gegenüber mit einem mitleidigen Blick. »Du hast nicht bedacht, dass ich das gar nicht sein kann auf den Fotos, ich bin um einiges dicker als der da.«

»Doch, auch das habe ich bedacht. Denn euer Verhältnis begann bereits vor längerer Zeit, und als du so fett geworden bist, hat sie sich gegraust und dich abserviert.«

»Danke, dass du das so gefühlvoll ausdrückst!«

»He, sei doch nicht gleich beleidigt. Es muss alles glaubwürdig sein, wenn jemand nachfragt. Du darfst das nicht persönlich nehmen. Dazu steht zu viel auf dem Spiel.«

Beide tranken, ohne sich zuzuprosten. Obwohl sie sich duzten und ein gemeinsames Ziel auf kriminellem Weg verfolgten, waren sie trotzdem keine Freunde.

Angebahnt hatte es sich im vergangenen Jahr, im September. Wiesbauer, der das Wiener Ehepaar nie gemocht hatte, informierte sich unverbindlich, was ihm der Verkauf seines Hauses und Grundstücks einbringen würde. Er war erstaunt ob des siebenstelligen Betrags. Unvermittelt bekam er sogar Kaufangebote. Das höchste Gebot eines Immobilienriesen war so unverschämt gewesen, dass er bereit war, darauf einzugehen. Die Sache hatte nur einen Haken: Um ein größeres Bauvorhaben umzusetzen, müsste das Grundstück der Erblehners gleichzeitig mitverkauft werden. Um eine ähnlich hohe Summe.

Nun kam der Neffe ins Spiel. Der Wiener Apotheker Neumann. Mit ihm war Wiesbauer nicht verfeindet, mit ihm konnte er zumindest normal reden. Dass sich ein österreichischer Apotheker in Geldnöten befinden könne, hätten manche Bürger als Paradoxon bezeichnet. Und doch gab es auch solches.

An einem warmen Herbstabend im Vorjahr, Gilbert war gerade alleine in der Villa, kamen die beiden Männer ins Gespräch und tranken auf Wiesbauers Seegrund Wein. Keinen besonders guten, aber auch keinen wirklich schlechten – was ab der dritten Flasche sowieso egal war. Der Wiener wurde immer gesprächiger und erzählte von seinen finanziellen Nöten, dass er Teilhaber der Apotheke war, die er schließlich den anderen abgekauft hatte. Mitsamt dem darüber befindlichen Haus. Und das war sein größter Fehler. Ein desolates, renovierungsbedürftiges Gebäude mit einigen schwierigen Mietern, die er durch alte Verträge oder ersessene Rechte nicht rausbrachte. Seine drei unehelichen Kinder, von denen Gerlinde und Christian nichts wussten, kosteten ihn viel Geld, das er nicht mehr hatte.

Und bevor sie wegen des Alkoholzuspruchs zu lallen begannen, rutschte Gilbert heraus, dass er der Alleinerbe der beiden Erblehners sein würde. Sofern sie kein gegenteiliges Testament bei einem Notar hinterlegten.

Und so kam der Stein des Verbrechens ins Rollen. Wiesbauer hatte ihm das unmoralische Kaufangebot vorgelegt, mit dem Hinweis, dass die Verkaufszusage innerhalb von zwei Jahren erfolgen musste. Ein halbes war davon schon verstrichen. Andernfalls würde der Immobilientycoon anderweitig seine Investitionen und Vorhaben tätigen.

Pläne wurden durchdacht und geschmiedet, und immer wieder kam vor allem Gilbert an den Punkt, dass nur das Ableben beider Verwandten zum gewünschten Ziel führen konnte. Gerlindes Weigerung zu verkaufen war nicht zu brechen.

Beim dritten Stamperl fragte Anton: »Der erste Teil ist nun erledigt, wie auch immer du das hingekriegt hast. Und was willst du als Nächstes machen?«

Gilbert sah ihn ernst an und setzte seinen Zeigefinger zur Verstärkung ein, den er ihm entgegenstreckte. »*Wir*, was wollen *wir* machen! Vergiss nicht, für den zweiten Teil ist eine Zusammenarbeit nötig. Du bist mit im Boot!«

Anton Wiesbauer wollte beiden nochmals einschenken, doch reichte der restliche Inhalt nur mehr für den Bodensatz eines Schnapsglases.

»Wenn du meinst!«

34.

Sonntag, kurz nach 16 Uhr

Weyregg

Das Polizeiboot musste zum Dienststandort nach Unterach gebracht werden. Vor allem zum Aufladen und Nachtanken. Adler hatte am morgigen Vormittag frei und der einzige Diensthabende mit Motorbootführerschein am Montag befand sich in der südlichsten Gemeinde des Attersees.

Mit einem Schlauch spritzte er vor der Fahrt das Erbrochene des Verunglückten und andere Substanzen, die nichts an Bord zu suchen hatten, in den See. Da spielte sein Smartphone die Star-Wars-Fanfare.

»Hallo, Werner. Hier ist Natascha. Alex hat sich relativ gut erholt. Die Gefahr ist vorüber, er schläft jetzt. Der arme Junge war fix und fertig. Aber den Hubschrauberflug hat er trotzdem mitbekommen und hoffentlich ein wenig genießen können. Er hat dabei zumindest wieder etwas gelächelt. Die Ärztin möchte ihn unbedingt für eine Nacht im Spital behalten. Ich sende dir die Telefonnummer der Station per SMS.«

Er ließ den Schlauch in den See gleiten, stieg aus dem Boot und drehte den Hahn ab.

»Danke. Sind ja gute Nachrichten. Wenn seine Mutter am Abend kommt … Denkst du, sie darf ihn noch besuchen?«

»Das kann ich dir nicht sagen. Am besten, du rufst auf der Kinderstation an und fragst nach. Die sind sehr nett dort. Ich habe denen auch meine und deine Nummer gegeben, damit sie sich melden können, falls etwas ist. Ich muss wieder … Mach's gut!«

Das Telefon noch in der Hand, kündigte sich ein weiteres Telefonat an. Sein Vater hatte ihm für Anrufe von Helena als Erkennungsmelodie ein paar Takte Musik von einer Bouzouki auf den Speicher gespielt. Ursprünglich hatte Werner dieses Saiteninstrument als griechische Gitarre bezeichnet, was ihm sofort eine Rüge einbrachte. Im vergangenen Urlaub war er vor Ort überzeugt worden, dass das Instrument einen eigenen Charakter und ebenso einen unverwechselbaren Klang hatte.

Er war kurz versucht, den Anruf abzulehnen, da er nicht wusste, wie er Helena über den Aufruhr um ihren Sohn informieren sollte. Er hasste es, so etwas am Telefon zu erledigen. Nach einigem Zögern ging er ran.

»Hallo, mein Schatz. Bist du schon in der Luft?«

»Ja und nein. Den ersten Teil habe ich hinter mir. Musste Zwischenstopp in Düsseldorf machen, wo ich gerade auf den Weiterflug warte. Wir werden um circa 18.30 Uhr in Salzburg landen.«

»Das hört sich gut an.«

Werner versuchte, mit der freien Hand den Schlauch einzurollen, was ein weiteres Mal zu nassen Füßen führte. »Mist!«

»Werner, ist alles gut bei euch? Ich wollte Alexandros erreichen, aber er hebt nicht ab. Ist er bei dir?«

Um ihr nicht die Wahrheit eröffnen zu müssen, griff er zu einer List. »Helena? Helena? Ich höre dich nicht mehr. Hörst du mich?«

»Ja, Werner, ich kann dich hören, was ist los?«

»Tut mir leid, Helena, ich bin kurz vor Unterach, da ist der Empfang immer so schlecht. Helena, sag mal etwas, vielleicht geht es jetzt?«

Ihre genervte Stimme war sehr gut zu vernehmen.

»Ja, ich kann dich gut verstehen.«

»Sorry, Helena, ich höre gar nichts mehr. Ich hole dich in Salzburg ab. Wir sehen uns in ein paar Stunden.«

Er beendete das Gespräch und machte sich und das Boot für die Fahrt nach Unterach fertig.

35.

Sonntag, zur gleichen Zeit

Palmsdorf

Natascha plagte ein schlechtes Gewissen. Obwohl sie die Beziehung zu Rudi beendet hatte und ihn nicht mehr zu ihren Freunden zählen wollte, machte sie sich Sorgen um ihn. An Informationen über seinen Zustand kam sie auch durch Werner nicht ran. Sie wusste nur, dass er ein Schädel-Hirn-Trauma sowie einen Nasenbeinbruch erlitten hatte und nach der medizinischen Erstversorgung in Bad Ischl ins Linzer Universitätsklinikum weitergeflogen worden war. Sie war sich nicht sicher, ob sich ihr ehemaliger Freund über einen Besuch freuen würde. Es konnte auch sein, dass er gar keinen empfangen durfte.

Sie trat zu Vera auf die Terrasse, wo Gerda an der langen Leine ein Eichhörnchen anbellte, das in einer der Tannen Schutz suchte. In ihrer Abwesenheit hatte er neben der massiven Eckbank sein Geschäft verrichtet. Zum Glück hatte sie es sofort entdeckt und dieses Mal selbst zum Sackerl gegriffen.

»Du, Vera, ich mach mir echt Sorgen um Rudi. Er geht mir nicht mehr aus dem Kopf. Was meinst du, kann ich seine Eltern anrufen?«

»Warum nicht?«, fragte Vera, bevor sie sich dem Hund zuwandte: »Pssst! Gerda, komm hierher. Ich mag es nicht, wenn du bellst.«

Als hätte sie es geahnt, kam vom Nachbargrundstück die Antwort des kleinen Rauhaardackels, mit dem sie alles andere als befreundet war.

Sie blickte wieder Natascha an. »Ich dachte nur, dass du ihn nicht mehr sehen wolltest. Was ich durchaus verstehe.«

»Ja, darum bin ich so unschlüssig. Aber er tut mir echt leid. Das hat er nicht verdient. Ich möchte ja nur wissen, wie schwer die Verletzungen sind. Und ob er wieder gesund wird.« Natascha schob dabei den am Tisch liegenden Ruffy-Hut von Alexandros ziellos herum, den der Junge bei seinem Anfall verloren und sie am Straßenrand gefunden hatte.

»Dann ruf seine Mutter an. Oder vielleicht den Vater, Männer sind in solchen Fällen meist nicht so emotional.«

Diese Aussage machte sie noch unsicherer. »Wie meinst du das, Vera? Glaubst du, sie sind mir böse? Ich kann doch nichts dafür, dass das passiert ist.«

Vera, die begonnen hatte, den geernteten Salatkopf auseinanderzuzupfen, um die Blätter zu waschen, verlor die Geduld. »Vor was hast du Angst, Natascha? Willst du Gewissheit oder nicht? Du kommst mir vor wie eine 14-Jährige, die nicht weiß, wie sie ihren Schwarm für sich gewinnen soll. Melde dich einfach, sag ihnen, dass du bei der Rettungsaktion dabei warst. Das wissen sie sicher noch nicht. Was hast du schon zu verlieren? Und wenn sie nichts mit dir zu tun haben wollen, dann werden sie es dir schon sagen.«

Natascha und Gerda waren ob des Redeflusses und dessen Intensität überrascht. Beide sahen die Ältere mit großen Augen an. Der Hund setzte sich daraufhin wie eine Sphinx und beäugte Vera, als würde er folgsam auf ein besonders gutes Leckerli warten.

Die Angesprochene hob demonstrativ ihr Smartphone in die Höhe. »Gut. Du hast recht. Dann rufe ich dort an.« Damit verschwand sie im Haus.

Zehn Minuten später kam sie wieder auf die Terrasse und nickte Vera zu, die inzwischen die gewaschenen Salatblätter in mundgerechte Stücke riss. Natascha hatte dies immer mit dem Messer bewerkstelligt, sie wäre nie auf die Idee gekommen, den Salat mit den Händen anzurichten.

»Ich habe mit seinem Vater gesprochen. Er war sehr nett, hat sich an mich erinnert und möchte, dass ich morgen zu ihnen komme. Da sie bisher kaum über das Geschehen informiert wurden, wären sie froh, wenn sie wenigstens von mir etwas erführen.«

Gerda hatte sich inzwischen hingelegt und knurrte leise im Schlaf.

»Na, siehst du. War doch nicht schlimm, oder? Merke dir, wenn du höflich und ehrlich bist, kann dir nichts passieren. Schon gar nicht am Telefon. Hilfst du mir bitte, ein paar Sachen herauszutragen?«

Sie gingen in die Küche, wo Vera Natascha einen Kochtopf mit zubereitetem Quinoa überreichte, der inzwischen erkaltet war. Sie selbst nahm ein Tablett mit verschiedenen Ölen und Essig.

»Sie haben Rudi im Krankenhaus ruhiggestellt. Er wird voraussichtlich zwei Tage auf der Intensivstation behandelt. Er hat seiner Mutter kurz zugelächelt, doch nicht mit ihr gesprochen. Die Polizei wollte ihn befragen, aber die Ärzte haben es verboten. Er brauche viel Ruhe und Schonung.«

Vera begann, mit den herausgestellten Zutaten den Salat zuzubereiten. Nun verwendete sie Salatbesteck. »Und die Nase?«, fragte sie. »Das Blut in seinem Gesicht hat ja schlimm ausgesehen.«

»Die ist tatsächlich gebrochen und am rechten Nasenflügel eingerissen. Doch das wird wieder, vielleicht bleibt eine kleine Narbe zurück, weil die Wunde genäht werden musste.« Sie sah Vera dabei zu, wie sie Majoran, Oregano und ein paar zerkleinerte Minzblätter hinzufügte. »Weißt du, jetzt bin ich wirklich erleichtert. Sein Vater hat sich richtiggehend bedankt dafür, dass ich mich gemeldet habe. Das fühlt sich gut an.«

Vera nickte lächelnd. »Und jetzt probiere bitte, wie dir der Salat schmeckt. Ob ich noch etwas frischen Zitronensaft dazugeben sollte.«

Bevor Natascha mit der Gabel in die Schüssel fuhr, fragte sie Vera, ob sie Helena vom Flughafen holen würden. Da ja Alexandros nicht mitkommen könne, hatte sie vor der Reaktion Helenas Schiss.

»Ich warte auf den Anruf von Werner. Wir sind auf alle Fälle bereit dafür.«

36.

Sonntag, gegen 17 Uhr

Am Ufer zwischen Steinbach und Weißenbach

Neumann hielt dem Nachbarn die schwere Haustür auf, und sie betraten das Vestibül, in das selbst bei Sonnenschein nur wenig Licht drang.

»Ich weiß gar nicht, wann ich das Haus das letzte Mal betreten habe. War noch zu Zeiten der Vorbesitzer. Die waren um einiges netter. Sollten wir wirklich –«

»Halt einfach die Klappe. Das interessiert niemanden mehr, und für Skrupel ist es zu spät. Du wartest hier im Foyer. Ich schaue nach, ob Gerlinde noch im Turmzimmer schläft. Wenn ja, dann hole ich dich.«

Anton nickte stumm und nahm auf einem gepolsterten, beinahe antik anmutenden Stuhl Platz.

»Du greifst hier gar nichts an. Hörst du? Und wenn doch, dann merkst du es dir und wischst mit dem Tuch darüber. Steck es ein!« Gilbert hielt ihm ein helles Mikrofasertuch hin und stieg eine Treppe hinauf.

Anton Wiesbauer hatte jetzt tatsächlich Skrupel. Einen Mord zu planen, war etwas anderes, als einen durchzuführen. Mit Christian Erblehners Tod hatte er juristisch gesehen nichts zu schaffen. Eine gewisse Mitwisserschaft bestand, ja, doch von den genauen Details und der Ausführung hatte er keine Ahnung. Dass er seine Nachbarn bis aufs Blut reizte, war nicht außergewöhnlich, das passierte wahrscheinlich in fast jeder Gemeinde. Er hatte es zwar maßlos übertrieben, doch eine Mordabsicht konnte ihm deshalb niemand unterstellen.

Was Gilberts weiteres Vorhaben betraf, überstieg es seine Vorstellungskraft und versetzte ihn beinahe in Panik. Er sah sich genötigt, bei einem Mord Hand anzulegen, im wahrsten Sinn des Wortes. Er wusste nicht, wie er aus der Nummer wieder herauskommen sollte. Zu flüchten, war keine Option, da ihn Gilbert auf jeden Fall belasten würde, sollte das Verbrechen als solches von der Polizei erkannt und aufgeklärt werden. Ihn umzustimmen, blieb erfolglos, und eine 60-Jährige zu bitten, abzukratzen beziehungsweise freiwillig aus dem Leben zu scheiden, hatte wohl noch nie geklappt.

Obwohl es in diesem Vestibül kühl war und er weiterhin in kurzer Hose und einem zeltgleichen T-Shirt steckte, schwitzte er stark und wischte sich mit dem Zelltuch den Schweiß von der Stirn. Zwischen den Brüsten spürte er ein Rinnsal, das seinen Nabel als Zielort auserwählt hatte. Er erhob sich vom Stuhl und war kurz davor, die Villa wieder zu verlassen. Eine Möglichkeit gab es doch noch, die ihm in der Not einfiel: die Flucht nach vorne. Die Polizei zu informieren, dass seine Nachbarn Opfer eines Mordkomplotts seien. Wenn er den Mord an Gerlinde verhindern konnte, würde er vielleicht sogar als Lebensretter, als Held dastehen und nicht als Mittäter. Er sah sich in Gedanken schon, wie er Gilbert mit einem schweren Gegenstand niederschlug. Aus Notwehr habe er den Verwandten seiner Nachbarn erschlagen. Doch der Verkauf der Liegenschaften wäre damit auch Geschichte.

»Was stehst du so blöd rum? Komm, sie schläft tief und fest. Sie hat die Schlaftablette auch noch genommen, die ich ihr hingelegt habe. Wenn wir leise und schnell sind, ist die ganze Sache rasch erledigt.« Gilbert stand auf der untersten Stufe und winkte Anton zu sich heran, der der Aufforderung zögernd nachkam. »Ich sage dir, wenn du kneifst, haben wir ein Problem. Dann muss ich dich ebenfalls um die Ecke bringen. Und bei deinem Gewicht ist das eine Heidenarbeit. Tu mir das bitte nicht an.« Er ging voraus und vernahm, dass ihm Anton schnaufend folgte.

»Und wenn sie plötzlich aufwacht und uns sieht? Was machen wir dann?«

»Das wird nicht geschehen, und wenn doch, ist es bereits vorbei, bevor sie mitbekommt, was passiert ist.«

Im oberen Stockwerk bestiegen sie eine enge Wendeltreppe, die in den Turm hinaufführte. Noch beschwerlicher für den fetten Anton vom See. Oben angekommen, musste er erst mal Atem holen.

Gilbert roch, wie stark der Dicke schwitzte. Er flüsterte nun: »Ich öffne jetzt die Tür. Du folgst mir sofort. Kein Wort, kein Laut. Du stellst dich zu ihren Füßen hin und ich übernehme den Kopf.« Aus seiner Hosentasche zog er ein weiteres Mikrofasertuch. »Für den Fall, dass sie mundtot gemacht werden muss.«

Er grinste den bleichen Wiesbauer an und öffnete lautlos die schmale Tür, deren mechanische Teile er erst vorgestern geschmiert hatte. Als hilfreicher Neffe, der immer zur Stelle war, wenn die Erblehners Hilfe benötigten, hatte er, außer zum Schlaf- und Badezimmer des Ehepaares, zu jedem Raum uneingeschränkten Zugang.

37.

Sonntag, kurz nach 17 Uhr

Am Attersee

Werner Adler bewegte das Boot gemächlich die Südostseite des Attersees entlang. Die Energiereserven, die er im Griechenlandurlaub aufgetankt hatte, waren nach nicht einmal zwei Tagen verpufft. Und eine weitere große Aufgabe erwartete ihn am Flughafen in Salzburg. Wie konnte er Helena möglichst schonend berichten, dass ihr Sohn bereits das zweite Mal in diesem Jahr im Krankenhaus gelandet war? Im Frühjahr hatte er nichts dafür gekonnt, doch für heute gab er sich selbst die Schuld, auch mit der übertragenen Verantwortung an seine Tante.

Die MS Vöcklabruck fuhr in Sichtweite vorbei, Richtung Norden. Einer der Kapitäne, von denen er alle kannte, schickte ihm mittels der Schiffshupe einen kurzen Gruß übers Wasser. Werner grüßte mit erhobener Hand zurück. Von hier aus sah er nicht, wer das Schiff steuerte. Wie der Kapitän, so begrüßten ihn während seiner Ausfahrten immer viele Menschen auf ihren Tret-, Segel- oder Motorbooten und neuerdings auch Stand-up-Paddler jedes Alters. Werner hatte sich vorgenommen, diese neue Sportart im heurigen Sommer ebenfalls auszuprobieren. Alle seine Bekannten, die es versucht hatten, waren begeistert.

Linker Hand sah er die Steinbacher Kirche, die auf einem wahrlich himmlischen Platz stand. Schön, sie vom

See aus anzusehen, und noch schöner, von ihr aus über den Seespiegel zu blicken. Er hatte sich fix vorgenommen, einmal seine Hochzeit dort oben zu feiern. Aber davon war er noch meilenweit entfernt. Helena war zwar seine geliebte Flamme, doch er getraute sich nicht, um ihre Hand anzuhalten. In Griechenland hatte er wieder gespürt, um wie viel wohler sie sich dort fühlte als hier in Österreich. Sie liebte ihre Familie und wurde auch von ihr geliebt. Und er selbst hatte sofort herzliche Aufnahme gefunden, musste täglich den für Korfu so typischen Likör trinken, dessen Namen er sich einfach nicht merken konnte. Er wurde auf der Insel aus der Zwergorange hergestellt, und eine angebrochene Flasche davon befand sich in Helenas Wohnung in der Alexenau. Alexandros mochte seine Verwandten ebenso, war jedoch unter den Gleichaltrigen ein Außenseiter. Das hatte Werner sofort bemerkt. Der Junge erinnerte ihn in vielen Dingen an ihn selbst als Kind. Auch er war während der Schulzeit für die meisten ein Sonderling gewesen. In den ersten beiden Jahren im Gymnasium hatten ihn die Schulkollegen abschätzig »den Einsiedler« genannt.

Laute Elektro-Musik riss ihn aus seiner Gedankenwelt. Er hatte unbewusst den Motor in Leerlauf gestellt und sich treiben lassen. Ein Partyboot mit zehn Jugendlichen und jungen Erwachsenen zog an ihm vorbei. Fröhlich und ausgelassen boten sie ihm von Weitem Alkohol an. Er winkte mit einem Lächeln ab und versuchte, sie mit dem erhobenen Zeigefinger vor dem Mund zum Leiserdrehen zu bewegen. Die Beschallung reichte sicher bis an die umliegenden Uferstreifen. Er kannte die Klänge, den Elektroswing des weltbekannten DJs Parov Stelar. Ein Oberösterreicher. Es war zwar nicht Werners favorisierte Musikrichtung, doch der Rhythmus vereinnahmte ihn, und er musste mitwippen, solange ihm der Wind den Sound zuspielte. Ob er wollte oder nicht. Zwei Frauen warfen ihm über den See hinweg Handküsse zu, als sie entdeckten, dass er ebenso körperlich von dem DJ-Klang erfasst worden war. Kurz fing er auf dem Polizeiboot zu tanzen an, bewegte Hände und Füße mit, was zu einem Applaus und Jubelrufen auf dem Nachbarboot führte. Nach wenigen Minuten blieb von der sich entfernenden Musik lediglich der über dem Wasser schwebende und wummernde Basston zurück.

Werner zog das private Smartphone aus der Tasche. Wählte die Nummer der Kinderstation in Vöcklabruck, die ihm Natascha gesandt hatte. Wollte aktuelle Informationen, bevor er die Mutter des Patienten am Flughafen abholte.

Erleichtert legte er auf. Alexandros' Symptome waren erfolgreich zurückgedrängt worden. Der Junge sei wach, und er könne ihn jetzt anrufen, da er sein eigenes Telefon dabeihabe. Und ja, die Mutter dürfe ihn am Abend noch kurz besuchen, wenn es nicht zu spät würde.

Sofort wählte er Alexandros' Nummer.

»Ja? Werner?«

»Servus, mein Alien. Ich habe gehört, du hast dich wieder zurückverwandelt. Wird es also doch nichts mit einem Auftritt bei ›Star Wars‹. Wie geht es dir?«

»Ja, geht schon. Ist Mamá schon gelandet?«

Anscheinend konnte der Junge sich an den Witz nicht erinnern, denn er ging nicht darauf ein.

»Nein, aber in circa zwei bis drei Stunden wird sie bei dir sein. Hast du nette Bettnachbarn?«

»Ja.« Alexandros gähnte, was für Werner ein Zeichen war, ihn nicht zu sehr zu strapazieren.

»Okay. Wir sehen uns später. Schlaf noch eine Runde, damit du fit bist, wenn deine Mama kommt.«

Er aktivierte den Antrieb und fuhr nun etwas schneller Richtung Unterach. Auf Höhe der Villa des heute verunglückten Schwimmers drosselte er nochmals den Motor. Blickte kurz hin, sah niemanden auf dem Badeplatz und war schon im Begriff weiterzufahren, als er zusammenzuckte. »Scheiße, was war das?«

Hatte er geträumt, oder war da eben jemand vom Turm gefallen? Hier am See war kein Geräusch zu vernehmen gewesen, er hatte rein zufällig in dieser Sekunde sein Augenmerk auf die Villa gerichtet.

So schnell er konnte, drehte er mit dem Boot ab und fuhr zum Anlegesteg des Grundstücks der Erblehners.

38.

Sonntag, nach 17 Uhr

Am Ufer zwischen Steinbach und Weißenbach

Anton Wiesbauer konnte es nicht glauben. Sie hatten es getan, die schlafende Frau vom Turm geworfen. Wie einen Sack Zement aus dem Fenster geschmissen. Eigenartig, aber es war so einfach gewesen. Sie war nicht richtig wach geworden, hatte nur kurz im Halbschlaf etwas gemurmelt, und dann war es auch schon vorbei gewesen. Keine Gegenwehr, kein Schreien, nur der dumpfe Aufprall auf der Wiese neben dem Turm.

Er wollte ihr in den Abgrund nachblicken, sich aus dem Fenster beugen, doch Gilbert riss ihn zurück. »Bist du verrückt? Wenn dich jemand sieht, ist es aus. Diesen Sturz kann sie nicht überlebt haben. Du schleichst dich jetzt durch den Hintereingang raus und wartest, bis die Luft rein ist. Am besten, du gehst baden, dann kannst du behaupten, du hast nichts mitbekommen, da du nach dem Schwimmen am Ufer eingenickt bist. Los, geh schon, raus mit dir!«

»Und du, was machst du?«

»Ich habe in meinem Gästezimmer, das auf der anderen Seite liegt, ebenfalls geschlafen. Wenn niemand etwas bemerkt hat, lassen wir sie eine Stunde da draußen liegen. Bis ich sie suche und sie schließlich am Fuße des Turmes finde. Von der Straße aus ist sie nicht zu sehen. Ich werde jetzt mit dir rausgehen und mich ihr von hinten nähern. Will über ihren Zustand Bescheid wissen.«

Anton, der nach der Tat kurz Erleichterung verspürt hatte, kam erneut in eine Stresssituation. »Und wenn sie noch lebt? Was machst du –«

»Hör mit dem Scheiß auf. Sie ist tot, und du hast mir dabei geholfen. Mehr brauchst du nicht wissen. Scher dich raus.«

Wiesbauer, plötzlich alles andere als der freche, provokante Nachbar, drückte sich an die Hauswand. Er sah ums Eck, um abzuchecken, ob er unbemerkt zu seinem Grundstück hinübergelangen konnte, was in seinem Zustand lediglich im Laufschritt möglich war. Er war derart aufgeregt, dass sein Atem nur schwer kontrollierbar war. Im Moment war auf der Straße niemand zu entdecken. Er verließ sein Versteck, trat aufrecht hervor, um sogleich wieder schockiert zurückzutreten.

Ein Signalhorn ertönte, und er erblickte ein Polizeiboot, das soeben am Steg anlegte.

Mist, wer hatte die Kiwarei informiert? Und warum waren die so schnell da? Hatte ihn Gilbert reingelegt? Sollte er als Mörder auf frischer Tat ertappt werden? Er drückte sich abermals an die rückwärtige Hauswand. Angstschweiß überzog seinen Körper, er befand sich kurz vor einem Kollaps. Zwang sich, ruhiger zu atmen. Musste dringend pinkeln, was er, an die Mauer gelehnt, auch tat.

»He, Depperter, was machst du da?«

Ein paar Meter weiter erschien Gilbert neben ihm.

»Wieso ist die Polizei plötzlich da? Hast du sie angerufen?« Anton zog den Reißverschluss seiner Hose zu.

»Aber nein, das würde sich zeitmäßig gar nicht ausgehen.«

Ein Rufen drang zu ihnen: »Hallo, hallo! Ist da jemand? Da ist wer aus dem Turm gefallen!«

Gilbert zischte Wiesbauer zu: »Warte ab, bis wir auf der anderen Seite des Hauses sind. Dann lauf ich zu dir hinüber. Mach keinen Scheiß! Ich warne dich!«

Er verschwand durch die Hintertür ins Haus, um bei der vorderen als trauernder Neffe wieder herauszutreten.

39.

Sonntag, nach 17 Uhr

Palmsdorf

Mit David Bowies Song »Velvet Goldmine« war die Welt zumindest für die nächsten drei Minuten wieder in Ordnung. Natascha lag in der Badewanne und Vera konnte endlich ihren halben Shit rauchen. Der einzige Zeuge hieß Gerda und war ein Rüde. Genüsslich stieß sie nach tiefem Inhalieren den Rauch aus, dem der Hund etwas nachschnupperte. Ob das schädlich war für ihn?

Sie lag auf der breiten Eckbank ihrer Terrasse, nur mit T-Shirt und Slip bekleidet. Was war das für ein Wochenende gewesen! Das *konnte* sie nur so abschließen. Am Vortag hatte sie ihr tägliches Ritual aus Rücksicht auf Alexandros vernachlässigt. Natascha störte es nicht, und ihrem Neffen hatte sie versichert, dass sie clean sei. Wobei es ja keine Droge war, die sie da konsumierte. Den Hanfanbau in ihrem Glashaus, natürlich nur für den Eigenbedarf, hatte sie einstellen müssen, was aber nicht hieß, dass es so bleiben würde.

Um sich nicht in Selbstvorwürfen zu ereifern, beschloss sie, heute den ganzen Joint fertig zu rauchen. Normalerweise reichte einer für zwei bis drei Tage, da sie die Glut mit einer Schere abschnitt. Der nächste Song, der aus dem tragbaren CD-Player ertönte, war die German-Version von »Heroes«. Sie sang mit Bowie im Duett und steigerte sich gegen Ende mehr und mehr. Die letzten Strophen schrie sie mit Tränen in den Augen ihren Tannen entgegen. Gerda, der das Ganze nicht richtig deuten konnte, bellte dazu, wobei der Nachbardackel von nebenan mit einstimmte.

Vera musste einfach ab und zu ihre Wut in die Welt hinausschreien, und das klappte am besten mit Musik.

40.

Sonntag, gegen 17.30 Uhr

Zwischen Steinbach und Weißenbach

Beim Hinauflaufen zückte er sein Diensthandy. Er schrie immer wieder, ob jemand da sei, lief an der Terrasse vorbei nach hinten zur Anhöhe unter dem Turm.

»Wer ist da?«, hörte er, »was machen Sie auf unserem Grundstück?«

Bevor er antworten konnte, entdeckte er tatsächlich auf der Wiese eine auf dem Rücken liegende Gestalt, die aussah, als hätte sie sich zum Sonnen ins Grüne gelegt. Sofort rief er die Notfallnummer an, bat um Rettung und Polizei, gab die Adresse durch, die er noch gespeichert hatte. Und er erkannte, wer da vor ihm lag.

»Was ist los?«

Der Neffe der Erblehners war ihm gefolgt, hatte die Tante noch nicht gesehen, da Werner sie mit seiner Statur verdeckte.

Er trat zur Seite und gab den Blick auf sie frei. »Haben Sie das nicht mitbekommen? Ihre Tante … ist von da oben heruntergestürzt!« Er bekräftigte die Aussage mit Kopf und Händen.

Gilbert starrte ihn ungläubig an, sah mit ihm nach oben zum Turmzimmer, verfolgte mit den Augen die Flugbahn und starrte dann auf den reglosen Körper vor ihnen.

»Ist sie tot?«

»Ich hoffe nicht!«

Vorsichtig, als liefen sie Gefahr, die Liegende aufzuwecken, näherten sie sich.

Werner kniete vor ihr nieder. »Frau Erblehner, können Sie uns hören? Wenn ja, geben Sie bitte mit dem Finger ein Zeichen. Bewegen Sie sich nicht, die Rettung ist bereits unterwegs.« Er hatte ruhig und langsam gesprochen, berührte sanft ihren Arm.

Keine Regung.

»Blut ist keines zu sehen. Vielleicht am Hinterkopf?«

Sie zu bewegen, getraute er sich nicht, hielt stattdessen seinen Kopf vor ihr Gesicht, beobachtete ihre Brust.

»Ich denke, sie lebt noch.«

Der Neffe stand neben ihm und schüttelte entsetzt den Kopf. »Mein Gott, sie hat es ernst gemeint. Wenn ich das gewusst hätte, ich wäre bei ihr geblieben!«

Werner erhob sich, sah auf die Uhr, als könnte er die in Gang gesetzte Rettungskette dadurch beschleunigen. »Wie meinen Sie das?«

Gilbert antwortete mit weinerlicher Stimme: »Sie waren ja heute schon mal hier und wissen, was geschehen ist. Tante Gerlinde war zutiefst bestürzt, hat viel geweint und andauernd beteuert, sie sei an Christians Tod schuld. Was natürlich unsinnig ist. Sie hat ein paarmal ausgesprochen, dass sie so nicht mehr leben wolle.«

Aus einiger Entfernung hörten sie zwei Signalhörner. Beide Einsatzfahrzeuge kamen von Unterach herüber, was eine Fahrzeit von wenigen Minuten bedeutete.

»Wieso sollte Frau Erblehner Schuld am Tod ihres Mannes haben? Können Sie mir das erklären?«

Offensichtlich war es Gilbert unangenehm, mit der

Wahrheit herauszurücken. Er kratzte sich im Nacken, trat unsicher von einem Bein aufs andere.

»Moment, gehen Sie bitte ein paar Schritte zurück. Ich möchte den Boden hier fotografieren, bevor alles zertrampelt wird.« Werner betätigte die Handykamera und schoss Bilder des Bodens unmittelbar neben dem Körper der Frau. »Also, erzählen Sie!«

»Das … das ist ein bisschen delikat. Der Nachbar da drüben, der Wiesbauer, hatte früher ein Verhältnis mit meiner Tante. Da sie Künstlerin ist, hat sie auch Bodypainting mit ihm gemacht. Davon gibt es leider Fotos. Nach dem Tod seiner Frau ist der Mann immer fetter und unsympathischer geworden, und sie hat die Liaison beendet. Das hat er ihr anscheinend nie verziehen. So kam es zum Dauerstreit der beiden Nachbarparteien. Aber bitte behandeln Sie diese Informationen vertraulich.«

Die Lautstärke der Sirenen vermittelte ihnen, dass die Hilfe kurz vor dem Eintreffen war.

»Wir reden später weiter. Bleiben Sie bitte hier bei Ihrer Tante, ich weise die Einsatzkräfte ein.« Werner lief zurück zur Straße, wo Rettung und Polizei hintereinander eintrafen.

Einige Minuten später lag Frau Erblehner auf der Fahrtrage. Die Rettungskräfte stellten fest, dass sie zwar lebte, aber schwer verletzt und nicht bei Bewusstsein war. Sie versorgten sie vorerst mit Sauerstoff. Behutsam und möglichst ohne die Wirbel zu belasten, wurde sie geborgen. Gilbert wich nicht von ihrer Seite, er sah mitgenommen aus. Der Hubschrauber mit dem Notarzt war wieder zu hören. Zum dritten Mal an diesem Wochenende war Werner in einen Fall involviert, in dem ein Rettungsflug notwendig war.

Die Kollegen aus Unterach sperrten die Straße ab, damit der Pilot landen konnte. Es war zwar eng, doch trotzdem genügend Platz für eine sichere Landung vorhanden. Mehrere Menschen waren aus ihren Fahrzeugen ausgestiegen, um Augenzeuge des Spektakels zu werden. Normalerweise hätte Werner kommentiert, dass man so etwas nun mal nicht alle Tage hier am Attersee zu sehen bekam – heute wäre er mit dieser Behauptung jedoch falschgelegen.

Im Gegensatz zum Helikoptereinsatz auf der anderen Seeseite heute Mittag stieg der Notarzt in gefahrloserer Situation aus. Er nahm die Patientin kurz in Augenschein und forderte die Helfer auf, sie in das Fluggerät zu verfrachten.

Werner wurde von schrillen weiblichen Stimmen abgelenkt. An der südlich gelegenen Absperrung winkten ihm zwei Frauen zu, die unbedingt durchgelassen werden wollten, aber von einem Polizisten abgehalten wurden. Werner trat ein paar Schritte auf sie zu und erkannte die beiden Touristinnen, die am Vortag im Marmorschlössl für Aufruhr gesorgt hatten.

»Hallo, Herr Polizist, wir kennen uns doch. Dürfen wir bitte –«

»Gar nichts dürfen Sie. Herr Kollege, bitte lassen Sie die zwei Frauen auf keinen Fall hier durch. Die schaffen es, dass der Helikopter fluguntauglich wird. Die sind unberechenbar. Im Notfall abführen.« Er zwinkerte dem Polizisten dabei zu.

»Mann, nun seien Sie doch nicht so. Wir sind ganz brav!«, drang es in sächsischem Dialekt an sein Ohr.

Er drehte sich ein letztes Mal um. »Gute Frau, ich bin aber so und kann noch ganz anders werden. Hier findet gerade ein echter Notfalleinsatz statt und keine Dreharbeiten für die ›Bergretter‹ oder wie auch immer diese Filme heißen.«

»Cool, ein Polizist, der ›Die Bergretter‹ kennt. Haben Sie schon alle Staffeln durch? Ich bin bei der –«

»Hören Sie, wenn Sie nicht sofort Ruhe geben, lasse ich Sie einen Staffellauf zu Ihrem Wagen machen.«

Mit diesen Worten kehrte er ihnen den Rücken zu.

Die Freundin aus Kärnten nahm die andere am Arm und sagte im typischen Dialekt, in dem die Selbstlaute so schön lang gezogen werden: »Gundula, lass es jetzt. Da kann man nichts machen.«

Werner ging zur Villa hinauf, von wo aus Gilbert Neumann nervös den Ablauf der Rettung beobachtete.

Plötzlich kam einer der Rettungsmänner auf der anderen Seite des Gebäudes hervorgelaufen. Er schrie gegen die Rotorblätter an. »Hinter dem Haus liegt noch jemand!«

Der Notarzt, bereits im Begriff einzusteigen, sah hin und her, nickte und lief dem Sanitäter hinterher. Werner begleitete sie. Gilbert schickte sich ebenfalls an, ihnen zu folgen, doch ein Polizist hielt ihn zurück.

Ein dicker Mann saß an die rückseitige Mauer gelehnt, auf einer der Steinplatten, die die Villa größtenteils umgaben. Er atmete schwer, war kreidebleich und schweißgebadet. Man sah ihm an, dass er kaum Kraft zum Sprechen, geschweige denn zum Aufstehen hatte. Sein verrutschtes T-Shirt gab die Sicht auf einen ominösen Fettwanst frei.

»Der muss ebenfalls ins Krankenhaus. Bringt die Patiententrage herauf! Gebt ihm Sauerstoff und bringt ihn schnell nach Ischl. Das ist näher. Ich habe im Hubschrauber keinen Platz mehr für ihn.« Zu dem um Atem Ringenden sagte er: »Können Sie mich verstehen? Beruhigen Sie sich. Versuchen Sie, mit der Maske langsam zu atmen. Die Rettung bringt Sie ins nächste Krankenhaus. Das wird schon wieder.«

Er tätschelte ihm den nackten Oberschenkel und erhob sich. Dann lief er zum Hubschrauber zurück, stieg ein und gab das Zeichen zum Abflug, dem der Pilot von lautem Getöse begleitet Folge leistete.

Werner bekam indes ein kurzes Gespräch mit, bei dem eine Sanitäterin ihren Kollegen fragte, was er überhaupt hinter der Villa zu suchen gehabt habe.

»Ich musste dringend pinkeln! Der Mann hat mich wahrscheinlich dabei beobachtet, da ich ihn erst nachher bemerkt habe.« Sie schoben die fahrbare Trage den leichten Abhang, in den die Villa eingebettet war, nach oben.

Der Neffe der gestürzten Villenbesitzerin trat auf Adler zu. »Wer liegt denn dahinten?«, fragte er neugierig.

»Keine Ahnung, ich kenne den Mann nicht. Aber wenn Sie ihn gleich sehen, können Sie mich gerne aufklären, was hier wirklich gespielt wird.« Werners Stimme klang vorwurfsvoll, denn er hatte den Verdacht, dass hier so einiges nicht stimmte.

Er blickte auf seine Uhr. Mist! Er sollte eigentlich schon auf dem Weg zum Flughafen in Salzburg sein. Er konnte hier aber noch nicht weg. Mit einem Zeichen der Entschuldigung entfernte er sich von Gilbert und rief Vera an, um auf ihr Angebot zurückzukommen, Helena abzuholen.

»Bitte, bringe ihr schonend bei, dass Alexandros im Krankenhaus ist. Sie darf heute noch zu ihm rein. Und entschuldige mich, ich habe hier einen neuen Fall, den ich klären muss. Gib ihr einen Kuss von mir, ich melde mich, sobald alles erledigt ist. Danke, Tantchen, ich stehe in deiner Schuld!«

Er hatte keine Zeit, sich darüber Gedanken zu machen, warum Veras Aussprache etwas eigenartig klang, wahrscheinlich hatte sie, wie so oft, eine Zigarette im Mund. Soeben wurde der hinter der Villa Aufgefundene an ihm vorbeigerollt.

»Das ist ja der Nachbar!«, entfuhr es Gilbert und einem Polizeikollegen gleichzeitig.

»Der Herr Wiesbauer Anton. Was hatte der denn auf diesem Grundstück zu suchen?«

Die Sanitäterin meinte lakonisch: »Das müsst ihr ihn später fragen. Dafür hat er jetzt keine Zeit.«

Und schon wurde der dicke Mann in den Wagen geschoben, der gleich darauf mit Blaulicht Richtung Weißenbachtal davonbrauste.

Adler, seine Kollegen aus Unterach und Herr Neumann blieben zurück, dem sich entfernenden Wagen nachblickend. Werner bat Revierinspektor Richter, den er persönlich kannte, ihnen noch einige Minuten Gesellschaft zu leisten, da er Details dieses seltsamen Falles kannte, die er mit dem Neffen der Erblehners abklären wollte.

»Wir werden inzwischen nachsehen, ob sich im Wohnhaus von Herrn Wiesbauer jemand aufhält. Wenn nicht, müssen wir das Haus irgendwie sicher verschließen. Sie können uns jederzeit rufen.«

Gilbert ging zielstrebig auf die Villa zu, ohne sich nochmals umzudrehen, als wäre alles gesagt und getan. Werner folgte ihm, um noch weitere Informationen zu erhalten.

»Herr Neumann, wir sind noch nicht fertig. Mir fehlen noch einige Informationen. Ich möchte nur verstehen, warum Ihre Tante einen Suizidversuch unternommen hat und was ihr verfeindeter Nachbar hier wollte.«

Der Angesprochene wirkte plötzlich genervt. »Hören Sie, Herr Inspektor, ich muss zurück nach Wien fahren. Ich betreibe eine Apotheke und da gibt es Trouble. Ich habe wirklich keine Zeit mehr. Außerdem habe ich einen toten Onkel und eine schwer verletzte Tante ... Da stehen mir noch eine Menge Erledigungen bevor. Also ... wenn Sie mich bitte entschuldigen!«

»Herr Neumann, Sie werden für uns Zeit haben *müssen*. Sie können jetzt nicht einfach so abhauen, nach allem, was geschehen ist. Ich würde vorschlagen, wir gehen erst mal auf die Terrasse und unterhalten uns. Wenn wir fertig sind, können Sie meinetwegen nach Wien fahren.«

Beinahe unfreundlich entgegnete der Mann: »Also gut. Gehen Sie schon mal vor. Ich komme von innen raus. Ich brauche jetzt einen Kaffee, möchten Sie auch einen?«

»Ja, das wäre sehr nett. Bitte ohne Milch und Zucker.«

Auf dem Weg zur Terrasse zückte Werner nochmals das Telefon.

»Hallo, Sonja, hier ist Werner Adler. Wisst ihr schon, wer der bemalte Kerl auf den Fotos ist? Wir haben hier in Steinbach wieder einen heiklen Fall. Kann durchaus sein, dass wir euch nochmals brauchen ... Ja, bitte ruf mich zurück, wenn ihr es wisst. Ich schicke dir die Adresse, an der ich mich gerade aufhalte. Danke, Sonja.«

Er setzte sich in einen Korbstuhl, der mit Blick auf den See ausgerichtet war. Es war eindeutig die gleiche Sicht, die hinter dem nackten Frauenkörper auf dem ausgedruckten Foto zu sehen war.

»So, hier eine Tasse Kaffee. Und ich habe uns einen kleinen Eisbecher fabriziert. Wäre schade drum, denn außer uns gibt es niemanden, der das vor dem Ungenießbar-Werden retten könnte.«

Neumann war eindeutig freundlicher geworden und versuchte sogar, witzig zu sein. Er dürfte sich inzwischen wieder gefasst haben. Doch Werner ließ sich dadurch nicht täuschen. Er hatte das Gefühl, dass er ihm bisher nicht die Wahrheit erzählt hatte.

»Also nochmals, Herr Neumann. Wieso sollte sich Ihre Tante das Leben nehmen wollen? Das Verhältnis mit Wiesbauer ist ja lange genug her.«

Gilbert, genüsslich ein Stück Banane mit dem Löffel aufnehmend, klärte ihn auf, bevor die Ladung in seinem Mund verschwand: »Nein, nein. Christian hat bis gestern Abend nichts davon gewusst. Doch Anton … also, der Nachbar, hat ihm die Fotos mit einem fiesen Text aufs Handy geschickt.«

»Ich frage mich nur, wo *Sie* die Bilder gesehen haben. Hat Ihr Onkel Sie Ihnen gezeigt?«

»Ich habe vor dem Beginn der Atterseeüberquerung sein Handy übernommen und ein paar Fotos vom Start geschossen. Dabei sind sie mir aufgefallen. Und nein, mein Onkel hat keine Sicherung am Handy eingestellt. Er hasste es, irgendwelche Buchstaben oder Zahlen eingeben zu müssen, bevor er es benutzen konnte.«

Diese Frage war Werner tatsächlich auf den Lippen gelegen. Auch er hatte seine Freude an der kalten Köstlichkeit, die mit einer hervorragend guten Schokoladensoße versehen war.

»Können Sie mir die Bilder zeigen? Wissen Sie, wo das Telefon ist?«

»Mir war klar, dass Sie auch das fragen würden. Ich habe es vorhin aus dem Turmzimmer geholt.«

»Scheiße! Daran habe ich nicht gedacht!«

Erschrocken ließ der Apotheker den Löffel auf den Tisch fallen. »Was?«

»Sie dürfen ab sofort das Turmzimmer nicht mehr betreten. Solange der Unfall Ihrer Tante nicht geklärt ist, hat dieser Raum den Status eines Tatorts. War einfach ein bisschen viel heute.«

Gilbert hatte den Löffel wieder aufgenommen und die letzte Bananenscheibe verschlungen. »Mhmm ... Was ist jetzt – wollen Sie die Fotos sehen oder ist der Turm wichtiger?«

»Ja, sicher. Bitte zeigen Sie her.«

Gilbert tippte ein paarmal auf das Display und schob es Werner dann über den Tisch hinweg zu. »Es sind drei Bilder, einfach darüberwischen.«

Werner spielte den Überraschten, obwohl somit sein Verdacht bestätigt war. »Die nackte Dame ist wahrscheinlich Ihre Tante?«

Gilbert nickte.

»Und Sie sind sich sicher, dass hier Bauch und Penis Ihres Nachbarn abgebildet sind? Er ist doch um vieles dicker.«

»Das habe ich Ihnen vorher doch gesagt. Zur Zeit des Techtelmechtels war er dünner. Tante Gerlinde hat es mir bestätigt, bevor sie sich hingelegt hat. Sie bat mich noch, die Fotos zu löschen, aber ich hatte keine Gelegenheit mehr dazu.«

Werners Diensthandy läutete, gleichzeitig sah er, dass seine Polizeikollegen vom Nachbargrundstück herüberkamen.

»Herr Neumann, ich habe eine Bitte: Würden Sie, während ich hier kurz telefoniere, das Turmzimmer absperren und den Kollegen den Schlüssel zur Verwahrung geben? Das wäre sehr freundlich von Ihnen.«

Gilbert nickte, stand auf und räumte die leeren Eisbecherschalen ab.

Werner nahm das Gespräch an. »Hallo, Sonja. Danke für den Rückruf. Einen kleinen Moment … So, jetzt kann ich sprechen.«

»Bist du immer noch bei dieser Villa?«, hörte er seine Kollegin durch die Leitung fragen. »Hör zu, der bemalte Körper ist tatsächlich der von unserem Briefträger, dem Riegelhofer Leopold aus Schörfling. Der verletzte Rudolf Lehner, der in Linz liegt und sein Bewusstsein wiedererlangt hat, durfte kurz von uns befragt werden. Er hat unseren Leuten bestätigt, was wir vermutet haben: Er ist bei dem Briefträger eingebrochen, da der ihm etwas gestohlen hatte. Beziehungsweise nicht zugestellt und einbehalten. Der Riegelhofer dürfte ihn dabei erwischt und niedergeschlagen haben. Wahrscheinlich wollte er ihn im Weißenbach entsorgen. Doch daran kann sich Lehner nicht erinnern. Auch nicht, wie er auf den Parkplatz gelangt war.«

»Gut, Sonja. Jetzt stellt sich aber die Frage, wie diese Bilder zu den Erblehners nach Steinbach gekommen sind. Und vor allem, warum jemand behauptet, der Mann auf dem Foto sei ein anderer als der Briefträger Riegelhofer – nämlich einer, der im Moment in Bad Ischl im Krankenhaus liegt? Am besten, ihr kommt sofort hierher. Ich denke, es handelt sich hier um einen versuchten Doppelmord.«

Sonja klang vergnügt. »Lieber Werner, wir sind schon unterwegs zu euch. Deine Kollegen haben uns informiert, dass sie im Hause des Nachbarn verdächtige Aufzeichnungen gefunden haben. Mein Vorgesetzter, Chefinspektor Paulig, sitzt neben mir. Moment, ich gebe ihn dir ans Telefon.«

Werner hörte ein kurzes Rascheln und dann eine männliche Stimme. »Hören Sie, Gruppeninspektor Adler. Am besten nehmen Sie den Verdächtigen für kurze Zeit in Gewahrsam. Setzen Sie ihn in den Polizeiwagen, bis wir vor Ort sind. Das wird in ungefähr einer Stunde sein. Und noch eine Bitte: Achten Sie darauf, dass der Mann nichts entsorgt oder vernichtet. Vor allem keine Medikamente. Durch Zufall haben wir vom Tod des Dr. Christian Erblehner erfahren. Der ist nicht an einem normalen Herzanfall verstorben. Sondern an …«

Jetzt vernahm er wieder Sonjas Stimme. Sie las etwas holprig vor: »Todesursache Herzrhythmusstörung aufgrund einer Hyperkaliämie – das heißt auf Deutsch, dass der Mann einen zu hohen Kaliumgehalt im Blut hatte. Und das kann nur bewusst beziehungsweise gewollt hervorgerufen worden sein. Fragt sich nur, von wem?«

41.

Sonntag, gegen 18.30 Uhr

Salzburg, Flughafen

Das Gute an diesem Flughafen war seine Überschaubarkeit. Er schien kaum größer zu sein als der Bahnhof in Linz. Dafür war die Zufahrt umso komplizierter. Natascha wusste nicht, wo sie den Wagen abstellen durfte, und drehte eine Ehrenrunde, bis sie einen Abstellplatz für Abholer gefunden hatte.

Vera hatte die junge Freundin gebeten, mit ihr hierherzufahren und sich ans Steuer zu setzen. Was sie damit gemeint hatte, als sie sagte, dass sie sich nicht ganz wohlfühle, war Natascha klar. Gerda war wieder an langer Leine im Garten zurückgeblieben.

Sie stiegen aus und bewegten sich auf das einzige Gate für die Ankunft zu. Die beiden großen Schiebetürflügel glitten zur Seite und gaben den Eintritt frei. Mehrere Menschen warteten hier auf die Ankunft ihrer Angehörigen, Freunde oder anderer Personen. Die Anzeigetafel verriet ihnen, dass das Flugzeug von Düsseldorf vor einigen Minuten gelandet war.

Bei der Hinfahrt hatten die zwei Freundinnen diskutiert, wer Helena über das Geschehen aufklären sollte. Wie begann man mit der Erzählung einer so komplizierten Sache? Sie gelangten zu der Auffassung, dass sie die Reaktion von Helena nicht wirklich vorhersehen konnten und es am besten war, es so zu nehmen, wie es kam.

Die Schiebetür des Ankunft-Gates öffnete sich mehrmals, bis sie die deutsch-österreichische Griechin mit ihrem großen Koffer und einem Rucksack passierte.

»Ihr seid hier?«

Die Begrüßung bestand aus Umarmungen, Küsschen links und rechts sowie der klischeehaften Floskel: »Du siehst aber gut erholt aus!«

Vera übertrieb noch ein bisschen: »Bist du auf Verjüngungskur gewesen? So, wie du aussiehst, muss ich auch dorthin.«

Helena fühlte sich geschmeichelt, verspürte aber eine gewisse Unruhe, die über ihnen schwebte. »Wo sind denn meine Männer?«

Natascha übernahm den Rollkoffer und ging damit zielstrebig zum Ausgang.

»Das erzählen wir dir bei der Heimfahrt. Komm, lass uns hier abhauen. Am See ist es bedeutend schöner.« Vera sprach bewusst langsamer. Einerseits wollte sie nicht, dass Helena merkte, dass sie noch high war, andererseits war es ihr auch wieder egal. Sie hätte doch nur den halben Ofen rauchen sollen.

Kaum im Wagen – Vera saß auf der Rückbank –, stellte Helena nochmals die gleiche Frage: »Wo ist Alexandros und wo ist Werner? Er hat mir heute vor dem Abflug noch mitgeteilt, dass er mich abholt. Und nun seid ihr da.« Sie räusperte sich kurz und fügte hinzu: »Verzeiht, das ist nicht böse gemeint. Ich freue mich natürlich, euch beide zu sehen. Aber irgendetwas stimmt hier nicht!«

Natascha stoppte den Wagen an der großen Kreuzung, an der man meinte, die Ampel sei kaputt, da es nie Grün wurde. Ein paar Hundert Meter weiter vorne führte die Zufahrt auf die Autobahn. Besser gelegen konnte ein Flughafen gar nicht sein.

Von der Rückbank erklang Veras Stimme: »Also. Werner hat verlängerten Dienst. Irgendein Kriminalfall. Er hatte es heute nicht leicht, da es bei der Atterseeüberquerung einen Toten gegeben hat. Aber keine Angst, wir haben den Mann nicht gekannt.«

Stille. Helena wartete spürbar darauf, dass der Erzählfluss weiterging, was aber nicht geschah.

»Dann muss ich wohl meine Fragen anders stellen: Wenn Werner Dienst hat und ihr zwei mich abholt, wo ist dann Alexandros? Passt Gerda auf ihn auf?«

Nun war es Natascha, die sich räuspernd zu Wort meldete und dabei aufs Gas stieg, um ja mit der ersten Grünphase über die Kreuzung zu kommen. »Liebe Helena, deinem Sohn geht es gut. Bleib bitte ruhig, bei dem, was wir dir sagen müssen. Alexandros ist seit heute Nachmittag zur Beobachtung im Vöcklabrucker Krankenhaus.«

»Was? Was sagst du da?«

»Er hat leider etwas mit Mandeln gegessen.«

»Aber … das …«

Vera schaltete sich wieder dazu: »Ja, Helena, wir wussten von seiner Allergie, es ist trotzdem passiert. Aber –«

Noch während Natascha den Wagen rechts auf die Autobahn einlenkte, fing Helena zu schreien an: »ES IST TROTZDEM PASSIERT?! Mein Junge stirbt und ihr sprecht hier von ES IST PASSIERT?«

»Bitte beruhige dich. Wie gesagt, es geht ihm gut. Wir haben bereits mit ihm telefoniert und du kannst das auch tun. Wenn du willst, fahren wir gleich weiter nach Vöcklabruck. Auch wenn keine Besuchszeit mehr ist, darfst du zu ihm rein. Das hat Werner noch abgeklärt.«

Lautes, ungestümes Keuchen. »Und ihr holt mich seelenruhig ab, als ob nichts wäre. Konntet ihr mir das nicht früher mitteilen?«

Der Salzburger Autobahntunnel lag hinter ihnen und Natascha stieg stärker aufs Gas, auch wenn der Hunderter als Höchstgeschwindigkeit erst in ein paar Kilometern aufgehoben wurde.

»Als es passiert ist, bist du wahrscheinlich gerade im Flugzeug gesessen, wir hätten dich gar nicht verständigen können. Und eine SMS ohne Erklärung hätte dich wahrscheinlich in den Wahnsinn getrieben.«

Helena wusste, dass Natascha recht hatte, trotzdem fiel es ihr schwer, sich zu beruhigen. »Ich bin in Düsseldorf zwischengelandet und habe mit Werner telefoniert. Warum hat er da nichts gesagt?«

»Weil er ein Mann ist!«, konterte Vera kurz und bündig.

Tränen liefen über Helenas Wangen. Sie schnäuzte sich mit einem griechischen Papiertaschentuch, das sie vorsorglich für die Begrüßung ihrer Liebsten eingesteckt hatte.

Natascha versuchte, Veras Begründung abzuschwächen. »Werner hat dich sicherlich vom Dienst aus angerufen. Er hatte nicht die Zeit, dir alles zu erklären. Und du hättest dir maßlos Sorgen gemacht, ohne etwas tun zu können oder mehr zu erfahren.«

Bei Wallersee hatte sich Helena so weit beruhigt, dass sie wieder mit normaler Stimme sprechen konnte.

»Eine Frage noch, bevor ich Alexandros anrufe: Was, wo und weshalb hat er etwas Nussverseuchtes gegessen?«

Sie hatte zusammen mit ihrem Sohn diese Bezeichnung erfunden und in ihren Wortschatz übernommen. Denn mit

»nussverseucht« wurde die Gefahr einer Nichtbeachtung stärker hervorgehoben.

»Helena, das erzählen wir dir in aller Ruhe am Abend. Entweder bei dir zu Hause oder bei mir. Ruf jetzt Alex … äh, Alexandros an. Er wartet sicher sehnsüchtig darauf, dass du dich meldest.« Vera drückte ihr freundschaftlich die Schulter.

Als wäre es ein Befehl gewesen, nahm Helena ihr Smartphone in die Hand. Nach drei Freizeichen meldete sich eine schläfrige Kinderstimme.

Helenas Augen gingen über, während sie mit griechischen Worten ins Telefon sprach: »Agapiméni mou!«

42.

Sonntag, gegen 18.30 Uhr

Zwischen Steinbach und Weißenbach

Werner stand nach dem Telefonat sofort auf, betrat die Villa und rief: »Herr Neumann? Herr Neumann! Wo sind Sie?«

Keine Antwort.

Er ging die Stiege hinauf und rief nochmals.

Immer noch keine Antwort.

Nun betrat er die Stufen der Wendeltreppe und hörte, wie über ihm eine Tür abgesperrt wurde.

»Herr Neumann?«

»Ja, was ist denn?« Der Angesprochene kam heruntergelaufen. »Sie haben mich gebeten, das Zimmer abzusperren. Ich musste auch noch das Fenster und zusätzlich die Holzläden schließen. Das geht nicht so schnell. Also, wenn wir jetzt fertig sind, würde ich gerne alles dichtmachen und nach Wien fahren.«

»Kommen Sie bitte mit mir runter. Kann ich den Schlüssel zum Turmzimmer haben?« Er hielt ihm die offene Handfläche hin.

»Nein, erst wenn ich fertig bin. An dem Bund hängen noch andere Schlüssel. Können Sie bitte schon mal das Haus verlassen? Ich bin jetzt echt im Stress.«

Sie kamen wieder im Vestibül an. Hörten den Revierinspektor Richter und seinen Kollegen draußen sprechen.

Werner hätte gerne einen Blick ins Badezimmer geworfen, wegen der Medikamente. »Könnten Sie mir bitte das Bad zeigen?«

Der Apotheker deutete auf eine schmale Tür neben dem Eingang zur Küche und dem Ausgang zur Terrasse. »Sie meinen die Toilette. Hier bitte.«

»Nein, ich meine wirklich das Badezimmer. Und bitte die Schlüssel!«

Neumanns Stimme wurde lauter und nahm einen schrillen Ton an. »Jetzt reicht es mir. Verlassen Sie bitte das Haus! Sie haben kein Recht, hier zu sein. Ich weiß zwar nicht, was Sie suchen, doch Sie behandeln mich wie einen Verbrecher! Befragen Sie meinen Nachbarn im Krankenhaus, was er hier wollte. Vielleicht hat er in seiner Eifersucht meine Tante aus dem Fenster geworfen? Die blade Sau ist wahrscheinlich dann beim Abhauen eingegangen. Das wäre eine Erklärung, warum er hinter dem Haus gefunden wurde.«

»Gut, dann geben Sie mir die Schlüssel eben später. Ich möchte mit Ihnen auf der Terrasse gerne den weiteren Ablauf besprechen.« Adler ging voraus, durch die Küche hinaus auf die Terrasse, wo seine zwei Kollegen warteten.

Gilbert war ihm gefolgt und trat zum Tisch, um die Kaffeetassen abzuservieren. »Sie dürfen hier gerne Platz nehmen und konferieren. Ich schließe die Tür von innen ab. Denn ich muss mich jetzt wirklich fertig machen. Einen schönen Abend noch!«

Er war im Begriff, in der Küche zu verschwinden, doch Werner nahm ihm unvermittelt die Tassen ab und blockierte den Zugang ins Haus. »Revierinspektor Richter, nehmen Sie bitte Herrn Gilbert Neumann vorläufig fest.

Bis zum Eintreffen der Kriminalpolizei soll er im Polizeiwagen warten.«

Da nun Werner mit den Kaffeetassen bewaffnet war, konnte er nichts dagegen tun, dass ihn der Verdächtige zur Seite stieß, in die Küche eilte und die Tür von innen verschloss. Das Glasfenster in der Tür war gewellt, somit waren nur mehr seine Umrisse zu erkennen. »Ich bin kein Verbrecher! Das habe ich Ihnen schon einmal gesagt! Ich will nur nach Wien fahren und mich um meine Apotheke kümmern.«

Richter stellte sich zur Tür und versuchte mit sanfter, tiefer Stimme, die Situation zu entschärfen. »Herr Neumann. Das bringt doch nichts. Gerade, wenn Sie kein Verbrechen verübt haben, müssen Sie gar nichts befürchten. Wir sollen nur verhindern, dass Sie frühzeitig abreisen. Die Kollegen von der Kriminalpolizei möchten mit Ihnen reden.«

Gilbert klang gehetzt. »Und warum wollen Sie mich dann verhaften? Sie lügen doch wie gedruckt. Lassen Sie mich nach Wien fahren, ich werde mich am Mittwoch wieder bei Ihnen melden.«

Adler, der die Scherben der zwei Tassen, die bei der Aktion zu Bruch gegangen waren, mit dem Fuß zur Seite schob, wurde zornig. »Neumann, machen Sie sofort auf. Ich möchte Sie nur darüber aufklären, dass Sie kein Recht haben, sich in dem Haus aufzuhalten. Es gehört Ihnen nicht, Sie sind nur zu Gast hier. Wir werden die Tür eintreten, sofern Sie diese nicht selbst öffnen. Und wenn Sie sich wehren, werden wir Sie wirklich verhaften müssen und nicht nur vorläufig festnehmen.«

Dabei hatte er seinen Kollegen mit Zeichen zu verstehen gegeben, dass sie schnellstens zum Haupteingang laufen sollten, da dieser wahrscheinlich noch offen war.

Er hörte plötzlich Stimmen von innen und die Tür wurde von Richter geöffnet. Der zweite Polizist hielt Neumann in Schach, der am Küchentisch saß.

»Na, geht doch.« Werner konnte sich ein süffisantes Grinsen nicht verkneifen. »Gehen Sie freiwillig mit zum Fahrzeug oder sollen wir Sie in Handschellen legen? Das ist keine Drohung, sondern nur eine höfliche Frage. Nicht wahr?« Er blickte Zustimmung heischend zu den Kollegen.

Die zwei nickten einvernehmlich, und der Apotheker ließ sich zum Polizeiwagen bringen, wo er auf der Rückbank Platz nahm.

43.

Sonntag, nach 19 Uhr

Zwischen Steinbach und Weißenbach

Die Schatten griffen bereits um sich, obwohl es zu dieser Zeit noch sehr lange hell blieb. Der starke Baderückreiseverkehr auf der Straße war schwächer geworden.

Chefinspektor Paulig saß mit Werner und dem aus dem Polizeiwagen heraufgeholten Verdächtigen auf der Terrasse.

»Ich frage Sie noch einmal: Warum hat Ihre Tante behauptet, dass der Nackte auf den Fotos ihr Nachbar ist, obwohl wir mit Sicherheit wissen, dass es jemand anderes ist?«

»Keine Ahnung, Gerlinde hat es mit mehreren Männern getrieben, vielleicht hat sie sie verwechselt. Würde mich nicht wundern.«

»Übrigens, das habe ich Ihnen bisher verschwiegen, dieser andere ist gestern unweit von hier zu Tode gekommen. Heute Ihr Onkel und beinahe auch Ihre Tante. Sollen wir das alles als Zufall einordnen und es so belassen, wie es ist?«

Verärgert hob Gilbert den Kopf, und Zornesblitze schossen aus seinen Augen. »Wie jetzt? Wollen Sie mir alle Morde zuschreiben, die an diesem Wochenende verübt worden sind? Das ist ja lächerlich.«

Paulig sah ihn mit schief gelegtem Kopf an. »Ich habe nicht von Morden gesprochen. Ich wollte lediglich ein paar Antworten. Seltsam ist auch, dass Herr Wiesbauer, der ebenfalls zufällig auf diesem Grundstück entkräftet aufgefunden wurde, Papiere auf seinem Schreibtisch ausgebreitet hatte, auf denen mehrmals Ihr Name handschriftlich vermerkt war. Auch rein zufällig, oder?«

Gilbert hob seine Hände, die inzwischen mit Handschellen aneinandergekettet waren. »Der fiese Kerl hat über uns Buch geführt, fragen Sie Ihre Kollegen aus Unterach, die hatten seinetwegen eine Menge zu tun. Und außerdem, solange ich diese hier trage, sage ich kein Wort mehr ohne meinen Anwalt.«

»Die waren nötig, damit sie nicht wieder einen Fluchtversuch wagen.« Werner blickte zum wiederholten Mal auf die Uhr, da er endlich zu seiner Griechin wollte. »Und welchen Anwalt sollen wir für Sie anrufen? Haben Sie schon in weiser Voraussicht vorgesorgt?«

»Ähh … wieso … einen Anwalt halt … der, der sich mit so was auskennt«, stotterte Gilbert irritiert.

Chefinspektor Paulig war sichtlich vergnügt. »Gruppeninspektor Adler! Kennen Sie einen Advokaten, der sich mit *so was* auskennt?«

Werner spielte mit: »Ja, *so was* ist natürlich schwierig. Möchten Sie ihn gleich anrufen, Herr Neumann? Ich kann Ihnen gerne ein Telefon zur Verfügung stellen. Ihres musste leider konfisziert werden.«

Gilbert sprang auf, wobei der Tisch beinahe umstürzte. »Verarschen können Sie jemand anderen. Ich bin unschuldig, ich weiß nicht, was mein Nachbar hier für ein Verbrechen vorhatte. Und jetzt nehmen Sie mir die Ketten ab und lassen mich in Ruhe. Sie sind keine Polizisten, Sie sind Sklaventreiber, die mir irgendwelche dubiosen Verbrechen unterstellen wollen! Ich komme mir vor wie in einem schlechten Film, ich will jetzt weg von hier!«

Plötzlich stand Sonja neben ihnen und legte eine Medikamentenpackung auf den Tisch. *Spironolacton* war darauf zu lesen.

»Herr Neumann, da Sie Apotheker sind, kennen Sie sicher den Anwendungsbereich und die Wirkungsweise dieses Medikaments.«

»Selbstverständlich weiß ich, was Spironolacton bewirkt. Das ist ein kaliumsparendes Diuretikum. Was möchten Sie mir jetzt wieder unterstellen? Ich nehme dieses Medikament nicht ein.«

»Sie nicht, aber wahrscheinlich Ihr Onkel, dessen zu hoher Kaliumgehalt seinen Tod verursacht hat. Was sagen Sie dazu?«

»Ich will von anderen Polizisten verhört werden, Sie stecken ja alle unter einer Decke! Bin ich für die Medikamente meines Onkels zuständig, oder was?« Seine Stimme wurde wieder schriller.

»Ich denke schon, wie kommt sonst diese angebrochene Packung in Ihre Reisetasche? Ich habe mich bei unserem Gerichtsmediziner informiert. Er wird in Ihren Onkel genau Einsicht nehmen. Und das meine ich wörtlich.«

Chefinspektor Paulig erhob sich genervt. »Das reicht jetzt. Herr Neumann, ich verhafte Sie wegen des Verdachts auf mehrfachen Mord, Mordversuch sowie Betrug. Den gemeinsamen Verkauf Ihrer beider Liegenschaften können Sie sich abschminken.«

»Woher wissen Sie davon?«, stieß Gilbert völlig überrumpelt aus.

»Herr Wiesbauer hat über alle Ihre Belange sehr akribisch Buch geführt. Auch das werden wir genauer in Augenschein nehmen. Und ja, während Sie in Haft sind, können Sie gerne überlegen, welcher Anwalt für *so was* geeignet ist.«

44.

Sonntag, gegen 21 Uhr

Weyregg

Werner stellte den Wagen in der eigenen Garage ab. Das Polizeiboot hatte er vorher noch zurückgebracht. Seine Kollegen aus Unterach hatten beide Häuser versperrt und für die Spurensicherung verplombt, die für Montag und Dienstag angefordert worden war.

Für Werner war fast alles geklärt. Der Notarzt hatte sie darüber informiert, dass Frau Erblehners Verletzungen lebensgefährlich seien und sie deshalb nicht vernommen werden könne. Was ihm zu denken gebe, sei die Lage der Frau, in der sie aufgefunden wurde – wenn jemand aus großer Höhe falle, gebe es zumindest schwere Verletzungen an Armen oder Beinen, da der Sturz zu automatischen Schutzabwehrmechanismen führe. Doch hier seien solche Verletzungen nicht erkennbar. Ähnlichen Vermutungen war Werner bereits gedanklich nachgegangen.

Ob die Geschichte von Rudi und dem Briefträger endgültig aufgeklärt werden konnte, musste sich noch herausstellen. Es hing davon ab, ob und wie gut sich der junge Mann erholte.

Bevor Werner dazu gekommen war, Helena anzurufen, hatte sich sein Vater Jakob bei ihm gemeldet. Werner solle nach Hause kommen, denn alle drei Frauen, nein, eigentlich alle vier, wenn er Gerda mit einrechne, säßen bei ihm im Garten.

Adler war darüber etwas verwundert gewesen, fand es aber ganz praktisch, dass bereits alle vereint waren. Er hätte ein wenig Schiss gehabt, Helena allein gegenüberzutreten. Hatte Angst vor einer Szene, Angst, dass sie ihn verlassen würde, da er sein Versprechen, auf Alexandros aufzupassen, nicht eingehalten hatte.

Jetzt hörte er ihr Lachen bis zur Garage. Es war immer seltsam, zu einer heiteren Gesellschaft zu stoßen, da man zumindest für einige Sekunden Störfaktor der Ausgelassenheit war. Er ging daher zuerst ins Haus, um sich der Uniform zu entledigen, und zog ein gelbes T-Shirt ohne Star-Wars-Aufdruck sowie eine kurze Sommerhose an, bevor er durch die Gartentür trat.

Sie verstummten alle gleichzeitig. Helena erhob sich als Erste, ging auf ihn zu und schob ihn zurück ins Haus. Sie drängte ihn ums Eck, um außer Sichtweite der anderen zu sein.

»Helena, ich wollte –«

»Schschsch …« Sie hielt ihm den Finger vor den Mund. Dann blickte sie ihn durchdringend an, hob die Hand und verpasste ihm eine zarte Ohrfeige, die er kaum spürte. Anschließend nahm sie seinen Kopf in beide Hände und zog ihn zu sich. Sie küsste ihn zuerst zärtlich, dann immer wilder.

Als sie sich lösten, sagte sie: »Zur Strafe musst du mich und Gerda für diese Nacht in deinem Zimmer aufnehmen.«

Mit einem erleichterten Gesichtsausdruck fragte er nach: »Wirklich? Gerda auch? In meinem Zimmer? Muss das sein?«

»Ja, allerdings. Die Strafe für Vera muss ich mir noch überlegen.«

Werner stimmte ihr zu. »Mit der habe ich auch noch ein Hühnchen zu rupfen. Ich schwöre dir, ich wusste nichts davon.«

Sie schmiegte sich an ihn. »Ich weiß, ich weiß. Ich wurde bestens aufgeklärt, Herr Gruppeninspektor. Du hast mir gar nicht erzählt, dass du zwei Tage vor unserem Urlaub befördert worden bist. Das schreit nach einer weiteren Strafe.« Sie griff ihm etwas zu hart in den Schritt.

SOUNDTRACK

Auch zu diesem Buch gibt es einen Soundtrack. Ich hätte gerne jedes Kapitel mit zwei bis drei Zitat-Zeilen eines musikalischen Titels eingeleitet, aus den verschiedensten Musikgenres. Leider ist dies aus rechtlichen Gründen nicht möglich.

Deshalb habe ich auf YouTube eine Playlist erstellt. Unter den Suchbegriffen »Weidinger Erich« und »Seelensturm« finden Sie beinahe alle hier unten angeführten Musikstücke, die in irgendeiner Form in meinem Roman vorkommen:

»Please Mr. Postman«, The Marvelettes (1961)

»Musikalisches Scherzo«, Rudolf Willmer (1821–1878)

»Wenn der Wind kimmt«, Zillertaler Haderlumpen (2014)

»Manches geht niemals vorüber«, Schürzenjäger (2003)

»Hot or what« und »Kingdom of Gold«, Mark Knopfler (2012)

»Der Anton von Tirol«, DJ Ötzi (1999)

»Catgroove«, Parov Stelar (2008)

»Milord« und »Mon Dieu«, Édith Piaf (1959 und 1960)

»Velvet Goldmine« und »Helden – German Version«, David Bowie (1975 und 1989)

DANKSAGUNG

Danke für die ärztliche Beratung:
Dr. Paul Weidinger
Dr. Klaus Wiesner

Danke den Frauen und Männern der Wasserrettung in
Attersee, Litzlberg, Unterach, Weyregg
Besonders Alexander Leitner sowie
Wolfram Hauser (Sportverein Attersee)

Danke den Frauen und Männern des Roten Kreuzes in
Seewalchen und Unterach

Danke für die Infos über polizeiliche Belange:
Alexander Geyrhofer

Danke für Infos zum Marmorschlössl:
Mag. Dr. Thekla Weissengruber – OÖ. Landes-Kultur GmbH

Der Autorin und Halbgriechin Eleni Livanios danke ich für Infos zu den griechischen Belangen.

Danke an Tanja, Franz Hufnagel, Beate und Jeff Maxian, Karin Pruner, Thomas Richter, Ilse Retzek sowie all meine FreundInnen, die mich in irgendeiner Weise unterstützt haben und die ich hier gar nicht alle aufzählen kann.

Danke dem Gmeiner-Verlag, der an diese Reihe glaubt, und meiner Lektorin Susanne Tachlinski, die dem Text den notwendigen Schliff verpasst hat.

Großer Dank gebührt meiner Frau und größten Kritikerin Andrea Weidinger, ohne die es dieses Buch gar nicht gäbe.

RIP, mein lieber Kater Billie, der mir immer ein guter Freund war, mir mentale Unterstützung zukommen ließ und mich bei meinen Schreibklausuren begleitet hat. Leider musste er uns verlassen. Die Arbeit an den letzten Kapiteln des Buches konnte er nicht mehr beobachten.

LITERATURANGABEN

Bücher, die mich bei der Recherche unterstützt haben:

Ilse Retzek, Erich Weidinger: »Ausflugserlebnis Attersee«, Kral Verlag, 2021

Brigitte Hamann (Hrsg.): »Das poetische Tagebuch – Kaiserin Elisabeth von Österreich«, Verlag der österr. Akademie der Wissenschaften, 1997

Martina Winkelhofer: »Sisis Weg«, Piper Verlag, 2021

Ilse Retzek: »Stadtführer Bad Ischl«, Kral Verlag, 2020

»Die Tagespost« vom 24. April 1879

Heinz Janisch: »Ein Fall für Jaromir«-Reihe, Obelisk Verlag